沈从文的写作课

沈从文 著

浙江人民出版社

图书在版编目（CIP）数据

沈从文的写作课／沈从文著．—杭州：浙江人民出版社，2022.10
 ISBN 978-7-213-10583-8
 Ⅰ.①沈… Ⅱ.①沈… Ⅲ.①沈从文（1902-1988）—文学创作方法 Ⅳ.①I206.6
 中国版本图书馆CIP数据核字（2022）第073819号

沈从文的写作课
SHEN CONGWEN DE XIEZUO KE

沈从文　著

出版发行	浙江人民出版社（杭州市体育场路347号　邮编　310006）
责任编辑	张世琼
责任校对	杨　帆
封面设计	末末美书
电脑制版	麦莫瑞
印　　刷	三河市冀华印务有限公司
开　　本	880毫米×1230毫米　1/32
印　　张	12.5
字　　数	205千字
版　　次	2022年10月第1版
印　　次	2022年10月第1次印刷
书　　号	ISBN 978-7-213-10583-8
定　　价	54.00元

如发现印装质量问题，影响阅读，请与市场部联系调换。
质量投诉电话：010-82069336

出版说明

  中国现代文学大师沈从文以小说、散文闻名于世,其作品《边城》《长河》《湘行散记》等善于描写湘西地区的风俗民情和人性单纯美好的一面,成为长盛不衰的经典,为世人所喜爱。其语言简洁平易、古朴典雅、蕴藉隽永,其风格诗意浪漫、醇厚质朴、散淡从容,俨然"清水出芙蓉,天然去雕饰"。虽然沈从文具备文学天赋,但其成就更多来自后天的学习摸索、勤写苦练,终使其实现从天真小兵到文学巨匠的华丽转身。

  在数十年的文学生涯中,沈从文自发或应邀发表过不少关于文学创作的文章或演讲,也乐于与文学青年、作家同行书信往来,共同探讨创作心得,既涉及小说,也涉及散文,时有金玉良言,可圈可点,令人感觉如醍醐灌顶。这些作品星散于沈从文的文集中，表现了他对于文学创作的真知灼见，虽并非"放之天下而皆准"，却也成一家之言；虽历经数十年的时间洗礼，却犹未过时。

为方便今天的读者学习，本书以中国广播电视出版社一九九四年版的《沈从文散文·第二集》《沈从文散文·第三集》《沈从文散文·第四集》为底本，从中辑录出沈从文谈论文学创作的数十篇精华之作结集为一册，命名为《沈从文的写作课》，以集中展示沈从文的文学创作思想。现将编选、编辑原则说明如下：

一、按内容分为创作观、小说艺术、散文技巧三大类；

二、为保持沈从文作品原貌，除修改校订错别字、统一字词现今用法（如"的""作"）外，其惯用的表达方式不作改动；

三、为便于读者理解，对于入选文章，尽最大可能交代原始出处、创作背景、写作时间（因年代过于久远，部分文章原始出处或写作时间已无法寻获）；

四、为便于读者理解，对于冷僻的方言俚语，均加脚注说明；

五、特别收录沈从文经典短篇小说、散文各五篇为范本，供广大读者学习参考。

因编者水平有限,本书或有错讹、不当之处,祈望读者海涵。

本书编者

二〇二二年六月一日

目 录

第一章　沈从文自述创作观

小说与社会　　002
新文人与新文学　　013
论中国创作小说　　020
谈创作　　055
学习写作　　059
一封信　　063
给一个写小说的　　071
给一个作家　　075
给志在写作者　　079
致《文艺》读者　　086

第二章　小说讲究艺术

小说作者和读者　　092

短篇小说	112
一个作品的成立，是从技巧上着眼的	134
给一个读者	139
给某作家	147
给一个青年作家	152
给一个写诗的	154
情绪的体操	157

第三章　散文其实有技巧

关于看不懂	164
从徐志摩作品学习"抒情"	171
从周作人、鲁迅作品学习抒情	182
由冰心到废名	200
论落华生	219
谈"写游记"	224

附录一　沈从文经典短篇小说选

丈　夫	232
萧　萧	259
三　三	282
静	321
生	335

附录二　沈从文经典散文选

常德的船	346
桃源与沅州	360
云南看云	371
昆明冬景	379
生　命	387

第一章　沈从文自述创作观

小说与社会[①]

我们时常都可以听到人说:"俺,没有事情做,看小说。""放了假怎么消遣?看小说吧。"事实上坐柜台生意不忙的店员、办公室无事可做的公务员,甚至于厂长、委员,不走运的牙医、脾气大的女护士,尽管生活不同、身份不同,可是他们将不约而同,用看小说来耗费多余生命,且从小说所表现的人事哀乐中取得快乐和教育。即使从家中五十岁左右认识字的老妈妈和十岁以上的小学生,注意注意他们对小说故事的发迷,也可证明我的"从小说取得快乐和教育"是件如何普遍而平常的事情。许多家长对孩子读书成绩不满意,就常向人说:"这孩子一点不用功,看小说发了迷。"其实小说也是书,何尝只有小孩发迷?我知道有四个大人就可称为"小说

---

① 原载《世界学生》第十期,一九四二年九月二十九日。

迷",不过和小孩子发迷的情形稍稍不同。第一个是弄社会科学的李达先生,和家中孩子们争看《江湖奇侠传》时,看到第十三集还不肯歇手。第二个是弄哲学的金岳霖先生,读侦探小说最多,要他谈"侦探小说史",一定比别的外文系教授还当行。还有一个中央研究院的梁思永先生,是发掘安阳殷墟古物的专家(照他自己说应当是挖坟专家,因为他挖过殷商帝王名臣坟墓到一千三百座),可是除专行以外,他最熟悉的就是现代中国小说。他不仅读得多,而且对作品优劣批评得异常中肯。更有一个一般人全猜不着的小说通,即周至柔,他不仅把教"现代小说"的人所重视的书都欣赏到,此外近三十年来的旧章回小说,也大多数被他欣赏到了,对这些作品内容得失提出的意见,恐怕不是目下三脚猫教授能答复的。从这些例子看看,我们即不能说"小说的价值如何大",至少得承认"小说的作用实在大"。因为它们不仅有时使家中孩子发迷,也可使国内第一流专家分点心!

从前人笔记小说上谈小说作用,最有趣味的是邹弢《三借庐笔谈》记苏州人金某读《红楼梦》事。这个人读发了迷,于是就在家中设了个林黛玉的木牌位,每天必恭恭敬敬祭一祭。读到绝粒①焚稿时,代书中多情薄命才女伤心,自己就不吃饭,哭得不成个样子。久而久之,这人自然发了疯,后来悄悄出门去访"潇湘妃子",害得家中人着了急,寻找了几个月才找回。又陈其元《庸闲斋笔记》,记杭州某商人有个女儿,生得明艳动人,又会作诗,因爱好《红楼梦》,致成痨病。病情沉重快要死去时,父母又伤心又生气,就把女儿枕边的那几本书,一起抛到火炉里烧去。那个多情女子却哭着说:"怎么杀死我的宝玉?"书一焚,她也就死去了。这些人这些事不仅从前有过,现在说不定还有很多。读了《红楼梦》,称宝玉作"真情人",倾心拜倒的,实大有其人。又或稍能笔墨,间常害点小病,就自以为是黛玉的,也大有其人。古人所不同处,只是苏州那个姓金的,爱恋的是书中美人;杭州那个老板姑娘,爱恋的是书中才子;现今的先生小姐,却自己影射自己是宝玉、黛玉,爱恋的是他自己罢了。

我们讨论小说的价值以前,先得承认它的作用。这因论数量,小说数量特别多,内容好坏不一致,然而"能引起作用"倒差不多。论影响,小说流行相当久,范围特别广,即从《三

---

① 绝粒:指不吃不喝,断绝饮食。《红楼梦》中有林黛玉绝食的情节。本书脚注均为编者所加,后文不再说明。

国演义》来说，遍中国的关帝庙，庙中那位黑脸毛胡子周仓，周仓肩上扛的那把青龙偃月刀，都是从这个小说来的。下层社会帮会的合作，同盟时相约"祸福同当"，以及此后的分财分利，也似乎必援引《桃园结义》故事。可见得同一小说，它的作用便不尽相同。姚元之《竹叶亭杂记》，说雍正时一个大官保荐人才，在奏文中引用小说里孔明不识马谡故事，使皇帝生了气，认为不合，就打了那个官四十大板，并枷号示众。然而陈康琪的《燕下乡脞录》，却说顺治七年大学士达海、范文程等，把《三国演义》译成了满文，蒙赏鞍马、银币。满族武将额勒登保的战功，据说就是得力于这个翻译小说的（比较时间略前，明末忠臣李定国，也是受《三国演义》影响，而由贼做官，终于慷慨殉国）。

所以从小说"作用"谈"价值"，我们便可以明白同样一个作品，给读者可好可坏。有时又因为读者注意点不同，作品价值即随之而变。《红楼梦》《水浒传》，卫道老先生认为它诲淫诲盗，家中的大少爷、二小姐和管厨房的李四，说不定反用它当作随身法宝，倘若另外来个社会学家费孝通先生，他把书仔细读过后，却会说"这简直是几百年来中国最真实有用的社会史料！"

又从作者那方面来看"价值"，也很有意思。读过《笑林广记》的人，绝不能说这本书有什么价值。可是这类书最先一部，名为《笑林》，却相传是魏文帝曹丕作的（这算是皇帝作的唯一小说！即不是他作的，也是留在这个皇帝身边说笑话的邯郸淳作的）。孔子好像是个和小说和笑话不能发生关系的人了，然而千年后的人，对孔子保留一个印象，比较活泼生动的，并不是他读《易》时韦编三绝、铁挝三折，倒是个并不真实、带点谐谑的故事，即韩婴的《韩诗外传》上，载孔子与子贡南游阿谷之隧，见一个女子"佩瑱而浣"，因此派子贡去和女子谈话那个故事。这又可见写一个历史上庄严重要人物，笔下庄严亦未必即能成功，或从别的方法上表现，反而因之传世。表现得失既随事随人而定，它的价值也就不容易确定了。从这里我们可以明白涉及小说的社会问题，是个多么复杂的问题。同是用一组文字处理人事，可作成的只是些琐琐碎碎的记录，增加鬼神迷信、妨碍社会进步的东西；也可保留许多人类向上的理想和人生优美高尚的感情。大约就因为它与社会关系太复杂又太密切，所以从一本书的作用上讨论到价值时，意见照例难于一致。我们试从近三十年中国这方面的发展看看，可见它和社会如何相互影响。明白过去，或可保留一点希望于未来。

民国初元社会对于"小说"的关系，可从三方面见出：一是旧小说的流行；二是新章回小说的兴起；三是更新一派对于小说的社会意义与价值重估。

当时旧小说的流行，应当数《水浒》《三国》《西游》《封神》《说唐》《小五义》《儿女英雄传》《镜花缘》《绿野仙踪》《野叟曝言》《情史》《红楼梦》《聊斋志异》《今古奇观》……书虽同时流行，实在各有读者。前一部分多普通人阅读，有些人熟悉故事，还是从看戏、听书间接来的。就中读《三国》《水浒》，可满足人英雄崇拜的愉快；读《西游》《镜花缘》，可得到荒唐与幽默综合的快乐；读《封神榜》，照规矩必然得洗洗手，为的是与当时鬼神迷信习惯相结合。后一部分多书生和闺阁仕女阅读，有的人从书中发现情人，有的人从书中得到知己。《聊斋志异》尤为人爱读，为的是当故事说即容易动听，就中《青凤》《娇娜》《黄英》《婴宁》这类狐鬼美人，更与自作多情、孤单寂寞的穷书生恋爱愿望相称。《今古奇观》中的《金玉奴棒打薄情郎》《卖油郎独占花魁》，故事说给妓女和小商人听时，很可能会赢得他们许多眼泪，并增加他们许多幻想！

至于新章回小说的兴起，是与报纸杂志大有关系的。如《九尾龟》《官场现形记》《海上繁华梦》《孽海花》《留东外史》《玉梨魂》……这些作品多因附于报纸上刊载，得到广大的注意，（那时上海申、新二报是国内任何一省都有订户的！）它的特点是渐趋于一致的社会性。故事是当前的，注重在写人写事。或嘲笑北京官场，或描写上海洋场，或记载晚清名士美人掌故，或记载留日学生舍命恋爱，或继续传统才子佳人悲欢离合情节，如苏曼殊、徐枕亚等人作品，就名为"香艳小说"，它的时间短，分布少，当然不如旧小说普遍，然而它的影响可不小！因为北京的腐败、上海的时髦以及新式人物的生活和白面书生的恋爱观，都是由这类小说介绍深印于国内读者脑中的。作品既暴露了些社会弱点，对革命进行自然即有大作用。然而当时有一部分作家，已起始借用它作"讹诈老板"或"阿谀妓伶"工具，所以社会对小说作家就保留个"才子流氓"印象，作品的价值随之而减少。这件事，间接刺激了新文学的兴起，且直接制定了章回小说的死命。

至于更新一派的人把小说社会价值重估，是配合维新思想而来的。吴稚晖先生为提倡科学教育，来写《上下古今谈》。林琴南[①]先生大规模译欧洲小说，每每在序言上讨论到小说与

---

① 林琴南：即林纾，清末民初著名翻译家。

德育问题。梁启超先生更认为小说对国民影响大、作用深,主张小说在文学上应当有个较新的看法,值得来好好设计,好好发展培养它。林译小说的普遍流行,在读者印象中更能接受那个新观念,即"从文学中取得人生教育"。虽然这个新观念未能增加当时读者对小说的选择力,因为和林译小说同时流行的小说,就是《福尔摩斯侦探案》。然而一个更新的文学运动,却已酝酿到这个新读者群中,到民八①即得发展机会。新文学是从这个观念加以修正,并得到语体文自由运用的便利,方有今日成就的。

到现在来说小说和社会,有好些情形自然都不同了。第一是旧小说除了几部较重要的还有因为重新印行重新分配得到读者,其余或因为流行数量越来越少,或因为和读者环境生活不合,不仅老先生所担心的诲淫诲盗小说作用已不大,就是维新派担心的鬼狐迷信与海上黑幕小说②,也不能有多大的作用了。一般印象虽好像还把小说当消遣品,小说作家和作品在受过初级教育以上的年轻人方面,却已具有"先知""经典"意

---

① 民八:即民国八年,一九一九年。(书中同类情况不再出注)
② 海上黑幕小说:近代小说流派,一九一五年至一九一八年盛行于上海,以揭露隐私、记录社会丑恶现象为主要内容。

味。大学校已把它当作一种研究课目,可作各种讨论。国立图书馆更有个小说部门,收藏很多书籍,国家准备奖金,且给作品一种学术上的敬视,把它和纯数学以及史学等并列。国家在另外一方面,为扶持它、培养它,每年还花去不少钱。国内出版业在这方面投资的,数目更极可观。一个有成就的作家,所能引起读者给予的敬意和同情,若从过去历史追溯,竟可说是空前的!就拿来和当前社会上一般事业成功比较,也可以说是无与比肩的!

说到这一点时,我们自然也还得另外知道些事情。我意思是把那个缺点提一提,因为缺点是随同习惯而来的,还需要从讨论上弄明白,可想法补救。譬如说,过去十年新文学运动和政治关系太密切,在政治上不稳定时,就得牺牲了些有希望的作家。又有些虽还好好地活着,因为"思想不同",就受限制不能好好地写他的作品发表。又有些因为无从在比较自由情形下工作,索性放下原有工作去弄政治,这个作风又照例是能增加纠纷而无助于文学发展的。这实在是我们国家的损失,值得有心人重视。其次是文学运动过去和商业关系不大好,立法上保障不生作用,因此国内最知名作家,他的作品尽管有一百万本流行,繁荣了那个新出版业,作者本人居多是无所得的。直到如今为止，能靠出版税收入过日子的小说作家，不会过三五位。冰心或茅盾、老舍或丁玲，即或能有点收入，一定都不多。因此作家纵努力十年，对国家、社会有极大贡献，社会对他实在还说不上什么实际贡献。他得做别的事才能养家活口，所以有些作家到末了只好搁下创作，另寻生活，或教书经商，或做官办党，似乎反而容易对付。有些人诚实而固执，缺少变通，还梦想用一支笔来奋斗，到末了也就只好在长穷小病中死去，倒下完事。这自然更是国家的损失！一个进步的国家，照理不应当有这种现象的。（因为这纵不是负责方面的罪过，至少也是可负疚的羞耻！）关于这一点，我们实在需要出版业方面道德的提高和国家在立法上有个保障，方能望得到转机，单是目前的种种办法，还是不够的！从商业观点来看一本好书，也许不过是它能增加一笔收入，别无更深的意义，标准就不会高。至于从国家观点看来，一本好书实值得由国家来代为出版，代为分配。照目前中国情形，一本好书印行十万到五十万本，总有办法可分配的！国家来做这件事，等于向全国中优秀脑子和高尚情感投资，它的用意是尊重这种脑子并推广这种情感。即或麻烦一点，但比别的设计究竟简单得多，而且切于实际得多！作者若能从这个正当方式上得到应得的版税，国家就用不着在这问题上花钱费心了。

　　这种种合理的打算，最近自然无从实现。但这对于一个有自尊心和自信心的作者来说，还是不会灰心的。就因为他的工作物质上即无所得，还有个散处于国内的五十万、一百万读者，精神上是相通的。尽管有许多读者是照我先前说的"无事可做，消遣消遣"，可是一本好书到了他的手中后，也许过不久他就被征服了。何况近二十年来的习惯，比我们更年轻一辈的国民，凡是受中等教育的，都乐意从一个小说接受作者的热诚健康人生观。好作品能引起良好作用，实在显明①不过。我们虽需要国家对于文学作用有更深刻的认识，同时还更需要文学作家自己也能认识自己，尊重自己，不要把"思想"完全依赖在政治上，不要把"出路"完全寄托在收入上。若想到真理和热情是可传递的，这个工作成就，实包含了历史价值和经典意义，他就会相信明日的发展，前途为如何远大，环境即再困难，也必然不以为意了！

一九四二年九月二十九日　昆明

---

① 显明：即明显、一目了然。作者的习惯用法，后文同，不再加注。

新文人与新文学[1]

五四以后中国多了两个新名词，一个是"新文学作家"，一个是"新文学"。所谓新文学，就是"的、呢、吗、啦"老古董一见摇头的文学。直到如今新文学虽还没有什么了不起的成绩，能够使那些从前摇头的点头。不过一群新文学作家，在这十年来，可真是出够风头了。"文学作家"在青年人心中已成为一个有魔术性的名词，这是我们不能否认的事实。这名词不知毒害过多少青年人，使他们皆得了极其厉害的神经衰弱症，有业务的搁下业务不理，正求学的抛开书本不读，每天在一堆流行杂志里钻研"浪漫""古典""象征""幽默"字眼儿里，白白地糟蹋掉他们那些宝贵的生命。这些大有影响于青年人的文学作家，其实大多数皆只宜称呼为"新文人"。就因

---

[1] 原载天津《大公报·文艺》第一三七期，一九三五年二月三日。

为从前旧文人的恶德,既可以在他们身上继续发现,现社会的恶德,在他们身上也更富于传染性。

一个新文人的特征是:"活下来比任何种人做人的权利皆特别多,做人的义务皆特别少。"

这些人照例多少知道一点中外古今文学名著,同时还记起一些中外古今文坛掌故。各有一张口,好说空话,又会说空话(对于吃肉喝酒自然也不委屈自己),看事既朦朦胧胧,做事皆马马虎虎。有些自命风雅,就轻视身边一切活人生活,以为那是"俗物俗务"。有些平常时节读点诗歌、小说,放下书时便自作多情,不免装作无聊失意的样子起来。他们照例皆害怕同真实社会对面,不愿受社会规矩束缚,因此全是个人自由主义的赞同者。然而个人自由主义者每天总仍然得穿衣吃饭,在穿衣吃饭问题上又不能不同那个丑恶俗气社会对面,迨①被种种事实围困、打倒,不能振拔自救时,于是便烦恼悲观,不知如何是好。嫌白日太长,无可消遣,却邀约三四同志,打打麻雀牌与扑克牌。嫌夜里太静,睡不着觉,又不妨上舞场去玩个半夜。(胡闹自然有理由的,因为翻开任何大作家传记,皆有

---

① 迨:意为等到。

前例可援！）有些人玩也不玩，动也懒动，孤僻寂寞不与他人同流合污的，每天便在家中灌个半斤烧酒，写个十首歪诗，十篇杂感……也许还有为人更聪明更洒脱的，或尚能想方设法，使用都市中种种腐烂身心的玩意儿，来作腐烂自己的行为。

一个教授，一个学生，一个公子哥儿，一个小瘪三，目前只要他本身住在大都市中，有志在做这种文人，他就可以找寻机会，令旁人承认他为文人，或自称为文人。既做文人后，就过着如上所述猥琐猥亵的新文人生活。这些人身份尽管相去甚远，见解趣味却常常极其相近。他们照例对于社会上许多事情皆不明白，许多人生必需常识皆极其缺少，许多严重现象皆漠不关心。怕责任，怕拘束，因此或以隐逸淡泊相高，或以放僻邪侈为美（若有人指摘到这一点时，他们自会援引典籍，保护自己，由于设辞巧妙，反而能令一般人十分同情）。他们既在那里"玩"文学，认为文学只宜那么玩下去，又潇洒，又自由，还必须如此方不至于失去它的庄严。总仿佛国家、社会皆不能缺少这种消闲文学同游荡文人，若稍稍苛刻他们，希望他们在生活态度上与作品上负上一点儿小小责任时，就亵渎了文学，误解了文学。因此一来，文学就再不成其为文学，国家、社会同时也就再不成其为国家、社会了。

十年来这种新文人日见其多，却用不着为他们作品过多发愁。这些人虽称为"文学家"，终日尽管批评、造谣，在酒食场中一面吃喝，一面传述点自己雅事、别人俗事，用文学家名分在社会上做种种活动，受青年人崇拜同社会供养，事情说来很稀奇，有些人既不曾在过去某一时认真写过什么作品，甚至将来也就绝不会写个什么作品，他们其所以成为新文人，大多数倒是关于他们的故事消息，在新出报章杂志上，差不多随处皆可以很夸张虚诞地登载出来。他们原是从这方面成为文人的。一个新文人既那么潇洒自由，令青年人神往倾心，也不是无理由了。

至于我们这个社会真正所希望的文学家呢，无论如何应当与新文人是两种人。第一，他们先得承认现代文学不能同现代社会分离，文学家也是个"人"，文学绝不能抛开人的问题反而来谈天说鬼。第二，他们既得注意社会，当前社会组织不合理处，需重造的、需修改的，必极力在作品中表示他的意见同目的，爱憎毫不含糊。第三，他们既觉得文学作家也不过是一个人，就并无什么比别人了不起的地方，凡做人消极与积极的两种责任皆不逃避。他们从事文学，也与从事其他职业的人一样，贡献于社会的应当是一些作品、一点成绩，不能用其他东西代替。

  这种人也许是个乡巴佬，凡属新文人的风雅皆与他无缘。生活也许平平常常，并无逸闻佳话足供广播流传。思想信仰也许同现社会制度习惯皆显得十分冲突，不能相合，却有一种更合理更谨严①的伦理道德标准控制他，支配他，而且在他那些作品中，便表示出他对于旧制度习惯的反抗，向未来社会伦理道德的努力。这种人缺少新文人的风度，缺少新文人的生活，算不得他的耻辱。他不一定会喝酒打牌，不一定常常参加什么会，不一定是个什么专家，不一定有"学位"和讲座。他观察社会，认识社会，虽无"专门知识"却有丰富无比的"常识"。他从书本学得了文学上各种技巧，学会安排文字，铺叙故事，再从那个活生生的社会里去注意一切问题——他的作品便是综合这两方面所得的成果。他绝不如某种有"学位"的文人，仅仅以能够模仿某某名作写得出一首诗、一篇小说就沾沾自喜。他不善模仿，必得创造（创造需要胆量同气魄，是的，他就不缺少胆量同气魄）。工作失败了，他换个方式再干；成功了，也仍然换个方式企图更大的成功。

---

① 谨严：即严谨。作者的习惯用法。

这种人相信人类应当向光明处去，向高处走。正义永远在他们胸中燃烧，他们的工作目的就是向生存与进步努力。假若每个文学作品，还许可作者保留一种希望，或希望他作品成为一根杠杆、一个炸雷、一种符咒，可以因它影响到社会组织上的变动，恶习气的扫除，以及人生观的再造。或希望他的作品能令读者理性更深湛一些，情感更丰富一些，做人更合理一些。他们的希望容或有大有小，然而却有相同的信仰，就是承认人的个体原是社会一部分，文学作品是给人看的，把文学从轻浮猥亵习气里救出，给它一种新的限制，使它向健康一方面走去，实为必需的情形。一个不自私的现代人，假若他还有眼睛，还能够用眼睛看看书本以外的一切，就不至于觉得把文学赋予这种限制有何种可嘲笑处。他们不怕嘲笑！

社会的流行风气，常常奖励到一些装模作样的新文人，常常奖励到一些懒惰与狡猾的人，这不稀奇，因为无限制地容许新文人轻浮与猥亵，读者也就可以满足个人轻浮与猥亵的嗜好。但因此一来，另外那些想把文学加上一种崇高的责任的文学者，自然就见得俗气逼人，见得荒谬绝伦了。这种人一面将受一般社会的奚落，一面还不免为痛苦、贫穷以及各样恶势力所迫害，不是很悲惨地死去，就只得在逃亡、沉默中勉强挣扎。这种人不特缺少新文人的潇洒与风雅，有些人甚至于想勉强活下去也办不到。若将这种人同新文人去比较看看，两者相形之下，也就可以明白这所谓"从事文学"的工作，真是一种如何枯燥无味、困苦艰难的工作！

一个大学校的文学教授、一个文学杂志的编辑，或是一个薄负时誉的文学作家，必皆常常被青年人用书信或当面提出一个问题："先生，我对文学极有兴味，我有志于文学，怎么样我就可以做个文学家？"这些青年人虽说有志于"文学"，大多数或者还只是有志做"新文人"。因为一群新文人的好处，最容易引起他们的注意。至于一群有远见的文学家，十年来所遭遇的忧患，照例是很少为人知道的。

…………

中国目前新文人真不少了，最缺少的也最需要的，倒是能将文学当成一种宗教，自己存心做殉教者，不逃避当前社会做人的责任，把他的工作，搁在那个俗气荒唐对未来世界有所憧憬，不怕一切，很顽固单纯努力下去的人。这种人才算得是有志于"文学"，不是预备做"候补新文人"的。

一九三五年一月三十日　北平

论中国创作小说[①]

一

关于怎么样去认识新的创作小说，这像是一件必须明白的事。因为中国在目下，创作已经那么多了，在数量上，性质上，做成一种分类统计还没有人。一个读者，他的住处如是离上海或北平较远，愿意买一本书看，便感到一种困难。他不知道应当买什么书好。不一定是那些住在乡僻地方的年轻人，即或在上海、北平、武昌、南京、广州这些较大地方的大学生或中学生，愿意在中国新书上花一点钱，结果还是不知道如何去选择他所欢喜的书。人不拘远近，能够把钱掏出给书店，所要的书全是碰运气而得到的。听谁说这书好，于是花钱买来。看

---

① 原载《文艺月刊》第二卷第四期，一九三一年四月三十日。

到报纸上广告很大，于是花钱买来。从什么刊物上，见有受称赞的书，于是花钱买来。买书的目的，原为对中国新的创作怀了十分可感的好意，尤其是僻处内地的年轻人，钱是那么难得，书价却又这么贵。但是，结果，每一个读者，差不多全是在气运中造成他对文学的感情好坏，在市侩广告中，以及一些类似广告的批评中造成他对文学的兴味与观念。经营出版事业的，全是在赚钱上巧于打算的人，一本书影响大小估价好坏，商人看来全在销行的意义上，这销行的道理，又全在一点有形的广告与无形的广告上，结果也就差不多完全在一种近于欺骗的情形下使一些人成名。这欺骗，在"市侩发财""作家成名"以外，同时也就使新的文学陷到绝路上去，许多人在成绩上不免感到一点悲观了。许多人在受骗以后，对创作，便用卑视代替了尊严。并且还有这样的一种事实，便是从民十六后，中国新文学由北平转到上海以后，一个不可避免的变迁，是在出版业中，为新出版物起了一种商业的竞卖。一切趣味的俯就，使中国新的文学，与为时稍前、低级趣味的海派文学，有了许多混淆的机会，因此影响创作方向与创作态度非常之大。从这混淆的结果上看来，创作的精神，是逐渐堕落了的。

　　因这个不良的影响，不只是五年来的过去，使创作在国内年轻的人感情方面受了损失，还有以后的趋势，也自然为这个影响所毒害，使新创作的作者与读者，皆转到恶化一时的流行趣味里去，实在是一种很不好的现象。如今我想说到的是几个目下的中国作家与其作品，供关心新文学的人作一种参考。我不再告你们买某一本书或不买某一本书。为年轻人选书读，开书单，这件事或者可以说是做教员的一种责任，但不是这一篇文章的责任。这里我将说到的，是十年来有些什么作者，在他那个时代里，如何用他的作品与读者见面，他的作品有了什么影响，所代表的是一种什么倾向，在组织文字技术成就上，这作者的作品的得失如何，……我告你们是明白那些已经买来的书，值得如何用不同的态度去认识、去理解、去赏鉴，却不劝你们去买某一个人的作品或烧某一个人的书。买来的不必烧去，预备买的却可以小心一点，较从容地选择一下。因为我知道，还有年轻朋友们，走到书店去，看看那一本书封面还不坏，题目又很动人，因此非常慷慨地把钱送给书店中小伙计手上。拿回去一看，才明白原来是一本不值得一看的旧书。因此在机会中，我还想顺便说到买书的方法，以及受骗以后的救济。

二

"创作"这个名词,受人尊敬与注意,由五四运动而来。创作小说受人贱视与忽视,现在反而较十年前的人还多。五四运动左右,思想"解放"与"改造"运动,因工具问题,国语文学运动随之而起。国语文学的提倡者,胡适之、陈独秀等,使用这新工具的机会,除了在论文外,是只能写一点诗的。《红楼梦》《水浒》《西游记》等书,被胡适之提出,给了一种新的价值,使年轻人用一个新的趣味来认识这类书。同时译了一些短篇小说,写了许多有力的论文。另外是周作人、耿济之等的翻译,以及其他翻译,在文学的新定义上,给了一些帮助。几个在前面走一点的人,努力的结果,是使年轻人对这运动的意义,有了下面的认识。

使文字由"古典的华丽"转为"平凡的亲切"是必须的。

使"炫奇艰深"变为"真实易解"是必须的。

使语言同文字成为一种东西,不再相去日远是必须的。

使文字方向不在"模仿"而在"说明",使文字在"效率"而不在"合于法则"是必须的。

同时"文学为人生"这解释,动摇到当时一切对文学运动尽力的人的信仰,因此各人皆能勇敢地、孩气①地,以天真的心,处置幼稚单纯的文字,写作"有所作为"的诗歌。对一切制度的怀疑,对习惯的抗议,莫不出之以最英雄的姿态。所以"文学是一种力,为对习惯制度推翻、建设或纠正的意义而产生存在"。这个最时兴的口号,在当时是已经存在而且极其一致的。虽然幼稚,但却明朗健康,便是第一期文学努力所完成的高点。在诗上,在其他方向上,他们的努力,用十年后的标准说"中国第一期国语文学,是不值得一道,而当时的人生文学,不过一种绅士的人道主义观,这态度也十分软弱",那么指摘是不行的。我们若不疏忽时代,在另外那个时代里,可以说他们所有的努力,是较之目前以翻译创作为穿衣吃饭的作家们,还值得尊敬与感谢的。那个时代文学为"主张"而制作,却没有"行市"。那个最初期的运动,并不包括物质欲望在里面,而以一个热诚前进,这件事,到如今却不行了的。一万块钱或三千块钱,由一个商人手中,便可以订购一批恋爱的或其他的创作小说,且同时就俨然支配一种文学空气,这是一九二八年以来的中国的事情。较前一些日子里,那是没有这

---

① 孩气:即孩子气。作者的习惯用法,后文同,不再加注。

个便宜可占，也同时没有这个计划可行的。

并且应当明白，当时的"提倡"者却不是"创作"者他们为我们文学应当走去的路上，画了一些图，作了一些说明，自己可并不"创作"。他们的诗可说是在一种天真心情试验上努力完成的，小说还没有试验的暇裕①，所以第一期创作的成绩比诗还不如。

第一期小说创作同诗歌一样，若不能说是"吓人的单纯"，便应当说那是"非常朴素"。在文字方面，与在一个篇章中表示的欲望、所取的手段方面，都朴素简略，缺少修饰，显得匆促与草率。每一个作品，都不缺少一种欲望，就是用近于语言的文字，写出平凡的境界的悲剧或惨剧。用一个印象复述的方法，选一些自己习惯的句子，写一个不甚坚实的观念——人力车夫的苦、军人的横蛮②、社会的脏污、农村的萧条，所要说到的问题太大，而所能说到的却太小了。中国旧小说又不适于模仿。从一本名为《雪夜》的小说上，看看一个青年作者，在当时如何创作，如何想把最大的问题，用最幼稚的

---

① 暇裕：指空闲、空暇。
② 横蛮：即蛮横、蛮不讲理。作者的习惯用法，后文同，不再加注。

文字、最简单的组织来处置,《雪夜》可以告我们的,是第一期创作,在"主张"上的失败,缺少的是些什么东西。《雪夜》作者汪敬熙君,是目前国内治心理学最有成就的一个人,这作品,却是当时登载于《新潮》《新青年》一类最有影响的刊物上面与读者见面的。这本书,告给我们的,正是那个时代,一个年轻人守着当时的文学信仰,忠实诚恳地写成的一本书。这算不得是好作品,却是当时充满认真态度完成的一本作品。

在"人生文学"上,那试验有了小小阻碍,写作方向保持那种态度,似乎不能有多少意义。一面是创作的体裁与语言的方法,从日本小说得到了一种暗示,鲁迅的创作,却以稍稍不同的样子产生了。写《狂人日记》,分析病狂者的心理状态,以微带忧愁的中年人感情,刻画为历史所毒害的一切病的现象,在作品中,且注入些嘲讽气息。因为所写的故事,超越一切同时创作形式,文字又较之其他作品为完美,这作品,便成为当时十分动人的作品了。这作品的成功,使作者有兴味继续写下了《不周山》等篇,后来汇集为《呐喊》,单行印成一集。且从这一个创作集上,获得了无数读者的赞赏。其中在《晨报副镌》登载的一个短篇,以一个诙谐的趣味写成的《阿Q正传》,还引起了长久不绝的论争,在表现的成就上,得到空前的注意。当时还要"人生的文学",所以鲁迅那种作品,便以"人生文学"的悲悯同情意义,得到盛誉。因在解放的挣扎中,年轻人苦闷纠纷成一团,情欲与生活的意识,为最初的睁眼而眩昏苦恼,鲁迅的作品,混和的有一点颓废、一点冷嘲、一点幻想的美,同时又能应用较完全的文字,处置所有作品到一个较好的篇章里去,因此鲁迅的《呐喊》,成为读者所欢喜的一本书了。

还有一个情形,就是在当时"人生文学"能拘束作者的方向,却无从概括读者的兴味,作者许可有一个高尚尊严的企图,而读者却需要一个诙谐美丽的故事。一些作者都只注意自己"作品",乃忘却了"读者"。鲁迅一来,写了《故乡》《社戏》,给年轻人展览一幅幅乡村的风景画在眼前,使各人皆从自己回想中去印证。又从《阿Q正传》上,显出一个大家熟习[①]的中国人的姿态,用一种谐趣的、稍稍夸张的刻画,写成了这个作品。作者在这个工作上恰恰给了一些读者一种精神的粮食,鲁迅因此成功了。作者注意到那故事谐谑的笔法,不

---

① 熟习:了解得很深刻、掌握熟练。作者的习惯用法,后文同,不再加注。

甚与创作相宜，这作品虽得到无数的称赞，第二个集子《彷徨》，却没有那种写作的方法了。在《呐喊》上的《故乡》与《彷徨》上的《示众》一类作品，说明作者创作所达到的纯粹，是带着一点儿忧郁，用作风景画那种态度，长处在以准确鲜明的色，画出都市与农村的动静。作者的年龄，使之成为沉静，作者的生活各种因缘，却又使之焦躁不宁，作品中憎与爱相互混和，所非常厌恶的世事，乃同时显出非常爱着的固执，因此作品中感伤的气氛，并不比郁达夫为少。所不同的，郁达夫是以个人的失望而呼喊，鲁迅的悲哀，是看清楚了一切，辱骂一切，嘲笑一切，却同时仍然为一切所困窘，陷到无从自拔的沉闷里去了的。

在第一期创作上，以最诚实的态度，有所写作，且十年来犹能维持那种沉默努力的精神始终不变的，这是叶绍钧。写他所见到的一面，写他所感到的一面，永远以一个中等阶层知识分子的身份与气度，创作他的故事。在文字方面，明白动人；在组织方面，则毫不夸张。虽处处不忘却自己，却仍然使自己缩小到一角上去，一面是以平静的风格，写出所能写到的人物、事情，叶绍钧的创作，在当时是较之其他若干作家作品为完整的。《膈膜》代表作者最初的倾向，在作品中充满淡淡的哀戚。作者虽不缺少那种为人生而来的忧郁、寂寞，却能以做父亲态度，带着童心，写成了一部短篇童话。这童话名为《稻草人》。读《稻草人》，则可明白作者是在寂寞中怎样做梦，也可以说这是当时一个健康的心，以及所有的健康的人生态度。求美，求完全，这美与完全，却在一种天真的想象里建筑那希望，离去情欲，离去自私是那么远，那么远！在一九二二年后创造社浪漫文学势力暴长，"郁达夫式的悲哀"成为一个时髦的感觉后，叶绍钧的那种梦，便成一个嘲笑的意义而存在，被年轻人所忘却了。然而从创作中取法，在平静美丽的文字中，从事练习，正确地观察一切，健全地体会一切，细腻地润色，美地抒想，使一个故事在组织篇章中，具各样不可少的条件，叶绍钧的作品，是比一切作品还适宜于学习取法的。他的作品缺少一种炫目的、惊人的光芒，却在每一篇作品上，赋予一种温暖的爱，以及一个完全无疵的故事型胎，故给读者的影响，将不是趣味，也不是感动，而是认识。认识一个创作应当在何种意义下成立。叶绍钧的作品，在过去，以至于现在，还是比其他人某些作品为好些。

在叶绍钧稍次一点时间里，冰心、王统照两人的作品，在《小说月报》以及其他刊物上发现了。

"烦恼"这个名词五四左右实支配到一切作者的心。每一个作者,皆似乎"应当"或者"必须"在作品上解释这物与心的纠纷,因此"了解人生之谜"这句到现今已不时髦的语言,在当时,却为一切诗人所引用。自然的现象、人事的现象,因一切缘觉而起爱憎与美恶,所谓诗人,便莫不在这不可究竟的意识上,用一种天真的态度,去强为注解,因此王统照、冰心这两人写诗,在当时被称为"哲理的诗"。在小小篇章中,说智慧聪明言语,冰心女士的小诗,因由于从太戈尔[①]小诗一方面得到一种启示,所有的作品,曾经一时得到非常的成功。使诗人温柔与聪慧的心扩大,用着母性一般的温暖的爱,冰心女士在小诗外,又从事于创作小说,便写成了她的《超人》。这个小说集中各篇章,陆续发表于《小说月报》上时,作者所得的赞美,可以说是空前的。十年来在创作方面,给读者的喜悦,在各个作家的作品中,还是无一个人能超过冰心女士。以自己稚弱的心,在一切回忆上驰骋,写卑微人物,如何纯良具有优美的灵魂,描画梦中月光的美,以及姑娘、儿女们生活中的从容,虽处处略带夸张,却因文字的美丽与亲切,冰心女士

---

① 太戈尔:今译泰戈尔,印度诗人、文学家。

的作品，以一种奇迹的模样出现，生着翅膀，飞到各个青年男女的心上去，成为无数欢乐的恩物，冰心女士的名字，也成为无人不知的名字了。冰心女士的作品，在时代的兴味歧途上，到近来虽渐渐像已经为人忘却了，然而作者由作品所显出的人格典型、女性的优美灵魂，在其他女作家的作品中，除了《女人》作者凌叔华外，是不容易发现了的。

冰心女士所写的爱，乃离去情欲的爱、一种母性的怜悯、一种儿童的纯洁，在作者作品中，是一个道德的基本、一个和平的欲求。当作者在《超人》集子里描画到这个现象时，是怀着柔弱的忧愁的。但作者生活的谧静①，使作者端庄，避开悲愤，成为十分温柔的调子了。

"解释人生"，用男子观念，在作品上，以男女关系为题材，写恋爱，在中国新的创作中，王统照是第一位。同样地在人生上看到纠纷，而照例这纠纷的悲剧，却是由于制度与习惯所形成，作者却在一种朦胧的观察里，做着否认一切那种诗人的梦。用繁丽的文字，写幻梦的心情，同时却结束在失望里，使文字美丽而人物黯淡，王统照的作品，是同他那诗一样，被

---

① 谧静：意为没有动荡、骚扰的安静的环境。作者的习惯用法。

人认为是神秘的、朦胧的。使语体文向富丽华美上努力，同时在文字中，不缺少新的倾向，这所谓"哲学的"象征的抒情，在王统照的《黄昏》《一叶》两个作品上，那好处实为同时其他作家所不及。

在文学研究会一系作者中，还有一个比较重要的作者，是以落华生用作笔名的许地山。在"技术组织的完全"与"所写及的风光情调的特殊"两点上，落华生的《缀网劳蛛》，是值得注意的。使创作的基本人物，在现实的情境里存在，行为与生活，叙述真实动人，这由鲁迅或郁达夫作品所显示出的长处，不是落华生的长处。落华生的创作，同"人生"实境远离，却与"诗"非常接近。以幻想贯穿作品于异国风物的调子中，爱情与宗教，颜色与声音，皆以与当时作家所不同的风度，融会到作品里。一种平静的、从容的、明媚的、聪颖的笔致，在散文方面，由于落华生作品所达到的高点，却是同时几个作者无从企望的高点。

与上列诸作者作品取不同方向，从微温的、细腻的、怀疑的、淡淡寂寞的憧憬里离开，以夸大的、英雄的、粗率的、无忌无畏的气势，为中国文学拓一新地，是创造社几个作者的作品。郭沫若、郁达夫、张资平，使创作无道德要求，为坦白自白，这几个作者，在作品方向上，影响较后的中国作者写作的兴味实在极大。同时，解放了读者兴味，也是这几个人。但三人中郭沫若，创作方面似不如其他两人。在作品中必不可少的文字组织与作品组织，皆为所要写到的"生活愤懑"所毁坏，每一个创作，多成立于生活片段上。为生活缺憾夸张的描画，却无从使自己影子离开，文字不乏热情，却缺少亲切的美。在作品对话上，在人物事件展开与缩小的构成上，缺少必需的节制与注意。想从作者的作品上，找寻一个完美的篇章，不是杂记，不是感想，是一篇有组织的故事，实一个奢侈的企图。郭沫若的成就，是以他那英雄的气度写诗，在诗中，融化旧的辞藻与新的名词，虽泥沙杂下，调子的强悍、才情的横溢，或者写美的抒情散文，却自有他较高成就。但创作小说可以说实非所长。

张资平，在他第一个小说集《冲积期化石》这部书上，在《上帝儿女们》及其他较短创作上，使当时读者发生了极大兴味。五四运动引起国内年轻人心上的动摇，是两性问题。因这动摇所生出的苦闷，虽在诗那一方面，表现得比创作为多，然而由于作品提出那炫目处，加以综合的渲染，为人类行为——那年轻人最关切的一点——而发生的问题，诗中却缺少能够满足年轻人的作品。把恋爱问题，容纳到一个艺术组织里，落华生的作品，因为只注意到文章的完美，于两性的关系，对读者而言，却近于有意回避，失败了。冰心女士因环境与身份，更加矜持，缺少对于这一方面的反映。鲁迅因年龄关系，对恋爱也羞于下笔了。叶绍钧，写小家庭夫妇生活，却无感情的纠纷。王统照，实为第一期中国创作者中对男女事件最感兴味的一人，作品中的男女关系，由于作者文学意识所拘束，也努力使作品成为自己所要求的形式，给人的亲切趣味却不如给人惊讶迷惑为多。张资平，以"说故事的高手"那种态度，从日本人作品中得到体裁与布局的方便，写年轻人急于想明白而且永远不发生厌倦的恋爱错综关系，用平常易解的文字，使故事从容发展，其中加入一点明白易懂的讥讽、琐碎的叙述，乃不至于因此觉得过长。官能的挑逗、凑巧的遇合、平常心灵产生的平常悲剧，最要紧处还是那文字无个性，叙述的不厌繁冗。年轻人，民十二左右的年轻人切身的要求，是那么简单明白，向艺术的要求又那么不能苛刻，于是张资平的作品，给了年轻人兴奋和满足，用作品揪着了年轻人的感情，张资平的成就，也可说成为空前的成就。俨然为读者而有所创作，故事的内容、文字的幽默，给予读者以非常喜悦，张资平的作品，得到的"大众"，比鲁迅作品还多，然而使作品同海派文学混淆。使中国新芽初生的文学态度与倾向，皆由热诚的、崇高的企望，转入低级的趣味的培养，影响到读者与作者，也便是这一个人。年轻读者从张资平作品中，是容易得到一种官能抽象的满足，这本能的向下发泄的兴味，原是由于上海"礼拜六"派[①]文学所酝酿成就的兴味，张资平加以修正，却以稍稍不同的意义给了广大年轻人。成功中虽即见出堕落处，然而从商品意义而言，还是应该说得到成功的。

因为从张资平作品中感到爱悦的人，恰恰多是缺少在那事件上展其所长的角色。这些年轻男子，是"备员"却不是"现役"。恋爱这件事在他们方面，发生好奇的动摇，心情放荡，生活习惯却拘束到这实现的身体，无从活泼。这里便发生了矛盾，发生了争持。"情欲的自决""婚姻的自决"，这口号从五四喊起，已喊了好几年，不少年轻人在这件事上却空怀"大志"，不能每人皆可得到方便。张资平小说告给年轻人的只是"故事"，故事是不能完全代替另外一个欲望的。于是，郁达夫以衰弱的、病态的情感，怀着卑小的、可怜的神情，写成了

---

① "礼拜六"派：民国初年的文学流派，是鸳鸯蝴蝶派的延续，主要创作白话言情小说，因其代表作家的作品多发表于《礼拜六》周刊而得名。

他的《沉沦》。这样一来，却写出了所有年轻人为那故事而炫目的忧郁了。

生活的卑微，在这卑微生活里所发生的感触，欲望上进取，失败后的追悔，由一个年轻独身男子用一种坦白的自暴方法，陈述于读者，"郁达夫"这个名字在《创造周报》上出现，不久以后，成为一切年轻人最熟悉的名字了。人人皆觉得郁达夫是个值得同情的人，是个朋友，因为人人皆可从他作品中发现自己的模样。郁达夫在他的作品中，提出的是当前一个重要问题。"名誉、金钱、女人取联盟样子，攻击我这零落孤独的人……"这一句话把年轻人心说软了。在作者的作品上，年轻人，在渺小的平凡生活里，用憔悴的眼看四方，再看看自己，有眼泪的都不能悭吝他的眼泪了。这是作者一人的悲哀吗？不，这不是作者，却是读者。多数的读者诚实的心，是为这个而鼓动的。多数的读者，由郁达夫作品，认识了自己的脸色与环境。作者一支富有才情的笔，却使每一个作品，在组织上即或有所忽略，也仍然非常动人。一个女子可以嘲笑冰心，因为冰心缺少气概显示自己另一面生活，不如稍后一时淦女士对于自白的勇敢。但一个男子，一个端重的对生存不儿戏的男子，他却不能嘲笑郁达夫。放肆地、无所忌惮地为生活有所喊叫，到现在却成了一个可嘲笑的愚行。因为时代带走了一切陈腐，展览苦闷由个人转为群众，但十年来新的成就，是还无人能及郁达夫的。说明自己，分析自己，刻画自己，作品所提出的一点纠纷，正是国内大多数青年心中所感到的纠纷。郁达夫，因为新的生活使他沉默了。然而作品提出的问题，说到的苦闷，却依然存在于中国多数年轻人生活里，一时不会抹去。

感伤的气氛，使作者在自己作品上，写放荡无节制的颓废，作为苦闷的解决。关于这一点，暗示到读者，给年轻人在生活方面、生活态度有大影响，这影响，便是"同情"《沉沦》上人物的"悲哀"，同时也"同意"《沉沦》上人物的"任性"。这便是作者作品自然产生的结果。作者所长是那种自白的诚恳，虽不免夸张，却毫不矜持。又能处置文字，运用辞藻，在作品上那种神经质的人格，混合美恶，糅杂爱憎，不完全处、缺憾处，乃反而正是给人十分同情处。郭沫若用英雄夸大样子，有时使人发笑，在郁达夫作品上，用小人物的卑微神气出现，却使人忧郁起来了。鲁迅使人忧郁，是客观地写中国小都市的一切；郁达夫只会写他本身，但那却是我们青年人自己。中国农村是在逐渐情形中崩溃了，毁灭了，为长期的混战，为土匪骚扰，为新的物质所侵入，可赞美的或可憎恶的，皆在渐渐失去原来的型范。鲁迅的小说终于搁了笔。但年轻人心灵的悲剧，却依然存在，长期在沉默里存在。郁达夫，却以另一意义而沉默了的。

三

让我们搁下上面提到的这几个人，因为另外还有的是值得记忆的作者。汪敬熙、王统照、落华生几个人，在创作上留下的意义，是正如前一期新诗作者俞平伯等一样的意义，作品成为"历史的"了。鲁迅、郁达夫、冰心、郭沫若，在时代转易中，我们慢慢地也疏忽了。张资平，在那巨量的产额下，在那常常近于"孪生"的作品里，给人仍然是那种庸俗趣味，读者用"无聊""千篇一律"嘲弄答谢作者，是十分自然的结果。他的作品继续了新海派的作风，同上海几个登载图画摄影的通俗杂志可以相提并论。叶绍钧因为矜持，作风拘束到自己的习惯里，虽还继续创作，但给人的感动，却无从超越先一时期所得的成功了。

这个时代是说到民国十五六年为止的。

四

　　民国十四年以后，在国内创作者中为人逐渐熟悉的名字，有下面几个人：许钦文、冯文炳、王鲁彦、蹇先艾、黎锦明、胡也频。各人文字风格均有所不同，然而贯以当时的趣味，却使每个作者皆自然而然写了许多创作，同鲁迅的讽刺作品取同一来源。绅士阶级的滑稽，年轻男女的浅浮，农村的愚暗，新旧时代接替的纠纷，凡属作家凝眸着手，总不外乎上述各点。同时因文字方面所受影响，北方文学运动所提示的简明体裁，又统一了各个作者，故所谓个性，乃仅能在作品风格上微有不同。"人生文学"一名词，虽已无从概括作者，然而作品所显示的一面，是无从使一个作者独自有所成就的。其中因思想转变使其作品到一种新的环境里去，其作品能不为时代习气所限，后来只一胡也频。但这转换是民十八后的事，去当时写作已四年了。

　　从上述各作者作品做一系统检阅，便可明白放弃辞藻的文学主张，到民十三年后，由于各个新作家的努力，限度已如何展开，然而同时又因这主张，如何拘束了各个作品。创造社的兴起，在另一意义上，也可说做了一种新的试验，在新的语体文中容纳了旧的辞藻,创造社诸人在文体一方面,是从试验而得到了意外好影响的。这试验一由于作者以故事为核心一支笔可以在较方便情形下处置文字,一由于读者易于领会,在当时,说及创造社的,莫不以"有感情"盛道创造社同人的成功,这成就,首先是文字一方面的解放较之在思想方面多一些。

用有感情的文字,写当时人懵懂的所谓两性问题,由于作者的女性身份,使作品活泼于一切读者印象中,民国十五年左右就有了淦女士。一面是作者所写到的一种事情,给了年轻读者的兴奋,一面是作者处置文字的手段,较之庐隐直接,以《隔绝之后》命题,登载于《创造》季刊上时,淦女士所得到的盛誉,超越了冰心,惹人注意与讨论,一时间似较之郁达夫、鲁迅作品,还都更宽泛而长久。

用有诗气息的文字,虽这文字所酝酿的气息十分旧,然而说到的事情却似十分新,淦女士作品,在精神的雄强泼辣上,给了读者极大惊讶与欢喜。年轻人在冰心方面,正因为除了母性的温柔,得不到什么东西,淦女士作品,却暴露了自己生活最炫目的一面。这是一个传奇、一个异闻,是的,毫无可疑地,这是当时的年轻人所要的作品,一个异闻,淦女士作品是在这意义下被社会认识而加以欢迎的。文字不如冰心的华美,缺少冰心的亲切，但她说到的是真正的自己。她具有展览自己的勇敢，她告给人是自己在如何解决自己的故事，她同时是一个女人，为了对于"爱"这名词有所说明，在一九二六年前，女作家中还没有这种作品。在男子作品中，能肆无忌惮地写到一切，也还没有。因此淦女士作品，以崭新的趣味，兴奋了一时代的年轻人。《卷葹》这本书，容纳了作者初期几个作品，到后还写有《劫灰》及其他，笔名改为沅君。

淦女士的作品，是感动过许多人的，但时代稍过，作品同本人生活一分离，淦女士的作品，却以非常冷淡的情形存在，渐渐寂寞下去了。因作者的作品价值，若同本人生活分离，则在作者作品里，全个组织与文字技巧，便已毫无惊人的发现。把作者的作品当一个艺术作品来鉴赏，淦女士适宜于同庐隐一起，时至今日，她的读者应当是那些对于旧诗还有兴味的人来注意的。《超人》在时代各样趣味下，还是一本适宜于女学生阅读的创作，《卷葹》能给当时的年轻人感动，却不能如《超人》长久给人感动，《卷葹》文字的美丽飘逸处，能欣赏而不足取法。

在第二时期上，女作家中，有一个使人不容易忘却的名字，有两本使人无从忘却的书，是叔华女士的《花之寺》同

《女人》。把创作在一个艺术的作品上去努力写作，忽略了世俗对女子作品所要求的标准，忽略了社会的趣味，以明慧的笔，去在自己所见及一个世界里，发现一切，温柔地也是诚恳地写到那各样人物姿态，叔华的作品，在女作家中别[①]走出了一条新路。"悲剧"这个名词，在中国十年来新创作各作品上，是那么成立了非常可笑的定义，庐隐的作品、淦女士的作品、陈学昭的作品，全是在所谓"悲剧"的描绘下而使人倾心拜倒的。表现自己的生活，或写一片人生，饿了饭的暂时失业，穿肮脏旧衣为人不理会，家庭不容许恋爱把她关锁在一个房子里，死了一个儿子，杀了几个头，写出这些事物的外表，用一些诱人的热情夸张句子，这便是悲剧。使习见的事、习见的人、无时无地不发生的纠纷，凝静地观察，平淡地写去，显示人物"心灵的悲剧"或"心灵的战争"，在中国女作家中，叔华却写了另外一种创作。作品中没有眼泪，也没有血，也没有失业或饥饿，这些表面的人生，作者因生活不同，与之离远了。作者在自己所生活的一个平静世界里看到的悲剧，是人生的琐碎的纠葛，是平凡现象中的动静，这悲剧不喊叫，不吟

---

① 别：意为另外。

呻①，却只是"沉默"。在《花之寺》一集里，除《酒后》一篇带着轻快的温柔调子外，人物多是在反省里沉默的。作者的描画，疏忽到通俗的所谓"美"，却从稍稍近于朴素的文字里，保持到静谧，毫不夸张地使角色出场，使故事从容地走到所要走到的高点去。每一个故事，在组织方面，皆有缜密的注意，每一篇作品，皆在合理的情形中发展与结束。在所写及的人事上，作者的笔却不为故事中卑微人事失去明快，总能保持一个作家的平静。淡淡的讽刺里，却常常有一个悲悯的微笑影子存在。时代这东西，影响一切中国作者，在他们的作品中，从不缺少"病的焦躁"，十年来年轻作者作品的成就，也似乎全在说明到这"心上的不安"，然而写出的却缺少一种暇裕，即在作家中如叶绍钧《城中》一集，作者的焦躁便十分显明的。叔华女士的作品，不为狭义的"时代"产生，为自己的艺术却给中国写了两本好书。称之为"闺秀"派，所以还恰当。

但作者也有与叶绍钧同一凝固在自己所熟悉的世界里，无从"向更广泛的人生多所体念"，无从使作品在"生活范围以外冒险"的情形。小孩，绅士阶级的家庭，中等人家姑娘的

---

① 吟呻：意为因痛苦而发出哼声。作者的习惯用法。

梦，绅士们的故事，为作者所发生兴味的一面。因不轻于着笔到各样世界里，谨慎认真处，反而略见拘束了。作者是应当使这拘束得到解放机会，作品涉及其他各方面，即在失败里也不气馁，则将来更能写出无数好故事的。作者所写到的一面，只是世界极窄的一面，所用的手法又多是"描写"而不是"分析"，文字因谨慎而略显滞呆，缺少飘逸，故年轻读者却常欢喜庐隐与沅君，而没有十分注意叔华，也是自然的事。

五

还有几本书同几个作者，应归并在这时代里去的，是杨振声先生的《玉君》同川岛的《月夜》，章衣萍的《情书一束》。

《月夜》在小品散文中有诗的美质。《情书一束》则刻画儿女情怀，微带一点儿放荡，一点儿谐趣。《情书一束》得到的毁誉，由于书店商人的技巧，与作者在作品以外的另一类作品，比《沉沦》或《呐喊》都多，然而也同样比这两本书容易为人忘却。因为由于作者清丽的笔，写到儿女事情，不庄重处给人以趣味，这趣味，在上海《幻洲》一类刊物发达后，《情书一束》的读者,便把方向挪到新的事物上去了。

《玉君》在出世后,是得到国内刊物极多好评的。作者在故事组织方面,梦境的反复,使作品的秩序稍感紊乱,但描写乡村动静、声音与颜色,作者的文字,优美动人处,实为当时长篇新作品所不及。且中国先一期中篇小说,张资平《冲积期化石》,头绪既极乱,王统照《黄昏》,也缺少整个的组织的美,《玉君》在这两个作品以后问世,却用一个新的方法写一个传奇,文字艺术又不坏,故这本书不单是在过去给人以较深印象,在目下,也仍然是一本可读的书。因作者创作态度,在使作品"成为一个作品",却不在使作品"成为一个时髦作品",故在这作品的各方面,不作趋时的讽刺,不作悲苦的自白,皆不缺少一个典型的法则。小小缺憾处,作者没有在第二个作品里有所修正,因为这作品,如《月夜》《雪夜》一样,作者皆在另一生活上,抛弃了创作的兴味,在自己这作品上,也似乎比读者还容易把它先已忘却了。

这时还有几个作者几种作品,因为他们的工作,在另外一件事上有了更多更好的贡献,因此我们皆疏忽了的,是郑振铎先生的《家庭故事》、赵景深先生的《烧饼》、徐霞村先生的《古国的人们》。

又有几个作家的作品，为了别一种原因，使我们对于他的名字同作品都疏远了一点，然而那些作品在当时却全是一些刊物读者最好的粮食的。在北方，还有闻国新、蹇先艾、焦菊隐、于成泽、李健吾、罗皑岚等创作。在南方，则周全平、叶灵凤，由创造社的《创造》而《幻洲》《洪水》，各刊物上继续写作了不少文章，名字成了南方读者所熟悉的名字（其中最先为人注意的还有一个倪贻德）。还有彭家煌。在武昌，则有刘大杰、胡云翼。在湖南，则有罗黑芷。这些作者的作品，在同一时代，似乎比较冷落一点，既不同几个已经说到的作家可以相提并论，即与或先或后的作家如冯文炳、许钦文、黎锦明、王鲁彦、胡也频而言，也不如此数人使人注意。这里我们不能不承认"数量""文字个性""所据地位"几种关系，或成就了某一些作者，或妨碍了某一些作者，是一种看来十分稀奇，实在却很平常的事实。冯文炳是以他的"文字"风格自见的，用十分单纯而合乎"口语"的文字，写他所见及的农村儿女事情，一切人物出之以和爱，一切人物皆聪颖明事。作者熟悉他那个世界的人情，淡淡地描，细致地刻画，且由于文字所酝酿成就的特殊空气，很有人欢喜那种文章。许钦文能用仿佛速写的笔，嚓嚓地、自然而便捷地画出那些市民阶层和乡村人物的轮廓，写出那些年轻人在恋爱里的纠纷，与当时看杂感而感到喜悦的读者读书的耐心与趣味极相称。黎锦明承鲁迅方法，出之以粗糙的描写、尖刻的讥讽、夸张的刻画，文字的驳杂中，却有一种豪放气派，这气派的独占，在他名为《雹》的一集中间，实很有些作品较之同时其他作家的作品更值得重视。鲁彦的《柚子》，抑郁的气氛，遮没了每个作品，文字却有一种美，且在组织方面和造句方面，承受了北方文学运动者所提出的方向，干净而亲切，同时讥讽的、悲悯的态度，又有与鲁迅相似处，当时正是《阿Q正传》支配到大部分人趣味的时节，故鲁彦风格也从那一路发展下去了。胡也频，以诗人清秀的笔转而作小说，由于生活一面的体念，使每一个故事皆在文字方面毫无微疵，在组织方面十分完美。其初期作品《圣徒》《牧场上》可作代表。到后方向转变，作品中如《光明在我们的前面》等作，则一个新的人格和意识，见出作者热诚与爱的取舍，由忧郁徘徊而为勇敢的向前，有超越同时同类一般作品的趋势。

但我们有时却无法分出名字比较冷落的作家和名字热闹的作家之间有什么十分悬殊的界域。在中国，初期的文坛情形，滥入了若干毫无关系的分子，直到如今还是免不了的。在创作中有为玩玩而写作的作家，也有因这类的玩玩而写作的人挡住前路，成为风气，占据刊物所有的篇幅，终于把写作无从表现的作家全压下去了，在较大刊物上把作品与读者晤面的，照例所得读者注意较多，与书业中有关系的，照例他那作品常有极好的销数。欢喜自画自赞的，不缺少互相标榜兴味的，他们分上得到的好处，是一个低头在沉默中创作的作家所无分的。从小小的、平凡的例子上看去，蒋光慈、长虹、章衣萍……这一类名字，莫不在装点渲染中比起任何名字似乎还能具吸引力一些，那理由，我们倘若不能从他们的作品中找寻得到时，是只有从另外一个意义下去领会的。有些作家用他的作品支持到他的地位，有些作家又是正用他的地位支持到作品，故如所传说，一个名作者常用一元千字把作品购为己有，稍加增改，就可以高价售出这事当然并不稀奇。因为在上述情形中，无数无名无势的新进者，出路是没有的，他们不要钱也无人愿意印行他们的著作。这习气因近年来经营新出版业者的加多，稍稍有些破除。然而凡是由于以事业、生活地位而支持到作品地位的，却并不因此有所动摇。文学趣味的方面，并不在乎读者而转移。读者就永远无能力说需要些什么，不需要什么，一切安排都在商人手中。

六

把上述诸作者,以及其中近于特殊的情形,作不愉快的叙述,可以暂且放下不用再提了。

从各方面加以仔细地检察,在一些作品中,包含孕育着的浮薄而不庄重的气息,实大可惊人。十年来中国的文学,在创作一方面,由于诙谐趣味的培养,所受的不良影响,是非常不好地将讽刺的气息注入各样作品内,这是文学革命稍后一点普遍的现象,这现象到如今还依然存在。过去一时代文学作品,大多数看来,皆不缺少病的纤细,前面说到的理由,是我们所不能不注意的。

使作品皆病于纤巧,一个作品的动人,受读者欢迎,成为时髦的作品,全赖这一点。这是应当有人负责的。胡适之为《儒林外史》重新估价,鲁迅、周作人、西滢[①]等人的杂感,丁西林[②]的戏,张资平的小说,以及莫泊桑、契诃夫作品的翻译,这些人的成绩,都使我们十分感谢,但这些作品无疑对于此后一般作品方面有极大的暗示。

---

① 西滢:即陈源,现代作家,现代评论派重要成员。
② 丁西林:现代剧作家。

由于《新青年》陈独秀等那类杂感，读者们学会了对制度用辱骂和讽刺作反抗的行为，由于《创造》成仿吾那种批评，读者们学会了轻视趣味不同的文学的习惯，由于《语丝》派所保持的态度而写成的杂感和小品散文，养成了一种趣味，是尖巧深刻的不良趣味。用这态度有所写作，照例可以避去强调的冲突，而能得到自得其乐的满足。用这态度有所写作，可以使人发笑，使人承认，使人同意。但同时另外指示到创作方面，"暗示"或"影响"到创作的态度，便成为不良的结果。我们看看年轻人的作品中，每一个作者的作品，总不缺少用一种谐趣的调子、不庄重的调子，每一个作者的作品，皆有一种近于把故事中人物嘲讽的权利，这权利的滥用，不知节制，无所顾忌，因此使作品深深受了影响，许多创作皆不成为创作，完全失去其正当的意义，文学由"人生严肃"转到"人生游戏"，所谓含泪微笑的作品，乃出之于不足语此的年轻作者，故结果留下一种极可非难的习气（这习气延长下去，便成了所谓幽默趋势）。

说一句俏皮一点的话，作一个小丑的姿势，在文体方面，有意杂糅文言与口语，使之混和，把作品同"诙谐"接近，许多创作，在把文学为有意识向社会做正面的抗议的情形里，转到把文学为向恶势力做旁敲侧击的行为，抓他一把，捏他一下,作者虽聪明智慧了许多,然而创作给人也只是一点趣味,毫无其他可企望的了。老舍先生前期作品,集中了这创作的谐趣意识,以夸诞的讽刺,写成了三个长篇,似乎同时也就结束了这趣味的继续存在。因为十六年后,小巧的杂感、精致的闲话、微妙的对白剧、千篇一律的讽刺小说,也使读者和作者有点厌倦了,于是时代便带走了这个游戏的闲情,代替而来了一些新的作家与新的作品。

这方向的转变,可注意的不是那几个以文学为旗帜的人物,虽然他们也写了许多东西。我想说到的,是那些仅以作品直接诉之于读者,不仰赖作品以外任何手段的作家,这一群作家中有几个很可注意的人。

(一)以民十五六年以来革命的时代为背景,写成了《动摇》《追求》《幻灭》三个有连续性的恋爱革命小说,是茅盾。

(二)以一个进步阶级女子,在生活方面所加的分析,明快爽朗又复细腻委婉地写及心上所感到的纠纷,着眼于下层人物的生活,而能写出平常人所着眼不到处,写了《在黑暗中》的,是丁玲。

(三)就是先前所说,集中了讽刺与诙谐用北京风物做背景,写《赵子曰》《老张的哲学》《二马》等作的是老舍。

在短篇方面，则施蛰存先生一本《上元灯》，值得保留到我们的记忆里。

把习气除去，把在创作中不庄重的措词与自得其乐、沾沾自喜的神气消灭，同时也不依赖其他装点，只把创作当成一个企图，企图它成一个艺术作品，在沉默中努力，一意来写作，因此作品皆能以一种不同的风格产生而存在，上述各作者的成就，是我们在另一时候也不容易忘却。使《黄昏》《玉君》等作品与茅盾《追求》并列，在故事发展上，在描写技巧上，皆见出后者超越前者处极多。大胆地以男子丈夫气分析自己，为病态、神经质青年女人作动人的素描，为下层女人有所申诉，丁玲女士的作品，给人的趣味、给人的感动，把前一时几个女作家所有的爱好者兴味与方向皆扭转了。丁玲女士的作品给了读者们一些新的兴奋。反复酣畅地写出一切，带着一点儿忧郁，攫着了读者的感情，到目前，复因自己意识就着时代而前进，故尚无一个女作家有更超越的、惊人的作品可以企及。

一时代风气，作家之一群，给了读者以忧郁，给了读者以愤怒，却并无一个作者的作品，可以使年轻人心上的重压稍稍轻松。读《赵子曰》，读《老张的哲学》，却使我们感觉作者能在所写及的事物上发笑，而读者却因此也可以得到一个发笑机会，这成就已不算十分坏了。关于故都风物一切光景的反映，老舍长处是一般作者所不能及的，人物性格的描画，也极其逼真动人，使作品贯以一点儿放肆坦白的谐谑，老舍各作品，在风格和技术两方面都值得注意。

冯文炳、黎锦明、王鲁彦、许钦文等人的作品，可以放在一起来谈的是各个作家的"讽刺气氛"。这气氛，因各人笔致风格而有小异，却并不完全失去其一致处。这种风气的形成，应上溯及前面所述及"诙谐趣味"的养成，始能明白其因缘。毫无可疑，各个作者在讽刺方面全是失败了的。读者这方面的嗜好，却并不能使各个作家的作品因之而纯粹。诚实地创作自己所要创作的故事，清明地睥睨一切，坦白地申述一切，为人生所烦恼，便使这烦恼诉之于读者，南方创造派所形成的风气实较北方语丝派为优。浮浅幼稚，尚可望因时代而前进，使之消灭，世故聪明，却使每个作者在写作之余，有泰然自得的样子，文学的健康性因此而毁了。民十六年革命小说兴起，一面是在对文学倾向有所提示，另一面也掊击[①]到这种不良趣味，这企图，在创作方面，是不为无益的。虽当时大小杂感家以

---

① 掊击：指抨击。

《论语》为残垒，有所保护，然而"白相①的文学态度"随即也就因大势所趋而消灭了。几个短篇作者，在先一时所得到的优越地位，另有了代替的人，施蛰存、沉樱，是几个较熟悉的名字。这些人是不会讽刺的。在把创作当一个创作的态度诚恳上而言，几人的成就，虽不一定较之另外数人为佳，然而把作品从琐碎的牢骚里拖出，不拘囿到积习里，作品却纯粹多了。《上元灯》笔致明秀，长于描绘，虽调子有时略感纤弱，却仍然可算为一本完美的作品。这作品与稍前一年两年的各作品较，则可知道以清丽的笔，写这世界行将消失或已消失的农村传奇，冯文炳、许钦文、施蛰存有何种相似又有何种不同处。

孙席珍写了《战场上》，关于战争还另外写了一些作品。然这类题材，对于作者并不适宜，因作者所体验的生活不多，文字技巧又不能补其所短，故读者无多大兴味。但关于战争，作暴露的抗议，作者以外还无另一人。

与施蛰存笔致有相似处，明朗细致，气派因生活与年龄拘束，无从展开，略嫌窄狭，然而能使每一个作品成为一个完美的好作品，在组织文字方面皆十分注意，还有一个女作家沉樱。

---

① 白相：指嬉戏游玩。

谈创作[1]

有人问我:"怎样会写'创作'?"真是个窘人的题目。想了很久,我方能说出一句话,我说:"因为他先'懂创作'。"问的于是也仿佛受了点儿窘,便走开了。

等待到这个很诚实的年轻人走后,我就思索我自己所下的那个字眼儿的分量。我想明白什么是"懂创作",老实说,我得先弄明白一点,将来也省得窘人以后自己受窘。

就一般说来,大家读了许多书,或许记忆好些的书,还能把某一书里边最精彩的一页背诵如流,但这个人却并不是个懂创作的人。有些人会做得出动人的批评,把很好的文章说得极坏,把极坏的文章说得很好,但也不能称为懂创作的人。一个懂创作的人,也应当看许多书,但并不需记忆一段两段书。

---

[1] 原载《文学》,一九三四年一月,又题《新年试笔》。

他不必会作批评文字，每一个作品在他心中却有一个数目。最要紧的是从无数小说中，明白如何写就可以成为小说，且明白一个小说许可他怎么样写。起始、结果、中间的铺叙，他口上并不能为人说出某一本书所用的方法极佳，但他知道有无数方法。他从一堆小说中知道说一个故事时处置故事的得失，他从无数话语中弄明白了说一句话时那种语气的轻重。他明白组织各种故事的方法，他明白文字的分量。是的，他最应当明白的是文字的分量。同时凡每一句话，每一个标点，他皆能拣选轻重得当的去使用。为了自己想弄明白文字的分量，他得在记忆里收藏了一大堆单字单句。他这点积蓄，是他平时处处用心，从眼睛里从耳朵里装进去的。平常人看一本书，只需记忆那本书故事的好坏，他不记忆故事。故事多容易，一个会创作的人，故事要它如何就如何，把一只狗写得比人还懂事，把一个人写得比石头还笨，都太容易了。一创作者看一本书，他留心的只是"这本书如何写下去？写到某一件事，提到某一点气候同某一个人的感觉时，他使用了些什么文字去说明？他简单处简单到什么程度，相反地，复杂时又复杂到什么程度？他所说的这个故事，所用的一组文字，是不是合理的？……他有思想，有主张，他又如何去表现他这点主张？"

一个创作者在那么情形下看各种各样的书,他一面看书,一面就在那里学习经验①那本书上的一切人生。放下了书本,他便去想。走出门外去,他又仍然与看书同样的安静,同样的发生兴味,去看万汇百物在一分习惯下所发生的一切。他并不学画,他所选择的人事,常如一幅凸出的人生活动画图,与画家所注意的相暗合。他把一切官能很贪婪地去接近那些小事情,去称量那些小事情在另外一种人心中所有的分量,也如同他看书时称量文字一样。他喜欢一切,就因为当他接近他们时,他已忘了还有自己的身份存在。

简单说来,便是他能在书本上发痴,在一切人事上同样也能发痴。他从说明人生的书本上,养成了对于人生一切现象注意的兴味,再用对于实际人生体验的知识,来评判一个作品记录人生的得失。他再让一堆日子在眼前过去,慢慢地,他懂创作了。

目下有若干作家如何会写得出小说,他自己也就说不明白,但旁人可以看明白的,就是这些人一切作品皆常常浮在人事表面上,受不了时间的选择。不管写了一堆作品或一篇作

---

① 学习经验:指体验。

品，不管如何善于运用作品以外的机会，很下流地造点文坛消息为自己说说话，不管如何聪敏灵巧地把自己作品押在一个较有利益的注上去，还是不成。在文字形式上，故事形式上，人生形式上，所知道的都太少了。写自己就极缺少那点所必需的能力。未写以前就不曾很客观地来学习过认识自己、分析自己、批评自己。多数作家的思想皆太容易转变了，对自己的工作实缺少了一点严格的批评、反省。从这样看来，无好成绩是很自然的。

我自己呢，是若干作者中之一人，还应当去学，还应当学许多。不希望自己比谁聪明，只希望自己比别人勤快一点，耐烦一点。

学习写作

××先生：

××兄转来你的信和文章，我已收到。文章我想带下乡去看，再告你读后感。关于升学事，我觉得对"写作"用处并不多。因照目前大学制度和传统习惯，国文系学的大部分是考证研究，重在章句训诂，基本知识的获得，连欣赏古典都谈不上，哪能说到写作。这里虽照北方传统，学校中有那么一课，照教部规程，还得必修六个学分，名叫"各体文习作"，其实是和"写作"不相干的，应个景儿罢了。写作在大学认为"学术"，去事实还远，联大这个课程，就中有四个学分由我担任，计二年级选第一次两学分，三四年级选第二次两学分，可是我能做到的事，还不过是为全班学生中三两个真有写作兴趣的朋友打打气而已。我可教的只是解释近二十年来作家使用这个工具的"过去"，有了些什么成就，经过些什么曲折，战胜了多少困难，给肯继续拿笔的一点勇气和信心，涉及写作技术问题，只是改改卷子，这种事与写作实隔一层，是不会对同学有何特别好处的。我对于这个问题的看法，总以为需要许多人肯在这个工作上将"生命来投资"，超越大学校的"学术"价值和社会上流行的"文化"价值，从一个谦虚而谨慎学习并试验的态度上，写个三十年，不问成败得失写个三四十年，再让时间来检选，方可望看得出谁有贡献，有作用，能给新中国文学史留点比较像样的东西。若是真有值得可学处，就只是这种老实态度和这点书呆子看法，别的其实是不足道的！所以你如果为别的理想升学，我赞同你考。如为写作，还是不用升学好。如打量写作，与其升学，把自己关在一个窄窄学校中，学些空空洞洞的东西，倒不如想办法将生活改成为一个"新闻记者"，从社会那本大书上来好好地学一学人生，看看生命有多少形式，生活有多少形式。一面翻读这本大本，到处去跑，跑到各式各样、不同社会生活中明白一切，恋爱、发疯、冒险……一面掉过头来再又去拼命读各种各样的书，用文字写来的书，两相对照一下，"人生"究竟是怎么回事，实际与抽象相去多远。明白较多后，再又不怕失败来写各式各样文章，换言之，即好好地有计划地来使用这个短促生命（你不用也是留不住的）！永远不灰心，永远充满热情去生活、读书、写作。三五年后一成习惯，你就会从这个习惯看出自己生命的力量，对生存自信心工作自信心增加了不少，所等待的便只是用成绩去和社会对面和历史对面了。这也是一种战争！因为说来容易，做来并不十分容易。说不定步步都会有障碍，要通过多少人生辛酸，慢慢地修正自己弱点，培养那个忍受力、适应力，以及脑子的张力（为哀乐得失而不可免的兴奋与挫折）！且慢慢让"时间"取去你那点青春生命之火。经过这个试验，于是你成熟了，情感比较稳定了，脑子可以自由运用，一支笔更容易为脑子而运用了，你会在写作上得到另外一种快乐、一点信心，即如何用人事为题目，来写二十世纪新的经典的快乐和信心。你将自然而然超越了普通人习惯的心与眼，来认识一切现象，解释一切现象，而且在作品中注入一点什么，或者是对人生的悲悯，或者是人生的梦。总而言之，你的作品可能慢慢地成为读者的经典，不拘用的是娱乐方式或教育方式，都能使他人生命"深"一点，也可能使他人生存"强"一点。引起他的烦乱，不安于"当前"，对"未来"有所倾心，教育他"向上""向前""向不可知"注意，煽起他重新做人的兴趣和勇气。能够如此或如彼，总不会使一个读者因此而堕落的！

写恋爱写战争，写他人或你自己，内容尽管不同，却将发生同一影响，引带此一时彼一时读者体会到生命更庄严的意义，即"神在生命本体中"。两千年来经典的形式，多用格言来表现抽象原则。这些经典或已失去了意义，或已不合运用。明日的新的经典，既为人而预备，很可能是用"人事"来作说明的。这种文学观如果在当前别人看来是"笑话"，在一个作者，却应当将它当成一种"信仰"。你自己不缺少这种信仰，才可望将作品浸透读者的情感，使读者得到另外一种信仰，"一切奇迹都出于神，这由于我们过去的无知。新的奇迹出于人，国家重造、社会重造，全在乎人的意志。"

一九四二年六月三日

一封信[1]

编辑先生：

得到来信，知道前不久在《文艺》上我那篇谈"差不多"的文章[2]所提起的一点意见，已很有了些反响。对于一件事情，见仁见智，各有不同，原是很自然的。尊意拟把它汇集一下，刊载出来，作为一种讨论，询问我有什么意见补充。对于这种讨论我并无何等意见，尤其是照时下风气，在讨论文中常发现"你是汉奸""你是浑蛋"一类名词情形下，我是更无意见可言的。我写那篇文章只说明我个人对当前情况一点所见所信。我的希望，我的目的，在本文末尾就说得明明白白，并不如你所加按语要引起一种观念不同、两不接头的讨论的。

[1] 原载天津《大公报·文艺》，一九三七年二月二十一日。
[2] 指《作家间需要一种新运动》。

近几年来在作家间所进行的运动很不少,大众语运动、手头字运动、幽默文学、报告文学、集团创作……每种运动都好像只是热闹一场完事。我却希望有些作家,来一个"反差不多运动"。针对本身弱点,好好地各自反省一番,振作自己,改造自己,去庸俗,去虚伪,去人云亦云,去矫揉造作,更重要的是去"差不多"!这样子来写出一些面目各异的作品。倘若一个文学作品还许可我们对它保留一点希望,以为它会成为多数人的经典,可能成为多数新人的一种经典,似乎也只有经过这样子反省来从事写作的作家,方能够完成这种经典。这"反差不多"的运动,在刊物上、杂志上热闹是不必需的事,却应当在作家间成为一个创作的基本信条。

我的对象是一些同我一样有诚心写作,而又感于自己成绩不佳,且明白失败根本所在,也希望自己作品更好一点,坦然承认必须虚心努力的作者。这种作者在当前不是没有的。至于那种自信心极强,有机会印了几个单行本创作集,就以为对于文学已经做过很大贡献的,那是用不着我来说话,提出个什么"基本信条",只要书业中人作广告时为介绍"这是中国伟大作家"，就很够了。倘若因为我在文章中对他们不提提，像是疏忽了他们，抹杀了他们，因而十分不平，便由于这种情绪，引起一些极可笑的谩骂，这个你知道，去我写那文章的意思已离得太远，更无从讨论了。

我说的"差不多"一个名词，自然很伤了一些作家的心。尤其是在这种年头，有些人拿了一支笔在手上，就天真烂漫地以为只有他是在"爱国"，而又保有"真理"，他是预言家，是全个身心浸透了对人类同情，所有作品都得照普通广告上常见的措词得到读者反应的。他在趋向上要表示与"多数"一致，在写作方式上又最忌讳与人一致的矛盾中（也就是思想上他要从差不多中讨好，文章上又要从反差不多中见好的矛盾），我这句话不是打中了他的胸膛，就是触着了他的背脊，不受用是当然的。但其实倒是这些人自信心不大坚强，或明知自己也空空洞洞，一点点成就还是"头脑"和"老板"凑合的，心虚而内愿，所以对我提到的一个名词便感到愤恼或痛苦，不然就不至于如此了。

我认为"一切伟大作品都得有它的特点或个性，努力来创造这个特点或个性是作者的'责任'和'权利'。作者为了追求作品的壮大和深入，得自甘寂寞，略与流行习气离远，不亟亟自见"。这点意见和当前一般人说来,的确是如你那按语所说有些"孤单"的。我明白这点孤单。这孤单即或对当前"作家"无意义,至少对某一些人也许还有用处,就是给那些对创作真有信心、真有野心、自甘寂寞、埋头努力的无名之士,一点"空谷足音"的感觉。我相信到处都有这种无名之士。他们在生长,在各地各种生活里慢慢地生长,而且毫无可疑,所谓真正伟大的作品,是要由他们手上产生的。他们当前的沉默,便孕育了一个伟大的未来。他们的努力,也许与"作家""文坛""集会""论战"都仿佛无关,然而作品却将与"真理"和"艺术"更近,成绩将成为历史之一环。

我赞同文艺的自由发展,正因为在目前的中国,它要从政府的裁判和另一种"一尊独占"的趋势里解放出来,它才能够向各方面滋长、繁荣。拘束越少,可试验的路也越多。

为作家设想,为作品的自由长成而能引起各方面的影响设想,我认为一个政治组织固不妨利用文学作它争夺"政权"的工具,但是一个作家却不必需跟着一个政治家似的奔跑(他即或是一个对社会革命有同情的作家,也不必如此团团转)。理由简单而明白,实行家是有目的而不大择手段的,因此他对人对事是非无一定,好坏无一定,今天这样明天又那样,今天拥护明天又打倒，一切唯看当前情形而定。他随时可以变更方法而趋向目的，却不大受过去行为的拘束。文学家照例得捏紧一支笔，不幸这支笔另一时也就缠缚着他。他若跟着"政策"跑，他似乎太忙一点，来不及创作什么有永久性的作品。不管他属政府派还是属反政府派，奉命执笔既必然常常得变更其毁誉目标，所说的人事是非无固定性，违命执笔则不可能，稍受压迫且特别容易转变。转变又转变，人转变了文章却好好地摆在那里，一个稍有记忆的读者试来对照对照，就可看出有多少作家去年的文章却骂了今年的本人，当前的行为倒嘲讽了先前的作品。结果恰好两两抵消，本人的文章行为在社会上皆无从引起信仰，对革命言只是化"悲壮"为"幽默"，对文学言只是从"有为"变"无为"。

为读者设想，读者是更需要各方面作品来教育或娱乐的。若文学作品真如某种人的妄想，以为只要在一个作品上说"我是真理，信我就可得救"，所有读者当真信从真理一律得救，文学与社会关系简单到如此，那也就好办多了。事实上文学作品对社会的影响却有它的限度，它既受历史上那一大堆文学遗产所控制，又被人人赖以为生的各种职业所牵制。易言之，就是大部分读者的文学观，是建设在一切现存的文学作品上面，某种新的理想要从文学输入,那个作品必然得达到一个较高作品的水平才会发生效果。大部分读者的人生观又是建设在当前贴身事业上,任何未来的理想主义,一涉及变更他们当前生活时,照例绝不会即刻抛下他的固有事业而去追求理想的。读者如此,作者却只是几个长远寄托生活于大都市中的人物,书本知识和人事知识皆异常薄弱,唯各以便利机缘成为作家,露面于老板与读者之间,知自爱的还肯老老实实努力于作品创作,具政客手腕活泼跳脱的,却老在想法从一个口号或一种运动上企图伟大。砂上建屋,瘠地种树,求作品能笼罩一切,对读者能有多大作用,当然是不可能。

我说的自由发展,不特是解放抽象的观念上的拘束,也是打破事实上的少数作家的市场独占,不特是为作者,同时也正是注意到读者。

在文坛联合的问题上,有点文章可作我对于这种见解的说明。

联合实具有解放的意义,因为既联合了,既在一个广大范围中联合了,至少从此以后一般刊物中,消极地,我们可以不必再读一些属于私人的吵嘴、肉麻的批判,不会再见到左翼的"双包案",更不用使许多青年学生,把兴趣集中到观战一件事情上,向大小刊物去搜集文坛消息。积极地,我们还可以希望作家各自努力来创作那种经典,真的对于大多数人有益,引导人向健康、勇敢、集群合作而去追求人类光明的经典。同时尚留下一点点机会,许可另外一种经典也能够产生,就是那类增加人类的智慧,增加人类的爱,提高这个民族精神,丰饶这个民族感情的作品产生。正因为这些作品,是在某一时容易为少数人嘲讽,却也必然为当前与将来那些沉默无言的多数人所需要的。它的内容也许不是革命,不是义勇军,不是战争,不是中学生和大学生的读物,但是我们只要一想想,除了学生以外,支持这个社会的中坚分子还有多少人,便是学生,除了文法科以外,尚有多少在实验室的,在工厂里的,以及先前是学生,现在已离开学校,在种种事业上直接参加这个国家建设工作的人(尤其是身在边地僻县服务的人),工作之余,还有不有一点需要,从一本书上得到一点有会于心的快乐,得到一点忘却寂寞与疲劳的安慰,得到一点向上的兴奋,就明白那些作品如何重要了。

(《大众知识》第三期)

我说的"事实"，因此也许就比一些人谈的"理想"似乎显得平凡。不过一个作家当他提笔写他的大作时，他固然需要理想，且不妨驰骋妄想，但提笔以前无论如何他总得明白事实，承认事实。目前许多作家，要别人了解他或崇拜他的情绪特别浓厚，自己却无多大兴味去认识人生，认识社会（也就是要人类对他同情太切，他却对人类根本缺少同情）。作品之无从伟大，是必然的。自己若存心用文字写一本好好的小书，先得去好好地读一读那本包含万有、用人类行为写成的大书。这点希望对已成名的作家，也许以为近于嘲讽，对未露面的准作家，或者是种诤友的忠告。

专此敬复，并颂著安。

炯之

一九三六年十二月十五日

给一个写小说的[1]

××：

前一时因有事不能来光华看热闹，要你等候，真对不起。文章能多写也极好，在目前中国，作者中有好文章总不患无出路的。许多地方都刊登新作品，虽各刊物主持人各有兴味，嗜好多有不同，并且有些刊物，为营业不得不拖名人，有些刊物有政治作用，更不得不拉名人，对新作家似乎比较疏忽。很可喜的是近来刊物多，若果作者有文章不太坏，此处不行别一处还可想法。也有各处碰壁终于无法可想的，也有一试即着的，大致新作品若无勇气去"承受失败"，也就难于"得到成功"，因近来几个"成功"者，在过去一时，也是"失败"的过来人。依我看，目前情形真比过去值得乐观多了，因做编辑

---

[1] 原载《创作月刊》第一卷第二期，一九三一年六月一日，又题《创作态度——与转蓬》。

的人皆有看作品的从容和虚心，好编辑并不缺少，故埋没好作品的可说实在很少。不过初写时希望太大，且太疏忽了稍前一点的人如何开辟了这一块地，所用过的是如何代价，一遭失败，便尔①灰心，似乎非常可惜。譬如××，心太急，有机会可以把文章解决，也许反而使自己写作受了限制，无法进步了。把"生活"同"工作"连在一处，最容易毁坏创作成就。我羡慕那些生活比较从容的朋友。我意思，一个作家若"勇于写作"而"怯于发表"，也是自己看重自己的方法，这方法似乎还值得你注意。把创作欲望维持到发表上，太容易疏忽了一个作品其所以成为好作品的理由，也太容易疏忽了一个作者其所以成为好作者的理由。小有成功的愿望，拘束了自己，文章就最难写好。他"成功"了，同时他也就真正"失败"了。

作品寄去又退还，这是极平常的事，我希望你明白这些灾难并不是新作家独有的灾难，所谓老作家无一不是通过这种灾难。编辑有编辑的困难，值得同情的困难。有他的势利，想支持一个刊物必然的势利。我们尊重旁人，并不是卑视②自己。

---

① 便尔：竟然，反而。
② 卑视：意为鄙视。作者的习惯用法。

我们要的信心是我们可以希望慢慢地把作品写好,却不是相信自己这一篇文章就怎么了不起的好。如果我们自己当真还觉得需要尊重自己,我们不是应当想法把作品弄好再来给人吗?许多作品,刊载到各刊物上,又印成单行本子,即刻便又为人忘掉了,这现象,就可以帮助我们认明白"怯于发表"不是一个坏主张。我们爬"高山"就可以看"远景",爬到那最高峰上去,耗费的气力也应当比别人多些。让那些自己觉得是天才的人很懒惰而又极其自信,在一点点工作成就上便十分得意,我们却不妨学耐烦一点,把工夫①磨炼自己,写出一点东西,可以证明我们的存在,且证明我们不马虎存在。在沉默中努力吧,这沉默不是别的,它可以使你伟大!你瞧,十年来有多少新作家,不是都冷落下来为人渐渐忘记了吗?那些因缘时会、攀龙附凤的,那些巧于自画自赞、煊赫一时的,不是大都在本身还存在的时候,作品便不再保留到人的记忆里吗?若果我们同他们一样,想起来是不是也觉得无聊?

我们若觉得那些人路走得不对,那我们当选我们自己适宜的路,不图速成,不谋小就,写作不基于别人的毁誉,而出

---

① 把工夫:意为花工夫、花时间。把,在方言中意为给。

于一个自己生活的基本信仰（相信一个好作品可以完成一个真理、一种道德、一些智慧），那么，我们目前即[①]不受社会苛待，也还应当自己苛待自己一点了。自己看得很卑小，也同时做着近于无望的事，只要肯努力，却并不会长久寂寞的。

文学是一种事业，如其他事业一样，一生相就也不一定能有多少成就，同时这事业因天灾人祸失败又多更属当然的情形，这就要看作者个人如何承当这失败而纠正自己，使它同生活慢慢地展开，也许经得住时代的风雨一点。把文学作企业看，却容许侥幸的投机，但基础是筑在浮沙上面，另一种新趣味一来，就带走了所已成的地位，那是太游戏，太近于"白相的"文学态度了。

白相的文学态度的不对，你是十分明白的。不知道我说的还能使你同意没有。

一九三一年五月十九日作

[①] 即：即使。作者的习惯用法，后文同，不再加注。

给一个作家①

××：

我住昆明附近的乡下，假中无事不常进城，因此寄××信件，十天半月方能见到。××已从香港回来逃出桂林，有机会演戏，大致还是要带病上台做戏。凡事能热心到"发疯"程度，自然会有成就。只可惜好剧本并不多，导演难找寻，一个班子能通力合作更不容易，因此××走到各处，似乎都不大如意。不过她那点对事热心处，还是令人钦佩。因为各种挫折失败中，还能有信心和勇敢去支持理想，实在是少有的！这个问题一面受事实限制，一面要达到理想，一面还得应付人……比你我坐在家中关上门来写小说，困难累人多了。

关于写作事，我知道的极有限。近来看到许多并世作家

---

① 原载《文学创作》第一卷第二期，一九四二年十月十五日，原题为《为什么写，有什么意义——新废邮存底·廿五》。

写的"创作指南"一类文章，尤不明白那是什么意思，若照那个方式试验，我想若派我完成任何作品都是不可能的。我虽写了些小故事，只能说是习作，因为这个习作态度，所以容许自己用一支笔去"探险"，从各种方式上处理故事，组织情节，安排文字。且从就近着手，写到湘西方面便也特别多。在种种试验中，如有小小篇章能使读者满意，那成功是偶然的；如失败，倒是当然（为的是我从不就他人所谓成功路上走去，我有我自己的方向，自己的目的）！失败时也不想护短，很希望慢慢地用笔捉得住文字，再用文字捉得住所要写的问题，能写些比较完美而有永久性的东西。就写作愿望说，我还真像有点俗气，因为只想写小故事，少的三五千字，至多也不过七八万字，写成后也并不需要并世异代批评家认为杰作，成千万读者莫名其妙赞美与爱好，只要一二规矩书店肯印行，并世百年内还常有几十个会心读者，能从我作品中仿佛得到一点什么，快乐也好，痛苦也好，总之是他得到了它，且为从别的作品所无从得到的，就已够了。若说影响，能够使少数又少数读者，对于"人生"或生命，看得宽一点，懂得多一点，体会得深刻一点，就很好了（我们常说经典的庄严性与重要性，其实也就不过如是而已）。能做到这样，或许还要努力十年八年，方有希望。至于目前的成就，是算不得的！个人为才具性情所限制，对工作理想打算得那么小，一般人听来或者觉得可笑，这是无碍于事的。个人所思所愿虽极小，可并不对于别人伟大企图菲薄。如茅盾写《子夜》，一下笔即数十万言，巴金连续若干长篇，过百万言，以及此外并世诸作家所有良好表现，与在作品中所包含的高尚理想，我很尊重这种有分量的工作，并且还相信有些作家的成就，是应当受社会上各方面有见识的读者，用一种比当前更关心的态度来尊重的。人各有所长，有所短，能忠于其事，忠于自己，才会有真正的成就，只由于十五年前我们文学运动和"商业""政治"发生了关系，失去了它那点应有的超越近功小利的自由精神，作家与作品，都牵牵绊绊于商场和官场的得失打算中，毁去了五四以来读者与作者所建立的正当关系。因此凡从商场与官场两方面挣扎而出，独自能用作品有以自见的，这个工作在当前或被人认为毫无意义，在将来将依然具有庄严价值。我们只有一个"今天"，却有数不清的"明天"！支持市场点缀政策的固然要人，增加文学史的光辉，以及叙述民族发展形式的工作，还要更多的人！拿笔的能忘掉作品"出路"，他也许会记起些更值得注意的问题！

你办事想不十分忙，尚可读书写作。国家多忧患，一个人把书读来读去，有时必感到疲倦，觉得生命与历史已游离，不相黏附。一个人写来写去，如停停笔看一看面前事事物物，恐也不免茫茫自失，会疑心自己一切工作，"究竟有何意义？"但尽管如此或如彼，这个民族遭遇困难挣扎方式的得失和从痛苦经验中如何将民族品德逐渐提高，全是需要文学来记录说明的！但一切抽象名词都差不多已失去了意义，具体事实又常常挫折到活下来的年轻人信仰，并扰乱他们的情感时，在思想上能重新燃起年轻人热情和信心的，还是要有好的文学作品！好作品的产生，我们得承认，必须是奠基于作者人生知识的渊博和深至，以及忠于其事而不舍那种素朴态度上。事情得许多人来努力，慢慢地会有个转机的！

一九四二年三月

给志在写作者[1]

好朋友：

这几年我因为个人工作与事务上的责任，常有机会接到你们的来信。我们不拘相去如何远，人如何生疏，好像都能够在极短时期中成为异常亲密的朋友。既可以听取你们生活各方面的意见，也可以坦白诚实提出我个人的意见。昔人说，"人与人心原是可以沟通的"，我相信在某种程度内，我们相互之间，在这种通信上真已得到毫无隔阂的友谊了。对于这件事我觉得快乐。我和你们少数见面一次两次，多人尚未见面，以后也许永无机会见面；还有些人是写了信来，要我答复，我无从答复；或把文章寄来，要我登载，我给退回。我想在这刊物上，和大家随便谈一谈。

---

[1] 原载天津《大公报·文艺》，一九三六年三月二十九日。

我接到的一切信件，上面总那么写着：

先生，我是个对文学极有"兴趣"的一个人。

都说有"兴趣"，却很少有人说"信仰"。兴趣原是一种极不固定的东西，随寒暑阴晴而变更的东西。所凭借的原只是一点兴趣，一首自以为是杰作的短诗被压下，兴趣也就完了。我听到有人说写作不如打拳好，兴趣也就完了；或另外有个朋友相邀下一盘棋，兴趣也就完了。总而言之就是这个工作靠兴趣，不能持久，太容易变。失败，那不用提；成功，也可以因小小的成功以后看来不过如此如此，全部兴趣消减无余。前者不必例举，后者的例可以从十六年来新文学作家的兔起鹘落情景中明白。十六年来中国新文学作家好像那么多，真正从事于此支持十年以上的作家并不多。多数人只是因缘时会，在喜事凑热闹的光景下一把捞着了作家的名位，玩票似的混下去。一点儿成绩，也就是那么得来的。对文学有兴趣，无信仰，结果是所谓"新文学"，在作者本身方面，就觉得有点滑稽，只是二十五岁以内的大学生玩的东西。多数人呢，自然更不关心了。如果这些人对文学是信仰不是兴趣，一切会不同一点。

对文学有信仰，需要的是一点宗教情绪。同时就是对文学有所希望（你说是荒谬想象也成）。这希望，我们不妨借用一个旧俄作家说的话：

> 我们的不幸，便是大家对于别人的心灵、生命、痛苦、习惯、意向、愿望都很少理解，而且几乎全无所知。我们所以觉得文学可尊者，便因其最高的功能是试在一切的界限与距离。

话说得不错，而且说得很老实。今古相去那么远，世界面积那么宽，人心与人心的沟通和联结，原是依赖文学的。人性的种种纠纷，与人生向上的憧憬，原可以依赖文学来诠释启发的。这单纯信仰是每一个作家不可缺少的东西，是每个大作品产生必有的东西。有了它，我们才可以在写作失败时不气馁，成功后不自骄。有了它，我们才能够"伟大"！好朋友，你们在过去总说对文学有"兴趣"，我意见却要让你们有"信仰"。是不是应该把"兴趣"变成"信仰"？请你们想想看。

其次是你们来信，总表示对于生活极不满意。我很同情。我并不要你们知足，我还想鼓励一切朋友对生活有更大的要求，更多的不满。活到当前这个乱糟糟的社会里，大多数负责者都那么因循与柔懦，各做得过且过的打算。卖国贼、汉奸、流氓、贩运毒物者、营私舞弊者，以及多数苟且偷安的知识分子，成为支持这个社会的柱石和墙壁，凡是稍稍有人性的青年人，哪能够生活满意？那些生活显得很满意，在每个日子中能够陶然自得、沾沾自喜的人，自己不是个天生白痴，他们的父亲就一定是那种社会柱石，为儿女积下了一点血钱，可以供他们读书或取乐。即使如此，这种环境里的人，只要稍有人性，也依然对当前不能满意，会觉得所寄生的家庭如此可耻，所寄生的国家如此可哀！

对现实不满，对空虚必有所倾心。社会改革家如此，思想家也如此。每个文学作者不一定是社会改革者，不一定是思想家，但他的理想，却常常与他们异途同归。他必具有宗教的热忱，勇于进取，超乎习惯与俗见而向前。一个伟大作品，总是表现人性最真切的欲望——对于当前黑暗社会的否认，对于未来光明的向往。一个伟大作品的创作者，照例是需要一种博大精神，忽于人事小小得失，不灰心，不畏难，在极端贫困艰辛中还能支持下去，且能组织理想（对未来的美丽而光明的合理社会理想）在篇章里，表现多数人在灾难中心与力的向上，使更大多数人浸润于他想象和情感光辉里，能够向上。

可是，好朋友，你们对生活不满意，与我说到的却稍稍不同。你们常常急于要找"个人出路"。你们嗔恨家庭，埋怨社会，嘲笑知识，辱骂编辑，就只因为你们要出路，要生活出路与情感出路。要谋事业，很不容易；要放荡，无从放荡；要出名，要把作品急于发表，俨然做编辑的都有意与你们为难，不给机会发表。你们痛苦似乎很多，邀求①却又实在极少。正因为邀求少，便影响到你们的成就。第一，写作的态度，被你们自己把它弄小弄窄。第二，态度一有问题，题材的选择不是追随风气人云亦云，就是排泄个人小小恩怨，不管为什么都浮光掠影，不深刻、不亲切。你们也许有天才、有志气，可是这天才和志气，却从不会好好地消磨在工作上，只是被"杂感"和"小品"弄完事，只是把自己本人变成杂感和小品完事。要出路，杂志一多，出路来了。要成名，熟人一多，都成名了。要作品呢，没有作品。首都南京有个什么文艺俱乐部，聚会时常常数百人列席，且有要人和名媛搀杂②其间，这些人通常都

---

① 邀求：即要求、企求。
② 搀杂：即掺杂。

称为"作家"。大家无事,附庸风雅,吃茶谈天而已。假若你们真不满意生活,从事文学,先就应当不满意如此成为一个作家。其次,再看看所谓伟大作品是个什么样子,来研究,来理解,来学习,低头苦干个三年五载。忘了"作家",关心"作品"。永远不在作品上自满,不在希望上自卑。认定托尔斯太①或歌德,李白或杜甫,所有的成就,全是一个人的脑子同手弄出来的。只要你有信心,有耐力,你也可以希望用脑子和那只手得到同样的成就。你还不妨野心更大一点,希望你的心与力贴近当前这个民族的爱憎和哀乐,做出更有影响的事业!好朋友,你说对生活不满意,你觉得还是应当为个人生活找出路,还是另外一件事?请你们也想想看。

我在这刊物上写这种信,这是末一次,以后恐无多机会了。我很希望我的意见能对你们有一点用处。我们必须明白我们的国家,当前实在一种极可悲哀的环境里,被人逼迫堕落,自己也还有人甘心堕落。对外,毫无办法;对内,成天有万千人饿死,成天有万千人在水边挣扎,……此外大多数人就做着

---

① 托尔斯太:今译托尔斯泰,俄国著名小说家,代表作有《战争与和平》《安娜·卡列尼娜》《复活》。

噩梦，无以为生。但从一方面看来，那个"明天"又总是很可乐观的。明天是否真的可以转好一点？一切希望却在我们青年人手里。青年人中的文学作家，他不但应当生活得勇敢一点，还应当生活得沉重一点。每个人都必须死，正因为一个人生命力用完了，活够了，挪开一个地位，好让更年轻的人来继续活下去。死是不可避免的自然法则。我们如今都还年轻，不用提这个问题，我们可以谈活。我认为每个人都有权利活得更有意义，很像个人。历史原是一种其长无尽的东西，我们能够在年轻力壮时各自低头干个十年八年，活够了，死了，躺下来给蛆收拾了，也许生命还能在另外一种意义上活得很长久。徒然希望"不朽"，是个愚蠢的妄念；至于希望智慧与精力不朽，那只看我们活着时会不会好好地活罢了。我们是不是也觉得如今活着，还像一个活人？一面活下去，一面实值得我们常常思索。

一九三六年三月二十七日　北平

致《文艺》读者[1]

十五年以来[2]，随了中国新文学的发展，有两个极无意思的名词，第一个是"天才"，第二个是"灵感"。两个名词虽从不为有识者和世界历史上有成就的大作家所承认，但在各种懒人谬论中，以及一般平常人意见中，莫不可以看出两个糊涂字眼儿的势力存在。使新文学日趋于萎瘁，失去健康，转入个人主义的乖僻；或字面异常奢侈，或字面异常贫俭，大多数作品，不是草率平凡，便是装模作样地想从"新风格"取得成功，内容莫不空空洞洞。原因虽不止一端，最大的原因，实在就是一般作者被这两个名词所迷惑毒害，因迷信而失去理性的结果。换言之，也是为懒惰而解嘲的结果。

作者对于"天才"怀了一种迷信，便常常疏忽了一个作

---

[1] 原载天津《大公报·文艺》，一九三〇年十二月二十六日。
[2] 指从一九一五年新文化运动开始以来，到写作本文时的一九三〇年。

者使其作品伟大所必需的努力；对于"灵感"若也同样怀了一种迷信，便常常在等候灵感中把十分可贵的日子轻轻松松打发走了。

成名的作者因这点迷信而成的局面，是作品在量上稀奇的贫乏。仿佛在自觉"天才已尽灵感不来"的情形中，大多数作者皆搁了笔。为这搁笔许多年轻人似乎皆很不安，其实这并不是可忧虑的事情。因这种迷信，将使他们本人与作品皆宜乎为社会忘去。且较先一时，他们或即有所写作，常常早就忘了社会的。一个并不希望把自己的生命力量真正渗入社会里面去的人，凭一点儿迷信，使他们活得窄一些，同时也许就正可以使他们把对于人类的坏影响少一些。他们活着，如小缸中一尾金鱼很俨然活泼自由地那么活着，到后要死了，一切也就完事了。金鱼生存的意义，只在炫人眼目，许多人也欢喜金鱼。既然有人因十分愿意去做金鱼，照我想来，尽他们在不拘什么样子的缸里去生活，我们也应当把他们当作金鱼看待，不宜希望他们太多，他们的生活态度，大多数人也不必十分注意的。

但一些还未成名的或正预备有所写作的青年作者，若不缺少相似的迷信时，却实在十分可惜。因为这些人若知道好好地如何去发展自己，他们的好作品，也正可以如另一时或另一国度一般好作品样子,能在社会、民族方面发挥极大良好影响的。但这些人若尽记着"天才"两个字,便将养成一种很坏的性格,对于其他作品,他明白是很好的,他必以为那是天才产生的东西,他做不到,就不肯努力去做。那作品他觉得不好,在社会上又正是大多数人所需要的,他会以为这作品所表现的并无天才,只是人工技巧,他又不屑于努力去作。他作出来自以为很好,却不能如别人作品一般成功时,他便想起"天才历来很少为人认识"一句旧话,自欺自慰下去。他模仿了什么人的文章,写成了一篇稍稍像样东西,为了掩饰他的模仿处,有机会给他开口时,他又必说:"这是我……"自然地,说这句话时他不会用"天才"字样,或许说的是另外一个字眼,还说得很轻,但他意思却在告人那成就"应由天才负责"!这些人相信天才的结果,是所谓纪念碑似的作品,永无机会可以希望从他们手中产生。这些人相信天才以外还相信灵感,必然使他们异常懒惰起来,因为在任何懒惰情形下,皆可以用"灵感不来"作为盾牌,挡着因理性反省伴同而来的羞耻与痛苦。

对于中国新文学怀了一种期待,很关心它的发展,且计算到它发展在社会方面的得失的,自然很有些人。这些人或尝从论文上,反复说明作者思想倾向的抉择,或把希望放在更年轻一点的作家方面去。其实一切理论多无裨于伟大作品的产生。一个有迷信无理性的民族,也许因迷信而凝聚了这个民族的精力,还能产生点东西,至于一个因迷信而弄懒惰了的作家,还有什么可以希望?

中国目前指示作家方向的理论文学已够多了,什么写作指南更充满市场,却似乎还无一篇文学理论指示到作家做"人"的方法,即写作最不可少的"诚恳素朴"态度。倘若有这种人来作这种论文,我建议起始便应当说——

人类最不道德处,是不诚实与懦怯①。作家最不道德处,是迷信"天才"与"灵感"的存在;因这点迷信,把自己弄得异常放纵或异常懒惰。

---

① 懦怯:即怯懦、胆小软弱。作者的习惯用法。

第二章 小说讲究艺术

小说作者和读者[1]

　　我们想给小说下一个简单而明白的定义，似乎不大容易。但目下情形，"小说"这两个字似乎已被人解释得太复杂太多方面，反而把许多人弄糊涂了，倒需要把它范围在一个比较素朴的说明里。个人只把小说看成"用文字很恰当记录下来的人事"，这定义说它简单也并不十分简单。因为既然是人事，就容许包含了两个部分：一是社会现象，即是说人与人相互之间的种种关系；二是梦的现象，即是说人的心或意识的单独种种活动。单是第一部分不大够，它太容易成为日常报纸记事。单是第二部分也不够，它又容易成为诗歌。必须把"现实"和"梦"两种成分相混合，用语言文字来好好装饰、剪裁，处理得极其恰当，方可望成为一个小说。

---

[1] 原载《战国策》第十期，一九四〇年八月十五日。

我并不说小说需很"美丽"地来处理一切,因为美丽是在文字辞藻以外可以求得的东西。我也不说小说需要很"经济"地来处理一切,即或是一个短篇,文字经济依然不是这个作品成功的唯一条件。我只说要很"恰当"。这恰当意义,在使用文字的量与质上,就容许不必怕数量的浪费,也不必对于辞藻过分吝啬。故事内容发展呢,无所谓"真",也无所谓"伪",要的只是恰当。全篇分配要恰当,描写分析要恰当,甚至于一句话一个字,也要它在可能情形下用得不多不少,妥帖恰当。文字作品上的真美善条件,便完全从这种恰当产生。

我们得承认,一个好作品照例会使人觉得在真美感觉以外,还有一种引人"向善"的力量。我说的向善,它的意义,不仅仅是属于社会道德一方面"做好人"为止。我指的是读者能对作品中接触了另外一种人生,从这种人生景象中有所启示,对人生或生命能做更深一层的理解。普通"做好人"的庸俗乡愿道德,社会虽异常需要,然而已有许多简单而便利的方法和工具可以应用,且在那个多数方面极容易产生效果,似乎不必要文学中小说来做这件事。小说可做的事远比这个大。若勉强运用它来作工具,实在费力而不大讨好(只看看历史上绝大多数说教作品的失败,即可明白把作品有意装入一种教义,永远是一种动人理论,见诸实行并不成功)。至于生命的明悟,消极地使一个人从肉体理解人的神性和魔性如何相互为缘,并明白人生各种形式,扩大到个人生活经验以外。或积极地提示人,一个人不应仅仅能平安生存即已足,尚必须在生存愿望中,有些超越普通动物肉体基本的欲望,比饱食暖衣、保全首领以终老更多一点的贪心或幻想,方能把生命引导向一个更崇高的理想上去发展。这种激发生命离开一个动物人生观,向抽象发展与追求的欲望或意志,恰恰是人类一切进步的象征,这工作自然也就是人类最艰难伟大的工作。我认为推动或执行这个工作,文学作品实在比较别的东西更其相宜。说得夸大一点,到近代,小说既以人事作为经纬,举凡机智的说教、梦幻的抒情,都无一不可以把它综合组织到一个故事发展中。印刷术的进步、交通工具的进步,又可以把这些作品极便利地分布到使用同一种文字的任何一处读者面前去。托尔斯太或曹雪芹过去的成就,显然就不是用别的工具可以如此简便完成的!二十世纪虽和十八九世纪情形大不相同,最大不同是都市文明的进步,人口集中,剥夺了多数人的闲暇,能从从容容来阅读小说的人已经不怎么多,能从小说来接受人生教育的更不会多了。可是在中国,一个小说作品若具有一种崇高人生理想，希望这理想在读者生命中保留一种势力，依然并不十分困难。中国人究竟还有闲，尤其是比较年轻的读书人，在习惯上用文学作品来耗费他个人的剩余生命，是件已成为习惯的时髦事情。若文学运动能在一个良好影响上推动，还可望造成另外一种人的习惯，即人近中年，当前只能用玩牌博弈耗费剩余生命的中层分子，转而来阅读小说。

可是什么作品可成为恰当？说到这一点，若想举一个例来作说明时，倒相当困难了。因为好作品多，都只能在某一点上得到成功。譬如用男女爱情作为题材，同样称为优秀作品的作品，好处就无不有个限制。从中国旧小说来看，我们就知道《世说新语》的好处，在能用素朴文字保存魏晋间人物行为言语的风格或风度，相当成功，不像唐人小说。至于唐人小说的好处，又是处理故事时，或用男女爱憎根源作为题材（如《霍小玉传》《李娃传》），或用人与鬼神灵怪恋爱作为题材（如《虬髯客传》《柳毅传》），无不贴近人情。可是即以贴近人情言，唐人短篇小说与明代长篇小说《金瓶梅》又不相同。《金瓶梅》的好处，却在刻画市井人物性情，从语言运用上见出卓越技巧。然而同是从语言控制表现技巧，《金瓶梅》与清代小说《红楼梦》面目又大异。《红楼梦》的长处，在处理过去一时代儿女纤细感情,恰如极好宋人画本,一面是异常逼真,一面是神韵天成。……不过就此说来,倒可得到另外一种证明,即一个作品其所以成功,安排恰当是一个重要条件。只要恰当,写的是千年前活人生活,固然可给读者一种深刻印象,即写的是千年前活人梦境或架空幻想,也同样能够真切感人。《三国演义》在历史上是不真的,毫无关系,《西游记》在人事上也不会是真的,同样毫无关系。它的成功还是"恰当",能恰当给人印象便真。那么,这个恰当究竟应当侧重在哪一点上?我以为一个作品的恰当与否,必须以"人性"作为准则。是用在时间和空间两方面都"共通处多,差别处少"的共通人性作为准则。一个作家能了解它较多,且能好好运用文字来表现它,便可望得到成功。一个作家对于这一点缺少理解,文字又平常而少生命,必然失败。所以说到恰当问题求其所以恰当时,我们好像就必然要归纳成为两个条件:一是作者对于语言文字的性能,必须具敏锐的感受性,且有高强手腕来表现它;二是作者对于人的情感反应的同差性,必须有深切的理解力,且对人的特殊与类型能明白刻画。

换句话说,小说固然离不了讨论人表现人的活动种种,但作者在他那个作品的创作中,却俨然是一个"上帝"(这自然是一种比喻）。我意思是它应当有上帝的专制和残忍、细心与耐性,透明地认识一切,再来处理安排一切,作品才可望给人一个深刻而完整的印象。一个作家在写作过程中,"天才"与"热情",常常都不可免成为毫无意义的名词。所有的只是对人事严密的思索,对文字保持精微的敏感,追求的只是那个"恰当"。

关于文字的技巧与人事理解,在过去,这两点对于一个小说作家,本来不应当成为一个问题。可是到近来却成为一个问题。这有一种特别原因,即近二十年中国的社会发展,与中国新文学运动不可分,因此一来小说作家有了一个很特别的地位。这地位也有利也有害,也帮助推进新文学的发展,也妨碍伟大作品产生。新作品在民十五左右已有了商品价值,在民十八又有了政治意义,风气、习惯影响到作家后,作家的写作意识,不知不觉从"表现自我"成为"获得群众"。于是留心多数,再想方法争夺那个多数,成为一种普遍流行文学观。"多数"既代表一种权力的符号,得到它即可得到"利益",得到利益自然也就象征"成功"。跟随这种习惯、观念,不可免产生一种现象,即作家的市侩工具化与官僚同流化。尤其是受中国的政治习惯影响,伪民主精神的应用,与政治上的小帮闲精神上相同,到时代许可竞卖竞选时,这些人就常常学习谄谀群众来争夺群众，到时代需要政治集权时，又常常用捧场凑趣方式来讨主子欢心。且用商品方式推销，作家努力用心都不免在作品以外。长于此者拙于彼，因此一来，作者的文字技巧与人事知识，当然都成为问题了。这只要我们看看当前若干作家如何把作品风格之获得有意轻视，在他们作品中，又如何对于普通人情的极端疏忽，就可明白近十年来的文学观，对于新文学作品上有多大意义，新的文学写作观，把"知识"重新提出又具有何等意义了。作品在文体上无风格无性格可言，这也就是大家口头上喜说的"时代"意义。文学在这种时代下，与政治大同小异，就是多数庸俗分子的抬头和成功。这种人的成功，一部分文学作品便重新回到"礼拜六"派旧作用上去，成为杂耍，成为消遣品。若干作家表面上在为人生争斗，貌作庄严，全不儿戏，其实虚伪处竟至不可想象。二十年来中国政治上的政策变动性既特别大，这些人求全讨好心切，忽而彼忽而此的跳猴儿戏情形，更是到处可见。因此若干活动作家写成的作品，即以消遣品而论，也很少有能保存到五年以上，受时间陶冶，还不失去其消遣意义的。提及这一点时，对于这类曾经一时得到多数的作家与作品，我无意作何等嘲讽。不过说明这种现象为什么而来，必然有些什么影响而已。这影响自然很不好，但不易派到某一个作家来负责。这是"时代"！

想得到读者本不是件坏事。一个作家拿笔有所写作，自然需要读者。需要多数读者更是人之常情。因为写作动机之一种，而且可说是最重要的一种，超越功利思想以上，从心理学家来说，即作品需要多数的重视，方可抵补作者人格上的自卑情绪，增加他的自高情绪。抵补或增加，总之都重在使作者个人生命得到稳定，觉得"活下来，有意义"。若得到多数不只抽象的可以稳定生命，还可望从收入增多上具体地稳定生活，那么一个作家有意放弃多数，离开多数，也可以说不仅是违反流行习惯，还近于违反动物原则了。因为动物对于生命的感觉，有一个共通点，即思索的运用，本来为满足食与性而有，即不能与这两种本能分开。多数动物只要能繁殖，能吃喝，加上疲乏时那点睡眠，即可得到生命的快乐。人既然是动物之一，思想愿望贴近地面，不离泥土，集中于满足"食"与"性"，得到它就俨然得到一切，当然并不出奇，近于常态。

可是这对于一般人，话说得过去。对于一个作家，又好像不大说得过去。为什么？为的是作家在某种意义上，是比较能够用开明脑子在客观上思索人生、研究人生，而且要提出一种意见表示出人生应有些事与普通动物不同的。他有思索，他要表现。一个人对人生能做较深的思索，是非爱憎取予之际，必然会与普通人不大相同。这不同不特①要表现到作品上，还会表现到个人行为态度上！

所以把写作看作本来就是一种违反动物原则的行为，又像是件自然不过的事情。为的是他的写作，实在还被另外一种比食和性本能更强烈的永生愿望所压迫，所苦恼。他的创作动力，可说是从性本能分出，加上一种想象的贪心而成的。比生孩子还更进一步，即将生命的理想从肉体分离，用一种更坚固材料和一种更完美形式保留下来。生命个体虽不免死亡，保留下来的东西却可望百年长青（这永生愿望，本不是文学作家所独具，一切伟大艺术品就无不由同一种动力而产生）。愿望既如此深切，永生意义，当然也就不必需普通读者来证实了！他的不断写作，且俨然非写不可，就为的是从工作的完成中就已得到生命重造的快乐。

为什么我们有这种抽象的永生的愿望？这大约是我们人类知识到达某种程度时，能够稍稍离开日常生活中的哀乐得失而单独构思，就必然会觉得生命受自然限制，生活受社会限制，

---

① 不特：不仅，不但。作者的习惯用法。

理想受肉体限制，我们想否认，想反抗，尽一切努力，到结果终必败北。这败北意思，就是活下来总不能如人意。即这种不如意的生活，时间也甚短促，不久即受生物学的新陈代谢律所拘束，含恨赍志而死。帝王蝼蚁，华屋山丘，一刹那间即不免同归消灭于乌有之乡。任何人对死亡想要逃避，势不可能。任何人对社会习惯有所否认，对生活想要冲破藩篱，与事实对面时，也不免要被无情事实打倒。个人理想虽纯洁崇高，然而附于肉体的动物基本欲望，还不免把他弄得拖泥带水。生活在人与人相挨相撞的社会中，和多数人哺糟啜醨①，已感觉够痛苦了，更何况有时连这种贴近地面的平庸生活，也变成可望而不可即，有些人常常为社会所抛弃，所排斥，生活中竟只能有一点回忆，或竟只能做一点极可怜的白日梦。一个作者触着这类问题时，自然是很痛苦的！然而活下来是一种事实，不能否认。自杀又违反生物的原则，除非神经衰弱到极端，照例不易见诸实行。人既得怪寂寞痛苦地勉强活下来，综合要娱乐要表现的两种意识，与性本能结合为一，所以说，写作是一种永生愿望。试从中国历史上几个著名不朽文学作家遗留下的作品加

---

① 哺糟啜醨：屈志从俗、随波逐流。

以检查，就可明白《离骚》或《史记》，杜工部①诗或曹雪芹小说，这些作品的产生，情形大都相去不远。我们若透过这些作品的表面形式，从更深处加以注意，便自然会理解作者那点为人生而痛苦的情形。这痛苦可说是唯有写作，方能消除。写作成后，愿望已足，这人不久也就精尽力疲，肉体方面生命之火已告熄灭，人便死了，人虽死去，然而作品永生，却无多大问题。

这个"永生"，我指的不是读者数量上问题，因为一个伟大作家的经验和梦想，既已超越世俗甚远，经验和梦想所组成的世界，自然就恰与普通人所谓"天堂"和"地狱"鼎足而三，代表了"人间"，虽代表"人间"，却正是平常人所不能到的地方。读者对于这种作品的欣赏，绝不会有许多人。世界上伟大作品能在人的社会中长久存在，且在各种崇拜、赞美、研究、爱好，以及其他动人方式中存在，其实也便是一种悲剧。正如《红楼梦》题词所载——

　　满纸荒唐言，一把酸辛泪。

　　都言作者痴，谁解其中味？②

---

① 杜工部：即杜甫，因曾担任检校工部员外郎而被世人称为杜工部。
② 此处引文有误，为作者误记。《红楼梦》原文为："满纸荒唐言，一把辛酸泪！都云作者痴，谁解其中味？"

从作品了解作者，实在不是一件容易事。所以一个诚实的作者若需要读者，需要的或许倒是那种少数解味的读者。作者感情观念的永生，便靠的是那在各个时代中少数读者的存在，实证那个永生的可能的梦。对于在商业习惯与流行风气下所能获得的多数读者，有心疏忽或不大关心，都势不可免。

　　另外还有一种作家，写作动力也可说是为痛苦，为寂寞，要娱乐，要表现。但情绪生活相当稳定，对文学写作看法只把它当作一种中和情感的方式。平时用于应世的聪明才智，到写作时即变成取悦读者的关心，以及作品文字风格的注意。作品思想形式自然能追随风气，容易为比较多读者接受。因此一来，作品在社会上有时也会被称为"伟大"，只因为他在流行时产生功利作用相当大。这种作家在数量上必相当多，作品分布必比较广，也能产生好影响，即①使多数读者知稍稍向上。也能产生不好影响，即使作者容易模仿，成为一时风气，限制各方面有独创性的发展。文学史上遗留下最多的篇章，便是这种作家的作品。

---

① 即：此处应单独理解，意为就是、也就是。下同。

另外又还有一种作家，可称为"新时代"产物。这种作家或受了点普通教育，为人小有才技，或办党从政，出路不佳，本不适宜于与文字为缘，又并无什么被压抑情感愿望迫切需要表现，只因为明白近二十年有了个文学运动，在习惯上文学作家又有了个特殊地位，一个人若能揣摩风气，选定一种流行题目，抄抄撮撮①，从事写作，就可很容易地满足那种动物基本欲望。于是这种人就来做文学运动，来充作家。写作心理状态，完全如科举时代的应制，毫无个人的热诚和兴趣在内。然而一个作家既兼具思想领导者与杂耍技艺人两种身份，作品又被商人看成商品，政客承认为政治场面点缀品，从事于此的数量之多，可以想象得出。人数既多，龙蛇不一，当然也会偶然有些像样作品产生，不过大多数实无可望。然而要说到"热闹"或"成功"时，这些作家的作品，照例是比上述两种作家的作品还容易热闹成功的。只是一个人生命若没有深度，思想上无深度可言，虽能捉住题目，应制似的产生作品，因缘时会，作伪售巧，一时之间得到多数读者，这种人的成就，是会受时间来清算，不可免要随生随灭的。

---

① 抄抄撮撮：意为摘录。

好作家固然稀少，好读者也极难得！这因为同样都要生命有个深度，与平常动物不同一点。这个生命深度，与通常所谓"学问"积累无关，与通常所谓"事业"成就也无关。所以一个文学博士或文学教授，不仅不能产生什么好文学作品，且未必即能欣赏好文学作品。普通大学教育虽有个习文学的文学系，亦无助于好作品的读者增多或了解加深。不良作品在任何时代都特别流行，正反映一种事实，即社会上有种种原因，养成多数人生下来莫名其妙，活下来实无所谓，上帝虽俨然给了他一个脑子，许他来单独使用这个脑子有所思索，总似乎不必要，不习惯。这种人在学校也热诚地读莎士比亚或曹子建诗，可是在另外一时，却用更大热诚去看报纸上刊载的美人蟹和三脚蟾。提到这一点时，我们实应当对人生感到悲悯。因为这也正是"人生"。这不思不想的动物性，是本来的。普通大学教育虽在四年中排定了五十门课目，要他们一一习读，可并无能力把这点动物性完全去掉。不过作者既有感于生命重造的宏愿和坚信，来有所写作，读者自然也有想从作品中看出一点什么更深邃的东西，来从事阅读。这种读者一定明白人之所以为人，为的是脑子发达已超越了普通动物甚远，它已能单独构思，从食与性两种基本愿望以外玩味人生，理解人生。他生活下来一种享受，即是这种玩味人生，理解人生。或思索生命什么是更深的意义，或追究生命存在是否还可能产生一点意义。如此或如彼，于是人方渐渐远离动物的单纯，或用推理归纳方式，或单凭梦幻想象，创造出若干抽象原则和意义。我们一代复一代便生存在这种种原则意义中或因这种种原则意义产生的"现象"中。罗素称人与动物不同处，为有"远虑"，这自然指的是人类这种精神向上部分而言。事实上，多数人与别的动物不同处，或许就不过是生活在因思索产生的许多观念和工具中罢了。近百年来这种观念和工具发达不能一致，属于物质的工具日有变迁，属于精神的观念容易凝固。因此发生种种的冲突，也就发生各式各样的悲剧。这冲突的悲剧中最大的一种，即每个民族都知道学习理解自然，征服自然，运用自然，即可得到进步，增加幸福。这求进步幸福的工具，虽日益新奇，但涉及人与人的问题时，思想观念就依然不能把战争除外，而且居然还把战争当作竞争生存唯一手段。在共同生活方面，集群的盲目屠杀，因工具便利且越来越猛烈。一个文学作家如果同时必然还是一个思想家，他一定就会在这种现象上看出更深的意义。若明白战争的远因实出于"工具进步"与"观念凝固"的不能两相调整，就必然会相信人类还可望在抽象观念上建设一种新原则，使进步与幸福在明日还可望从屠杀方式外获得。他不会否认也不反对当前的战争，说不定还是特别鼓吹持久战争的一分子，可是他也许在作品中，却说明白了这战争的意义，给人类一种较高教育！一个特殊的读者，他是乐意而且盼望从什么人作品中，领受这种人生教育的。

若把这种特殊读者除外不计，试将普通读者来分一分类时，大致也有不同的三种：一是个人多闻强记①，读的书相当渊博，自有别的专业，唯已养成习惯，以阅读文学作品来耗费剩余生命的。这种人能有兴趣来阅读现代小说的，当然并不怎么多。二是受了点普通教育，或尚在学校读书，或已服务社会，生来本无所谓，也有点剩余生命要耗费，照流行习惯来读书的。既照流行习惯读书，必不可免受流行风气趣味控制，对于一个作品无辨别能力，也不需要这种能力。这种读者因普通教育发达，比例上必占了一个次多数。三是正在大学或大学读书，年纪轻，幻想多（尤其是政治幻想与男女幻想特别多），因小说总不外革命、恋爱两件事，于是接受一个新的文学观，

---

① 多闻强记：即博闻强记，形容知识丰富、记忆力强。出自宋代释普济《五灯会元·天台韶国师法嗣》："杭州九曲观音院庆祥禅师，余杭人也，辩才冠众，多闻强记，时天台人推为杰出。"

以为文学作品可以教育他，需要文学作品教育他（事实上倒是文学作品可以娱乐他，满足他青年期某种不安定情绪），这种读者情感富余而兴趣实在不高，然而在数量上倒顶多。若以当前读者年龄来分类，年纪过了三十五，还带着研究兴趣或欣赏热诚的读者，实在并不多。年纪过了二十五，在习惯上把文学作品当成教育兼娱乐的工具来阅读的数目还是不甚多。唯有年龄自十五岁到二十四岁，把新文学作家看成思想家、社会改革者、艺员明星三种人格的混合物，充满热诚和兴趣，来与新作品对面的，实在是个最多数。这种多数读者的好处，是能够接受一切作品，消化一切作品。坏处是因年龄限制，照例不可免在市侩与小政客相互控制的文学运动情形中，兴趣易集中于虽流行却并不怎么高明的作品。

若讨论到近二十年新文学运动的过去以及将来发展时，我们还值得把这部分读者看得重要一些。因为他们其实都在有形无形帮助近二十年新出版业的发达，使它成为社会改革工具之一种，同时还支持了作家在社会上那个特殊地位。作家在这个地位上，很容易接受多数青年的敬重和爱慕，也可以升官发财，也可以犯罪致死，一切全看这个人使用工具的方法、态度而定。所以如从一个文学运动理论家观点来看，好作家有意抛弃这个多数读者,对读者可说是一种损失,对作家也同样是一种损失。这种读者少不了新文学作品,新文学作品也少不了他们。一个好作品在他们生活中以及此后生命发展中,如用得其法,所能引起巨大的作用,显然比起别的方面工具来,实在大得多得多。然而怎么一来,方可望使这种作家对于这种多数读者多有一分关心?这种读者且能提高他的欣赏兴趣,从大作品接受那种较深刻的观念?在目前,文学运动理论家,似乎还无什么确定有力的意见提出。尤其是想调和功利思想与美丽印象于一个目的,理论不是支离破碎,就是大而无当,难望有如何效果。

我们也可以这么说,关于有意教育对象而写作这件事,期之于第一种作家,势无可望。至于第二种作家呢,希望倒比较多。至于第三种作家呢,我们却已觉得他们似乎过分关心读者,许多本来还有点成就的作者,都因此毁了。我们只能用善意盼望他们肯在作品上多努点力,把工作看得庄严一点,弄出一些成绩。怕的是他们只顾教育他人,忘了教育自己,末了还是用官派作家或委员董事资格和读者对面,个人虽俨然得到了许多读者,文学运动倒把这一群读者失去了。

一面是少数始终对读者不能发生如何兴趣,一面是多数照老办法以争夺群众为目的,所以说到这里,我们实触着了一个明日文学运动的问题。我们若相信这件事还可以容许一个作家对于理论者表示一点意见，留下一些希望，应当从某一方面来注意？个人以为理论家先得承认对第一种作家，主张领导奖励是末节小事，实不必需。这种作家需要的是"自由"，政治上负责人莫过分好事来管制他，更莫再想运用它失败以后就存心摧残它，只要能用较大的宽容听其自由发展，就很好了。至于第三种作家呢，如政治上要装幌子，以为既奖励就可领导，他们也乐于如此"官民合作"，那就听他们去热闹好了。这些人有时虽缺少一点诚实，善于诪张为幻①，捧场凑趣，因此在社会也一时仿佛有很大影响。不过比起社会上别的事情来，绝不会有更了不得的恶影响的。这些人的作品虽无永久性，一时之间流行亦未尝不可给当前社会问题增加一种忍受能力与选择能力。但有一点得想办法，即对于第二种不好不坏、可好可坏的作家，如何来提出一种客观而切实意见，鼓励他们意识向上，把写作对于人类可能的贡献，重新有一个看法。在他们工作上，建立起比"应付目前"还稍微崇高一些的理想。理论者的成就如何，我们从他个人气质上大约也可以决定：凡带政客或

---

① 诪张为幻：指欺骗迷惑他人。诪张，意为欺诳。诪，音同周，意为欺，诳。

文学教授口吻的，理论虽好像具体，其实却极不切题，恐无何等成就。具哲学与诗人情绪的，意见虽有时不免抽象凿空，却可望有较新较深影响。这问题与我题目似乎相去一间，说下去恐与本题将离远了，所以即此为止。

一个作家对于文学运动的看法，或不免以为除了文学作品本身成就，可以使作品社会意义提高，并刺激其他优秀作品产生，单纯的理论实在做不了什么事。但它不一定轻视具有诚实良好见解的理论，这一点应当弄明白。目下有一件事实，即理论者多数是读书多，见事少，提出来的问题，譬如说"小说"这么一个问题吧，问题由一个有经验的作家来看，就总觉得他说的多不大接头①。所以关于这类意见，说不定一个作家可能尽的力，有时反而比理论者多。

一九四〇年八月三日在西南联合大学师院国文学会上的讲稿

---

① 接头：意为熟悉某事的情况。

短篇小说[1]

说到这个问题以前，我想在题目下加上一个子题，比较明白。

"一个短篇小说的作者，谈谈短篇小说的写作和近二十年来中国短篇小说的发展。"

因为许多人印象里、意识里的短篇小说，和我写到的、说起的，可能是两样不同的东西，所以我还要老老实实声明一下：这个讨论只能说是个人对于小说一点印象、一点感想、一点意见，不仅和习惯中的学术庄严标准不相称，恐怕也和前不久确定的学术一般标准不相称。世界上专家或权威，在另外一时对于短篇小说规定的"定义""原则""作法"和文学批评家所提出的主张说明，到此都暂时失去了意义。

---

[1] 原载《国文月刊》第十八期，一九四二年四月十六日。

什么是我所谓的"短篇小说"？要我立个界说，最好的界说，应当是我作品所表现的种种。若需要归纳下来简单一点，我倒还得想想，另外一时给这个题目作的说明，现在是不是还可应用。三年前我在师范学院国文会讨论会上，谈起"小说作者和读者"时，把小说看成"用文字很恰当记录下来的人事"。因为既然是人事，就容许包含了两个部分：一是社会现象，是说人与人相互之间的种种关系；二是梦的现象，便是说人的心或意识的单独种种活动。单是第一部分容易成为日常报纸纪事，单是第二部分又容易成为诗歌。必须把人事和梦两种成分相混合，用语言文字来好好装饰剪裁，处理得极其恰当，才可望成为一个小说。

我并不觉得小说必须很"美丽"，因为美丽是在文字辞藻以外可以求得的东西。我也不觉得小说需要很"经济"，因为即或是个短篇，文字经济依然并不是这个作品成功的唯一条件。我只说要很"恰当"，这恰当意义，在使用文字上，就容许不怕数量的浪费，也不必对于辞藻过分吝啬。故事内容呢，无所谓"真"，亦无所谓"伪"（更无深刻平凡区别），要的只是那个"恰当"。文字要恰当，描写要恰当，全篇分配更要恰当。作品的成功条件，就完全从这种"恰当"产生。

我们得承认，一个好的文学作品，照例会使人觉得在真美感觉以外，还有一种引人"向善"的力量。我说的"向善"，这个词的意思，并不属于社会道德一方面"做好人"的理想，我指的是这个：读者从作品中接触了另外一种人生，从这种人生景象中有所启示，对"人生"或"生命"能作更深一层的理解。普通做好人的乡愿道德，社会虽异常需要，有许多简便方法工具可以利用，"上帝"或"鬼神"，"青年会"或"新生活"，或对付他们的心，或对付他们的行为，都可望从那个"多数"方面产生效果。不必要文学来做。至于小说可做的事，却远比这个重大，也远比这个困难。如像生命的明悟，使一个人消极地从肉体爱憎取予，理解人的神性和魔性，如何相互为缘，并明白生命各种形式，扩大到个人生活经验以外，为任何书籍所无从企及。或积极地提示人，一个人不仅仅能平安生存即已足，尚必须在他的生存愿望中，有些超越普通动物的打算，比饱食暖衣、保全首领以终老更多一点的贪心或幻想，方能把生命引导到一个崇高理想上去。这种激发生命离开一个动物人生观，向抽象发展与追求的兴趣或意志，恰恰是人类一切进步的象征。这工作自然也就是人类最艰难伟大的工作。在过去两千年来，哲人的经典语录可做到的事，在当前一切经典将失去意义时,推动或执行这个工作,文学作品实在比较别的东西更其相宜。若说得夸大一点,到近代,别的工具都已办不了时,唯有"小说"还能担当这种艰巨。原因简单而明白:小说既以人事为经纬,举凡机智的说教、梦幻的抒情,一切有关人类向上的抽象原则学说,无一不可以把它综合组织到一个故事发展中。印刷术的进步、交通工具的进步,既得到分布的便利,更便利的还是近千年来读者传统的习惯,即多数认识文字的人,从一个故事取得娱乐与教育的习惯,在中国还好好存在。加之用文学作品来耗费他个人剩余生命,取得人生教育,从近三十年来年轻学生方面说,在社会心理上即贤于博弈。所以在过去,《三国志》①或《红楼梦》所有的成就,显然不是用别的工具可以如此简便完成的。

在当前,几个优秀作家在国民心理影响上,也不是什么做官的专家、部长、委员可办到的。在将来,一个文学作者若具有一种崇高人生理想,这理想希望它在读者生命中保有一种势力,将依然是件极其容易的事情。用"小说"来代替"经典",这种大胆看法,目前虽好像有点荒唐,却近于将来的

---

① 此处应为《三国演义》,为作者误写。

事实。

　　这是我三年前对于小说的解释，说的虽只是"小说"，把它放在"短篇小说"上，似乎还说得通。这种看法也许你们会觉得可笑，是不是？不过真正可笑的还在后面，因为我个人还要从这个观点上来写三十年！三十年在中国历史上，算不得一个数目，但在个人生命中，也就够瞧了。这种生命的投资，普通聪明人是不干的！

　　有人觉得好笑以外也许还要有点奇怪，即从我说这问题一点钟两点钟得来的印象，和你们事先所猜想到的，读十年书、听十年讲记忆中所保留的，很可能都不大相合。话说完了，于是散会。散会以后，有的人还当作笑话，继续谈论下去；有的人又匆匆忙忙地跑出大南门，预备去看九点场电影；有的人说不定回到宿舍，还要骂骂"狗屁狗屁，岂有此理"。这样或那样，总而言之，是不可免的。过了三点钟后，这个问题所能引起的一点小小纷乱也差不多就完事了。这也就正和我所要说的题目相合，与一个"短篇小说"在读者生命中所占有的地位相合，讲的或写的，好些情形都差不多。这并不是人生的全部，只那么一点儿，所要处理的，说他是作者人生的经验也好，是人生的感想也好，再不然，就说他是人生的梦也好。

总之，作者所能保留到作品中的并不多，或者是一闪光、一个微笑，以及一瞥即成过去的小小悲剧，又或是一个人濒临生死边缘做的短期挣扎。不管它是什么，都必然受种种限制，受题材、文字以及读者、听者那个"不同的心"所限制。所以看过或听过后，自然同样不久完事。不完事的或者是从这个问题的说明、表现方式上，见出作者一点语言文字的风格和性格，以及处理题材那点匠心独运的巧思，作品中所蕴蓄的人生感慨与人类爱。如果是讲演，连续到八次以上，从各个观点去说明的结果，或者能建设出一个明明朗朗的人生态度。如果是作品，一本书也不会给读者相同印象。至于听一回，看一篇，使对面的即能有会于心，保留一种深刻印象，对少数人言，即或办得到，对多数人言，是无可希望的！

新文学中的短篇小说，系随同二十二年前那个五四运动发展而来。文学运动本在五四运动以前，民六左右，即由陈独秀、胡适之诸先生提出来，却因五四运动得到"工具重造、工具重用"的机会。当时谈思想解放和社会改造，最先得到解放是文字，即语体文的自由运用。思想解放、社会改造问题，一般讨论还受相当限制时，在文学作品试验上，就得到了最大的自由，从试验中日有进步，且得到一个"多数"（学生）的拥护与承认。虽另外还有个"多数"（旧文人与顽固汉）在冷嘲恶咒，它依然在幼稚中发育成长，不到六七年，大势所趋，新的中国文学史，就只有白话文学作品可记载了。谈到这点过去时，其实应当分开来说说，因为各部门作品的发展经过和它的命运，是不大相同的。

新诗革命当时最与传统相反，情形最热闹，最引起社会注意（作者极兴奋，批评者亦极兴奋），同时又最成为问题，即大部分作品是否算得是"诗"的问题。

戏剧在那里讨论社会问题，处理思想问题，因之有"问题"而无"艺术"，初期作者成绩也就只是热闹，作品并不多，且不怎么好。

小说发展得平平常常、规规矩矩，不如诗那么因自由而受反对，又不如戏那么因庄严而抱期望，可是在极短期间中却已经得到读者认可继续下去。先从学生方面取得读者，随即从社会方面取得更多的读者，因此奠定了新文学基础，并奠定了新出版业的基础。

若就近二十年来过去做个总算，看看这二十年的发展，作者多、读者多、影响大、成就好，实应当推短篇小说。这原因加以分析，就可知道一是起始即发展得比较正常，作品又得到个自由竞争机会，新陈代谢作用大些，前仆后继，人才辈出，从作品中沙中拣金，沙子多金屑也就不少。其次即是有个读者传统习惯，来接受作品，同时还刺激鼓励优秀作品产生。

若讨论到"短篇小说"的前途时，我们会觉得它似乎是无什么"出路"的。它的光荣差不多已经变成为"过去"了。它将不如长篇小说，不如戏剧，甚至于不如杂文热闹。长篇小说从作品中铸造人物，铺叙故事又无限制，近二十年来社会的变，近五年来世界的变，影响到一人或一群人的事，无一不可以组织到故事中。一个长篇如安排得法，即可得到历史的意义、历史的价值，它且更容易从旧小说读者中吸收那个多数读者，它的成功伟大性是极显明的。戏剧娱乐性多，容易成为大时代中都会的点缀物，能繁荣商业市面，也能繁荣政治市面，所以不仅好作品容易露面，即本身十分浅薄的作品，有时说不定在官定价值和市定价值两方面，都被抬得高高的。就中唯有短篇小说，费力而不容易讨好，将不免和目前我们这个学校中的"国文系"情形相同，在习惯上还存在，事实上却好像对社会不大有什么用处，无出路是命定了的。

不过我想在大家都忘不了"出路"，多数人都被"出路"

弄昏了头的时候，来在"国文学会"的讨论会上，给"短篇小说"重新算个命，推测推测它未来可能是个什么情形。有出路未必是好东西，这个我们从跑银行的大学生、有销路的杂志和得奖的作品即可见到一二。那么，无出路的短篇小说，还会不会有好作者和好作品？从这部门作品中，我们还能不能保留一点希望，认为它对中国新文学前途，尚有贡献？

要我答复我将说"有办法的"。它的转机即因为是"无出路"。

从事于此道的，既难成名，又难牟利，且绝不能用它去讨个小官儿做做。社会一般事业都容许侥幸投机，作伪取巧，用极小气力收最大效果，唯有"短篇小说"可是个实实在在的工作，玩花样不来，擅长"政术"的分子绝不会来摸它。"天才"不是不敢过问，就是装作不屑于过问。即以从事写作的同道来说，把写短篇小说作终生事业，都明白它不大经济。这一来倒好了。短篇小说的写作，虽表面上与一般文学作品情形相差不多，作者的兴趣或信仰，却已和别的作者不相同了。

支持一个作者的信心，除初期写作，可望从"读者爱好"增加他一点愉快，从事此道十年八年后，尚能继续下去的，作者那个"创造的心",就必得从另外找个根据。很可能从外面刺激凌轹①,转成为自内而发的趋势。作者产生作品那点"动力"和对于作品的态度,都慢慢地会从普通"成功",转为自我完成,从"附会政策",转为"说明人生"。这个转变也可说是环境逼成的,然而,正是进步所必需的。由于作者写作的态度、心境不同,似乎就与抄抄撮撮的杂感离远,与装模作样的战士离远,与逢人握手、每天开会的官僚离远,渐渐地却与那个"艺术"接近了。

照近二十年来的文坛风气,一个作家一和"艺术"接近,也许因此一来,他就应当叫作"落伍"了,叫作"反动"了,他的作品并且就要被什么"检查"了,"批评"了,他的主张意见就要被"围剿"了,"扬弃"了。但我们可不必为这事情担心。这一切不过是一堆"词"而已,词是照例摇撼不倒作品的。作品虽用纸张印成,有些国家在作品上浇了些煤油,放火去烧它,还无结果!二三子玩玩字词,用作自得其乐的消遣,未尝无意义。若想用它作符咒,来消灭优秀作品,其无结果是用不着龟筮卜算的。"落伍"是被证明已经"老朽","反

---

① 刺激凌轹:意为欺压。

动"又是被裁判得受点处分，使用的意义虽都相当厉害，有时竟好像还和"侦探告密""坐牢杀头"这类事情牵连在一处。但文人用来加到文人头上时，除了满足一种卑鄙的陷害本能，是并无何等意义、不用担心吓怕的。因为这种词用惯后、用多后，明眼人都知道这对于一个诚实的作家，是不会有何作用的。文学还是文学，作品公正的审判人是"时间"（从每个人生命中流过的时间），作品在读者与时间中受试验，好的存在，且可能长久存在，坏的消灭，即一时间偶然侥幸，迟早间终必消灭。一个作者真正可怕的事，是无作品而充作家，或写点非驴非马作品应景凑趣，门面总算支持了，却受不了那个试验，在试验中即黯然无光。

日月流转，即用过去二十年事实作个例，试回头看看这段短短路上的陈迹，也可长人不少见识。当时文坛逐鹿，恰如运动场上赛跑，上千种不同的人物，穿着各式各样的花背心和运动鞋，用各自习惯的姿势，从跑道一端起始，飞奔而前。就中有仅仅跑完一个圈子，即已力不从心、摇摇头退下场了的。有跑到三五个圈子，个人独在前面，即以为大功告成而不再干的。有一面跑一面还打量到做点别的节省气力事情，因此装作摔了一跤,脚一跛一跛①向公务员丛中消失了的。也有得到亲戚、朋友、老板、爱人在旁拍巴掌叫好,自己却实在无出息,一阵子也败溃下来的。大致地说来,跑到三五年后,剩下的人数已不甚多。虽随时都有新补充分子上场,跑到十年后,剩下的可望到达终点的人就不过十来位了。设若这个竞赛是无终点的,每个人的终点即是死,工作的需要是发自于内的一点做人气概,以及支持三五十年的韧性,跑到后来很可能观众都不声不响,不拍掌也不叫好,多数作家难以为继,原是极其自然的。所以每三五年照例都有几个雄赳赳的人物,写了些得商人出力、读者花钱、同道捧场、官家道贺的作品,结果只在短短"时间"陶冶中,作品即已若存若亡,本人且有改业经商,发了三五万横财,讨个如夫人在家纳福②的。或改业从政,做个小小公务员,写点子虚乌有报告的。或傍个小官,代笔做做秘书,安分乐生③混日子下去的。这些人倒真是得到了很好的出路!逝者如斯,不舍昼夜,历史虽短,也就够令人深思!

"得到多数"虽已成为一种社会习惯,在文学发展中,倒

---

① 一跛一跛:意为一跛一跛。跛,音同瓣,方言,跛。
② 纳福:意为闲住享福。
③ 乐生:意为以生为乐。

也许正要借重"时间",把那个平庸无用的多数作家淘汰掉,让那个真有作为、诚敬从事的少数,在极困难挫折中受试验,慢慢地有所表现,反而可望见出一点成绩(三五个有好作品的作家,事实上比三五百挂名作家更为明日社会所需要,原是显然明白的)。对这个少数作家而言,我觉得他们的工作,正不妨从"文学"方面拉开,安放到"艺术"里去,因为它的写作心理状态,即容易与流行文学观日见背驰,已渐渐和过去中国一般艺术家相近。他不是为"出路"而写作,这个意见是我十三年前提起过的,我以为值得旧事重提,和大家讨论讨论。

记得是民国十七年①秋天,徐志摩先生要我去一个私立大学②讲"现代中国小说",上堂时,但见百十个人头在下面转动,我知道许多"脑子"也一定在同样转动。我心想:"和这些来看我讲演的人,我说些什么较好?"所以就在黑板上写了一行字:"请你们让我休息十分钟吧。"我意思倒是咱们大家看看,比比谁看得深。我当然就在那里休息,实在说就是给大家欣赏我那个乱蓬蓬的头,那种狼狈神气。到末后,我

---

① 民国十七年:指一九二八年。此处应为作者误记。沈从文是在一九二九年(民国十八年)进入上海中国公学担任教职的。
② 一个私立大学:指上海中国公学。

开口了，一说就是两点钟。下课钟响后，走到长廊子上时，听到前面两个人说，"他究竟说些什么？"这种讲演从一般习惯看来，自然是失败了。那次"看"的人可能比"听"的人多，看的人或许还保留一个印象，听的人大致都早已忘掉了。忘不掉的只有我自己，因为算是用"人"教育"我"，真正上了一课。这一课使我明白文字和语言、视和听给人的印象，情形大不相同。我写的小说，正因为与一般作品不大相同，人读它时觉得还新鲜，也似乎还能领会所要表现的思想内容。至于听到我说起小说写作，却又因为解释的与一般说法不同，与流行见解不合，弄得大家莫名其妙了。这对于我个人，真是一种离奇的教育。它刺激我在近十年中，继续用各种方式去试验，写了一些作品和读者对面。我写到的一堆故事，或者即已说明我对这个问题的意见和态度，若不曾从我作品中看出一点什么，这种单独的讲演，是只会作成你们的复述那个"他究竟是说什么"印象的。

其实当时说的并不稀奇古怪，不过太诚实一点罢了。"诚实"二字虽常常被文学作家和理论家提出，可是大多数人照例都怕和诚实对面。因为它似乎是个乡巴佬使用的名词，附于这个名词下的是：坦白，责任，超越功利而忠贞不易，超越得失而有所为有所不为。把这名词带到都市上来,对"玩"文学的人实在是毫无用处的。其实正是文学从商业转入政治,"艺术"或"技巧"都在被嘲笑中地位缩成一个零。以能体会时代风气写平庸作品自夸的,就大有其人。这些人或仿佛十分前进,或俨然异常忠实,用阿谀"群众"或阿谀"老板"方式,认为即可得到伟大成就。另外又有一部分作家,又认幽默为人生第一,超脱潇洒地用个玩票白相态度来有所写作,谐趣气氛的无节制,人生在作者笔下,即普遍成为漫画化。"浅显明白"的原则支配了作者的心和手,其所以能够如此,即因为这个原则正可当作作品草率马虎的文饰。风气所趋,作者不甘落伍的,便各在一种预定的公式上写他的传奇,产生并完成他"有思想"的作品。或用一个滑稽讽笑的态度,来写他的无风格、无性格、平庸乏味的打哈哈作品。如此或如彼,目标所在是"得到多数"。用的是什么方法,所得到的又是什么,都不在意。

关于这一点,当时我就觉得,这是不成的。社会的混乱,如果一部分属于一般抽象原则价值的崩溃,作者还有点自尊心和自信心,应当在作品中将一个新的原则重建起来。应当承认作品完美即为一种秩序。一切社会的预言者,本身必须坚实而壮健，才能够将预言传递给人。作者不能只看今天明天，还得有个瞻望远景的习惯，五十年一百年世界上还有群众！新的文学要它有新意，且容许包含一个人生向上的信仰，或对国家未来的憧憬，必须得从另外一种心理状态来看文学，写作品，即超越商业习惯上的"成功"，完全如一个老式艺术家制作一件艺术品的虔敬倾心来处理，来安排。最高的快乐从工作本身即可得到，不待我求。这种文学观自然与当时"潮流"不大相合，所以对我本来怀有好感的，以为我莫名其妙，对我素无好感的，就说这叫作"落伍""反动"。不过若注意到这是从左右两方面来的诅咒，就只能令人苦笑了。

我是个乡下人，乡下人的特点照例"相当顽固"，所以虽被派"落伍"了十三年，将来说不定还要被文坛除名，还依然认为一个作者不将作品与"商业""政策"混在一处，他脑子会清明一些。他不懂商业或政治，且极可能把作品也写得像样些。他若是一个短篇小说作者，肯从中国传统艺术品取得一点知识，必将增加他个人生命的深度，增加他作品的深度。一句话，这点教育不会使他堕落！如果他会从传统接受教育，得到启迪或暗示，有助于他的作品完整、深刻与美丽，并增加作品传递效果和永久性，都是极自然的。

我说的传统，意思并不是指从史传以来，涉及人事人性的叙述，两千多年来早有若干作品可以模仿取法。那么承受传统毫无意义可言。主要的是有个传统艺术空气，以及产生这种种艺术品的心理习惯，在这种艺术空气、心理习惯中，过去中国人如何用一切不同的材料、不同的方法，来处理人的梦，而且又在同一材料上，用各样不同方法，来处理这个人此一时或彼一时的梦。艺术品的形成，都从支配材料着手，艺术制作的传统，即一面承认材料的本性，一面就材料性质注入他个人的想象和感情。虽加人工，原则上却又始终能保留那个物性天然的素朴。明白这个传统特点，我们就会明白中国文学可告给作家的，并不算多，中国一般艺术品告给我们的，实在太多太多了。

试从两种艺术品的制作心理状态，来看看它与现代短篇小说的相通处，也是件极有意义的事情。一由绘画涂抹发展而成的文字，一由石器刮削发展而成的雕刻，不问它是文人艺术或应用艺术，艺术品之真正价值，差不多全在于那个作品的风格和性格的独创上。从材料方面言，天然限制永远存在，从形式方面言，又有个社会习惯限制。然而一个优秀作家，却能够于限制中运用"巧思"，见出"风格"和"性格"，说夸张一点，即是作者的人格。作者在任何情形下，都永远具有上帝造物的大胆与自由，却又极端小心，从不滥用那点大胆与自由超过需要。作者在小小作品中，也一例注入崇高的理想、浓厚的感情，安排得恰到好处时，即一块顽石、一把线、一片淡墨、一些竹头木屑的拼合，也见出生命洋溢。这点创造的心，就正是民族品德优美伟大的另一面。在过去，曾经产生过无数精美的绘画，形制完整的铜器或玉器，美丽温雅的瓷器，以及形色质料无不超卓的漆器。在当前或未来，若能用它到短篇小说写作上，用得其法，自然会有些珠玉作品，留到这个人间。这些作品的存在，虽若无补于当前，恰恰如杜甫、曹雪芹在他们那个时代一样，作者或传说饿死，或传说穷死，都缘于工作与当时价值标准不合。然而百年后或千载后的读者，反而唯有从这种作品中，取得一点生命力量，或发现一点智慧之光。

制砚石的高手，选材固在所用心，然而在一片石头上，如何略加琢磨，或就材质中小小毛病处，因材使用做一个小小虫蚀、一个小池，增加它的装饰性，一切都全看作者的设计，从设计上见出优秀与拙劣。一个精美砚石和一个优秀短篇小说，制作的心理状态（如何去运用那点创造的心），情形应当约略相同。不同的为材料，一是石头，顽固而坚硬的石头，二是人生，复杂万状充满可塑性的人生。可是不拘是石头还是人生，若缺少那点创造者的"匠心独运"，是不会成为特出艺术品的。关于这件事，《红楼梦》作者曹雪芹，比我们似乎早明白了两百年。他不仅把石头比人，还用雕刻家的手法，来表现大观园中每一个人物，从语言行为中见身份性情，使两世纪后读者还仿佛可看到这些纸上的人，全是些有血有肉有哀乐爱憎感觉的生物。（谈历史的多称道乾隆时代，其实那个辉辉煌煌的时代，除了遗留下一部《红楼梦》可作象征，别的作品早完了！）

再从宋元以来中国人所作小幅绘画上注意。我们也可就那些优美作品设计中，见出短篇小说所不可少的慧心和匠心。这些绘画无论是以人事为题材，以花草鸟兽、云树水石为题材，"似真""逼真"都不是艺术品最高的成就，重要处全在"设计"。什么地方着墨，什么地方敷粉施彩，什么地方竟留下一大片空白，不加过问。有些作品尤其重要处，便是那些空白处不着笔墨处，因比例上具有无言之美，产生无言之教。

短篇小说的作者，能从一般艺术鉴赏中，涵养那个创造的心，在小小篇章中表现人性，表现生命的形式，有助于作品的完美，是无可疑的。

短篇小说的写作，从过去传统有所学习，从文字学文字，个人以为应当把诗放在第一位，小说放在末一位。一切艺术都容许作者注入一种诗的抒情，短篇小说也不例外。由于对诗的认识，将使一个小说作者对于文字性能具特殊敏感，因之产生选择语言文字的耐心。对于人性的智愚贤否、义利取舍形式之不同，也必同样具有特殊敏感，因之能从一般平凡哀乐得失景象上，触着所谓"人生"。尤其是诗人那点人生感慨，如果成为一个作者写作的动力时，作品的深刻性就必然因之而增加。至于从小说学小说，所得是不会很多的。

所以短篇小说的明日，是否能有些新的成就，据个人私意，也可以那么说：实有待于少数作者，是否具有勇气肯从一个广泛的旧的传统最好艺术品中，来学习取得那个创造的心，印象中保留着无数优秀艺术品的形式，生命中又充满活泼生机，工作上又不缺少自尊心和自信心，来在一个新的观点上，尝试他所努力从事的理想事业。

或者会有人说，照你个人先前所说，从十八年文学即已被政治看中，一切空洞理想，恐都不免为一个可悲可怕事实战败，即十多年来那个"习惯"，以及在习惯中所形成的偏见，必永远成为进步的绊脚石。原因是作家如不能再成为"政策"

的工具，即可能成为"政客"的敌人。一种政治主张或政客意见不能制御作家，有一天政治家的做作庄严，便必然受作品摧毁。因之从官僚政客观点来说，文学放到政治部或宣传部，受培养并受检查，实在是个最好最合理地方，限制或奖励，异途同归，都归于三等政客和小官僚来控制运用第一流作家打算上。其实这么办，结果是不会成功的，不过增加几个不三不四的作家，多一些捧场凑趣、装模作样的机会，在一般莫名其妙的读者中，推销几百本平庸作品罢了，对于这方面的明日发展，政治是无从"促成"也无从"限制"的。

然而对面既是十多年来养成的一种根深蒂固的习惯，使一般作家的自尊心和自信心，都极其容易消失。空洞的乐观，当然还不够。明日的转机，也许就得来看看那个"少数"如何"战争"了。若想到一切战争都不免有牺牲，有困难，必需要有无限的勇气和精力支持，方能战胜克服。从小以见大，使我们对于过去、当前，各在别一处诚实努力，又有相当成就的几个作者，不论他是什么党派，实在都值得特别尊敬。因为这也是异途同归，归于"用作品和读者对面"。新文学运动，若能做到用作品直接和读者对面，这方面可做的事，即从娱乐方式上来教育铸造一个新的人格，如何向博大、深厚、高尚、优美方面去发展。且启发这个民族的感情,如何在忧患中能永远不灰心、不丧气,增加抵抗忧患的韧性以及翻身的信心,就实在太多了。

一九四一年五月二日在西南联合大学师院国文学会上的讲稿
一九四一年五月二十日在昆明校正

一个作品的成立，是从技巧上着眼的[1]

几年来文学词典上有个名词极不走运，就是"技巧"。多数人说到技巧时，就有一种鄙视意识。另外有一部分人却极害羞，在人面前深怕提这两个字。"技巧"两个字似乎包含了纤细、琐碎、空洞等意味，有时甚至于带点猥亵下流意味。对于小玩具、小摆设，我们褒奖赞颂中，离不了"技巧"一词，批评一篇文章，加上"技巧得很"时，就隐寓[2]似褒实贬。说及一个人，若说他"为人有技巧"，这人便俨然是个世故滑头样子。总而言之，"技巧"一字已被流行观念所限制，所拘束，成为要不得的东西了。流行观念的成立，值得注意。流行观念的是非，值得讨论。

---

[1] 原载天津《大公报·小公园》第一七八二号，一九三五年八月三十一日，原题为《论技巧》，本文标题为编者所改。
[2] 隐寓：意为暗含、暗寓，不同于隐喻。

《诗经》上的诗，有些篇章读来觉得极美丽，《楚辞》上的文章，有些读来也觉得极有热情，它们是靠技巧存在的。骈体文写得十分典雅，八股文章写得十分老到，毫无可疑，也在技巧。前者具永久性，因为注重安排文字，达到另外一个目的，就是亲切、妥帖、近情、合理的目的。后者无永久性，因为除了玩弄文字以外毫无好处，近于精力白费，空洞无物。

同样是技巧，技巧的价值，是在看它如何使用而决定的。

一件恋爱故事，赵五爷爱上了钱少奶奶，孙大娘原是赵五爷的宝贝，知道情形，觉得失恋，气愤不过，便用小洋刀抹脖子自杀了。同样这件事，由一个新闻记者笔下写来，至多不过是就原来的故事，加上死者胡同名称，门牌号数，再随意记记屋中情形，附上几句公子多情，佳人命薄……于是血染茵席，返魂无术，如此而已。可是这件事若由冰心女士写下来，大致就不同了。记者用的是记者笔调，可写成一篇社会新闻。冰心女士懂得文学技巧，又能运用文学技巧，也许写出来便成一篇杰作了。从这一点说来，一个作品的成立，是从技巧上着眼的。

同样这么一件事，冰心女士动手把它写成一篇小说，称为杰作；另外一个作家，用同一方法，同一组织写成一个作品，结果却完全失败。在这里，我们更可以看到一个作品的成败，是决定在技巧上的。就"技巧"一词加以诠释，真正意义应当是"选择"，是"谨慎处置"，是"求妥帖"，是"求恰当"。一个作者下笔时，关于运用文字铺排故事方面，能够细心选择，能够谨慎处置，能够妥帖，能够恰当，不是坏事情。假定有一个人，在同一主题下连续写故事两篇，一则马马虎虎，信手写下，杂凑而成；一则对于一句话一个字，全部发展，整个组织，皆求其恰到好处，看去俨然不多不少。这两个作品本身的优劣，以及留给读者的印象，明明白白，摆在眼前。一个懂得技巧在艺术完成上的责任的人，对于技巧的态度，似乎应当看得客观一点的。

也许有人会那么说："一个作品的成功，有许多原因。其一是文字经济，不浪费，自然，能亲切而近人情，有时虽有某些夸张，那好处仍然是能用人心来衡量，用人事作比较。至于矫揉造作、雕琢刻画的技巧，没有它，不妨事。"请问阁下：能经济，能不浪费，能亲切而近人情，不是技巧是什么？所谓矫揉造作，实在是技巧不足；所谓雕琢刻画，实在是技巧过多。是"不足"与"过多"的过失，非技巧本身过失。

文章徒重技巧，于是不可免转入空洞、累赘、芜杂、猥琐的骈体文与应制文产生。文章不重技巧而重思想，方可希望言之有物，不作枝枝节节描述，产生伟大作品。所谓伟大作品，自然是有思想，有魄力，有内容，文字虽泥沙杂下，却具有一泻千里的气势的作品。技巧被诅咒、被轻视，同时也近于被误解，便因为：第一，技巧在某种习气下已发展过多，转入空疏；第二，新时代所需要，实在不在乎此。社会需变革，必变革，方能进步。徒重技巧的文字，就文字本身言已成为进步阻碍，就社会言更无多少帮助。技巧有害于新文学运动，自然不能否认。

唯过犹不及。正由于数年来"技巧"二字被侮辱、被蔑视，许多所谓有思想的作品企图刻画时代变动的一部分或全体，在时间面前，却站立不住，反而更容易被"时代"淘汰忘却了。

一面流行观念虽已把"技巧"二字抛入茅坑里，事实是，有思想的作家，若预备写出一点有思想的作品，引起读者注意，推动社会产生变革，作家应当做的第一件事，还是得把技巧学会。

目前中国作者，若希望把本人作品成为光明的颂歌、未来世界的圣典，既不知如何驾驭文字，尽文字本能，使其具有光辉、效力，更不知如何安排作品，使作品似乎符咒，产生魔力，这颂歌、这圣典，是无法产生的。

人类高尚的理想、健康的理想，必须先融解在文字里，这理想方可成为"艺术"。无视文字的德行与效率，想望作品可以做杠杆、做火炬、做炸药，皆为徒然妄想。

因为艺术同技巧原本不可分开，莫轻视技巧，莫忽视技巧，莫滥用技巧。

一九三五年八月二十七日作

给一个读者[1]

××先生：

来信已见到，谢谢。你说："关于写小说的书，什么书店什么人作的较好？"我看过这样书八本，从那些书上明白一件事，就是：凡编著那类书籍出版的人，他自己绝不能写创作，也不能给旁的作者多少帮助。那些书不管书名如何动人，内容皆不大合于事实。他告你们"秘诀"，但这件事若并无秘诀可言，他玩的算个什么把戏，你想想也就明白了。真真的秘诀是多读多做，但这个已是一句老话了，不成其为秘诀的。我只预备告你几句话，虽然平淡无奇，也许还有一点用处，可作你的参考。

据我经验说来，写小说同别的工作一样，得好好地去

---

[1] 选自《废邮存底》，文化生活出版社（上海），一九三七年一月。

"学"。又似乎完全不同别的工作，就因为学的方式可以不同。从旧的各种文字，新的各种文字，理解文字的性质，明白它的轻重，习惯于运用它们，这工作很简单、落实，并无神秘，不需天才，好像得看一大堆"作品"方有结论的。你说你也看了不少书，照我的推测，你看书的方法或值得讨论。从作品上了解那作品的价值与趣味，这是平常读书人的事。一个作者读书呢，却应从别人作品上了解那作品整个的分配方法，注意它如何处置文字、如何处理故事，也可以说看得应深一层。一本好书不一定使自己如何兴奋，却宜于印象底记着。一个作者在别人好作品面前，照例不会怎么感动，在任何严重事件中，也不怎么感动——作品他知道这是写出来的，人事他知道无一不十分严重。他得比平常人冷静些，因为他在看、分析、批判。他必须静静地看、分析、批判，自己写时方能下笔，方有可写的东西，写下来方能够从容而正确。文字是作家的武器，一个人理会文字的用处比旁人渊博，善于运用文字，正是他成为作家条件之一。几年来有个趋向，多数人以为文字艺术是种不必注意的小技巧。这有道理。不过这些人似乎并不细细想想，没有文字，什么是文学。《诗经》与山歌不同，不在思想，还在文字！一个作家思想好，绝不至于因文字也好反而使他思想变坏。一个性情幽默、知书识字的剃头师傅，能如老舍先生那么使用文字，也就有机会成为老舍先生；若不理解文字，也不能使用文字，那就只好成天挑小担儿，各处做生意，就墙边太阳下给人理发，一面工作一面与主顾说笑话去了。写小说，想把作品涉及各方面生活，一个人在事实上不可能，在作品上却俨然逼真，这成功也靠文字。文字同颜料一样，本身是死的，会用它就会活。作画需要颜色，且需要会调弄颜色。一个作家不注意文字，不懂得文字的魔力，有好思想也表达不出这种好思想。作品专重文字自然会变成四六文章[①]。我并不要你专注重文字。我的意思是一个作家应了解文字的性质，这方面知识越渊博，越容易写作品。

　　写小说应看一大堆好作品，而且还应当知道如何去看，方能明白、方能写。上面说的是我的意见。至于理论或指南作法一类书，我认为并无多大用处。这些书我就看不懂。我不明白写这些书的人，在那里说些什么话。若照他们说出的方法来写小说，许多作者一年中恐怕不容易写两个像样短篇了。小说原理、小说作法那是上讲堂用的东西，至于一个作家，却只应

---

① 四六文章：指骈体文。

看一堆作品，做无数次试验，从种种失败上找经验，慢慢地完成他那个工作。他应当在书本上学安排故事，使用文字，却另外在人事上学明白人事。每人因环境不同，欢喜与憎恶皆不相同。同一环境中人，又会因体质不一，爱憎也不一样。有张值洋一千元的钞票掉在地上，我见了也许拾起来交给警察，你拾起来也许会捐给慈善机关，但被一个商人拾去呢？被一个划船水手拾去呢？被一个妓女拾去呢？你知道，用处皆不会相同的。男女恋爱也如此，男女事在每一个人解释下皆成为一种新的意义。作战也如此，每个军人上战场时感情皆不相同。作家从这方面应学的，是每一件事各以身份、性别而产生的差别，简单说来就是"求差"。应明白每种人为义利所激发的情感如何各不相同。又譬如胖一点的人脾气常常很好，且易中风，瘦人能够跑路，神经敏锐，广东人爱吃蛇肉，四川人爱吃辣椒，北方人赶骆驼的也穿皮衣，四月间房子里还生火，河南、河北、山西乡村妇女如今还缠小脚，这又是某一地方多数人相同的，这是"求同"。求同知道人的类型，求差知道人的特性。我们能了解什么事有他的"类型"，凡属这事皆相去不远；又知道什么事有他的"特性"，凡属个人皆无法强同。这些琐碎知识越丰富，写文章也就容易下笔了。知道太少，那写出来的就常常"不对"。好作品照例使读者看来很对,很近人情,很合适。一个好作品上的人物,常使人发生亲近感觉,正因为他的爱憎,他的声音笑貌,皆是一个活人。这活人由作者创造,作者可以大胆自由来创造,不怕说谎,创造他的人格与性情,第一条件,是安排得"对"。他可以把工人角色写得性格极强,嗜好正当,人品高贵,即或他并不见到这样一个工人,只要写得对就成。但他如果写个工人有三妻六妾,会作诗,每天又作什么什么,就不对了。把身份、性情、忧乐安排得恰当合理,这作品文字又很美,很有力,便可以希望成为一个好作品的。

不过有些人既不能看"一大堆"书,又不能各处跑,弄不明白人事中的差别或类型,也说不出这种差别或类型,是不是可以写得出好作品?换一个说法,就是假使你这时住在南洋,所见所闻总不能越出南洋天地以外,可读的书又仅仅几十本,是不是还可希望写几个大作品?据我想来也仍然办得到。经验世界原有两种方式:一是身临其境;二是思想散步。我们活到二十世纪,正不妨写十五世纪的历史小说。我们谁皆缺少死亡的经验,然而也可以写出死亡的一切。写牢狱生活的不一定亲自入狱,写恋爱的也不必需亲自恋爱。虽然这举例不大与上面要说的相合,譬如这时要你写北平,恐怕多半写不对,但你不妨就"特点"下笔。你不妨写你身临其境所见所闻的南洋一切。你身边只有《红楼梦》一部,就记熟它的文字,用那点文字写南洋。你好好地去理解南洋的社会组织、丧庆仪式、人民观念与信仰,上层与下层的一切,懂得多而且透彻,就这种特殊风光作背景,再注入适当的幻想成分,自然可以写得出很动人故事的。你若相信用破笔败色在南洋可以画成许多好画,就不妨同样试来用自己能够使用的文字,以南洋为中心写点东西。当前自然便不免发生一种困难,便是作品不容易使人接受的困难。这就全看你魄力来了。你有魄力同毅力,故事安置得很得体,观察又十分透彻,写它时又亲切而近人情,一切困难皆不足妨碍你作品的成就(我们读一百年前的俄国小说,作品中人物还如同贴在自己生活上,可以证明只要写得好,经过一次或两次翻译也还仍然能接受的)。你对于这种工作有信心,不怕失败,总会有成就的。我们做人照例受习惯所支配,服从惰性过日子。把观念弄对了,问好也可以养成一种问好的惰性。觉得自己要去做,相信自己做得到,把精力全部皆搁在这件工作上,征服一切皆无困难,何况提起笔来写两个短篇小说?

你问："一个作者应当要多少基本知识？"这不是几句话说得尽的问题。别的什么书上一定有这个答案，但答案显然全不适于实用。一个大兵，认识方字一千个左右，训练得法，他可以写出很好的故事。一个老博士，大房子里书籍从地板堆积到楼顶，而且每一本书皆经过他圈点校订，假定说，这些书全是诗歌吧，可是这个人你要他自作一首诗，也许他写不出什么好诗。这不是知识多少问题，是训练问题。你有两只脚，两只眼睛，一个脑子，一只右手，想到什么地方就走去，要看什么就看定它，用脑子记忆，且把另一时另一种记忆补充，要写时就写下它，不知如何写时就温习别的作品是什么样式完成，如此训练下去，久而久之，自然就弄对了。学术专家需要专门学术的知识，文学作者却需要常识和想象。有丰富无比的常识，去运用无处不及的想象，把小说写好实在是件太容易的事情了。懒惰畏缩，在一切生活一切工作上，皆不会有好成绩，当然也不能把小说写好。谁肯用力多爬一点路，谁就达到高一点的峰头。历史上一切伟大作品，都不是偶然成功的。每个大作家皆得经过若干次失败，受过许多回挫折，流过不少滴汗水，方把作品写成。你虽不见过托尔斯泰，但你应当相信托尔斯泰这个人的伟大，那么大堆作品，还只是一双眼睛、一个脑子、一只右手作成的。你如今不是也有两只光光的眼睛、一个健全的脑子、一只强壮的右手吗？你所处的环境、所见的世界，实在说来还比托尔斯泰更幸运一些，你还怕什么？你担心无出路，你是不是真想走路？你不宜于在迈步以前惶恐，得大踏步走向前去。一个作者的基本条件，同从事其余事业的人一样，要勇敢，有恒，不怕失败，不以小小成就自限。

一九三五年四月十日

给某作家[1]

××先生：

谢谢你寄来的文章。你不用在信上说明，这文章也看得出是"诚实的自白"。先生，我不怕扫你的兴，第一件事我就将指出这种诚实的自白。同文学隔了一层，不能成为好文学作品。你误解了文学。

你在"诚实自白""写实""报告文学""现实主义"一堆名词下，把写作看得太天真太随便了。一个学校的看门人，不加修饰随手写出的东西，算不得什么好作品，你明白。但你自己在同样态度下写成的东西，却把它叫作新诗，以为是个杰作。且相信这种作品只要遇着有眼睛的批评家、正直的编辑，就能认识你那作品的伟大，承认那作品的价值。你这打算

---

[1] 选自《新废邮存底》，最早收入《云南看云集》，国民图书出版社（重庆），一九四三年六月。

真是一个稀奇古怪的想头。你的意见代表一部分从事创作的青年意见。记着一些名词，不追究每个名词的意义（这事你们自己本来不能负责，全是另外一些人造的孽）。迷信世界上有"天才"这种东西，读过一些文人传记，见传记中提到什么名人一些小事与自己有些差不多的地方时，就认为自己也是一个"天才"，一动手写作就完成杰作一部。这杰作写成后，只等待一个有眼光的批评家、一个编辑、一个知己来发现。被发现后即刻你就成为名人要人。目前你自己不是就以为工作已完成了，只等待一个发现你的人？在等待中你有点儿烦闷，有点儿焦躁。你写信给我，便不隐藏这种烦闷同焦躁，你把那个希望搁在我的回信上。你意思我明白。你需要我承认你的伟大，承认你的天才，来信说："先生，我们是同志！"先生，这样子不成！你弄错了。我们不是同志。第一，我是个自觉很平常的人，一切都求其近人情，毫无什么天才。第二，我因为觉得自己极平凡，就只想从一切学习中找进步，从长期寻觅试验中慢慢取得进展，认为这工作除此以外别无捷径。

　　我的打算恰恰同你相反，我们走的路不会碰头，你把文学事业上看得很神圣，然而对付这种神圣的工作时，却马虎到如何程度！四百字一页的稿纸，弄错十二字。称引他人的文章，前后也发现许多错误。照你自己说，是"好文章不在乎此"的。对于工作的疏忽，如此为自己辩护，我实在毫无勇气。

我以为我们拿起笔来写作，同旁人从事其他工作完全一样。文学创作也许比起别的工作来更有意义，更富趣味，然而它与一切工作有一个共同点，就是必须从习作中获得经验，从熟练中达到完全，从一再失败、不断修改、废寝忘食、发痴着迷的情形中，才可望产生他那出众特立的作品。能这样认真努力，他才会有一点看得过的成绩。这事业若因为它包含一个人生高尚的理想，值得称为"神圣"，神圣的意义，也应当是它的创造比较一切工作更艰难、更耗费精力（一切工作皆可以从摹仿中求熟练与进步，文学工作却应当在模仿中加以创造，能创造时他就不会再作任何模仿了。他不能抛开历史，却又必须担负它本身所在那个时代环境的种种义务）。

文学有个古今一贯的要求或道德，就是把一组文字，变成有魔术性与传染性[①]的东西，表现作者对于人生由"斗争"求"完美"的一种理想。毫无限制采取人类各种生活，制作成所

---

① 传染性：指感染性。

要制作的形式。说文学是"诚实的自白",相反也可以说文学是"精巧的说谎"。想把文学当成一种武器,用它来修改错误的制度,消灭荒谬的观念,克服人类的自私懒惰,赞美清洁与健康、勇敢与正直,拥护真理,解释爱与憎的纠纷,它本身最不可缺少的,便是一种"精巧完整的组织"。一个文学作家首先得承认这种基本要求,其次便得学习懂得如何去掌握它。譬如你写诗,这种语言升华的艺术,就得认真细心从语言中选取语言。一首小诗能给人深刻难忘印象,发生长远影响,哪里是但凭名士味儿一挥而就的打油工作所能成事。

你说你有你的计划。一篇短文章也不能好好地作成,却先想设法成为"作家",这算是什么工作计划?你说你倾心文学,愿意终其一生从事文学。事实上你不过是爱热闹,以为这种工作不怎么费力,可以从容自在,使你在"灵感"或"侥幸"下成为一个大作家,弄得生活十分热闹罢了。……

先生,得了。我说的话太老实,一定使你不太快乐。可是这也不怎么要紧。假若你当真是个准备终生从事文学的人呢,我的老实话对你将来工作多少有些益处;假若你还是迷信你是个"天才",不必怎么用功,自信奇迹也会在你身上出现呢,就不妨么想:"我又弄错了,这个编辑比别人还更俗气,不是我理想中的同志！"你不必发愁，这个社会广大得很，你有的是同志。我为你担心的，只是与这种同志在一块时，不是你毁了他，就是他毁了你。照规律说，很可能他毁了你。不是使你更加糊涂自信，就是使你完全绝望，他却悠然自得。因为这两种人，我都经常有机会碰到。

一九三五年六月二十一日作

给一个青年作家[①]

××：

　　得信并文章三篇，文转香港。有新作寄我可为想法安排。你读书不算多，最好将必要功课补习一年，考入大学，多学点，多知道一点，对你将来发展大有关系。如实在不能继续读书，正好趁此时随军队到前线去讨一两年经验，多知道一些中国目前种种，数千万人民转徙流离，近百万壮丁在炮火中挣扎方式。如此一来，也可写出一些比较有意义的作品。若照目前情形拖下去，文章虽有了出路，可不是办法。用一个空头作家名分留在家中过日子，见闻有限，生命易枯竭，生活就堕落。你年龄正是必需用"事实"训练"身体"和"精神"好将人格扩大的年龄。看机会许可，或向书本中钻，或向社会中滚，都

[①] 选自《新废邮存底》，最早收入《云南看云集》，国民图书出版社（重庆），一九四三年六月。

比坐下来看看流行杂志，写点不三不四的文章好。文章有深有浅，有好有坏，大作品不能凭空产生，得做知识和经验上的准备。希望你认真一点，把这份工作也看得庄严一点，来好好苦干一番！孩子气能节制节制，向人类远景凝眸，会多看出些东西。不要怕生活变动，不要担心新环境难适应。世界是成天在变动中！不要怕困难，想活得像个人，生存本来就是极艰辛的。更不必怕危险，一个男子应当有冒险的雄心与大志！你读过《邓肯自传》，称赞她文字矫健而又富于情感。一个女人尚能凭幻想把生命带到伟大成效上去发展，何况一个二十二岁的男孩子。

一九四〇年二月三日　昆明

给一个写诗的[1]

××：

你寄来的诗都见到了，在修辞方面稍稍有些不统一处，但并不妨碍那些好处。

你的笔写散文似乎比诗方便适宜点。因为诗有两种方法写下去：一是平淡；二是华丽。或在思想上有幻美光影，或在文字上平妥匀称，但同时多少皆得保守到一点传统形式，才有一种给人领会的便利。文学革命意义，并非"全部推翻"，大半是"去陈就新"。形式中有些属于音律的，在还没有勇气彻底否认中国旧诗的存在以前，那些东西是你值得去注意一下的。"自由"在一个作者观念上，与"漫无限制"稍不相同。胡乱写一点感想，不能算诗，思想混杂、信手挥洒写来更不成诗。一个

---

[1] 选自《废邮存底》，文化生活出版社（上海），一九三七年一月。

感情丰富的人，可以写诗却并不一定写好诗。好诗同你说的那种天才并无关系，却极与生活的体念和功夫有关系。因为要组织，文字在一种组织上才会有光有色。你莫随便写诗，诗不能随便写。应当节制精力，蓄养锐气，谨慎认真地写。

我说的话希望并不把你写诗的锐气和豪兴挫去，却能帮助你写它时细心一点。单是文字同思想，不加雕琢同配置，正如其他材料一样，不能成为艺术，你是很明白的。要选择材料，处置它到恰当处，古人说的"推""敲"那种耐烦究讨，永远可以师法。金刚石虽是极值钱的东西，却要一个好匠人才磨出它的宝光来；石头虽是不值钱的东西，也可以由艺术家手上产生无价之宝。一切艺术价值的形成，不是单纯的"材料"，完全在你对于那材料使用的思想与气力。把写诗当成比写创作小说容易的，以为写诗当成同写杂感一样草率的，都不容易攀到艺术高处去。因为尽有些路看来很近走去却很远的，耐心缺少永远走不到头。

你的创作小说同你的诗有同样微疵，想找出个共通的毛病，我说它写作时似乎都太"热情"了一点。这种热情除了使自己头晕以外，没有一点好处可以使你作品高于一切作品。在男女事上热情过分的人，除了自己全身发烧做出一些很孩气可笑的行为外，并不会使女人得到什么，也不能得到女人什么。

那些写得出充满了热情的作品的人，都并不是自己头晕的人。我同你说说笑话，这世上尽有许多人本身是西门庆，写《金瓶梅》的或许是一个和女性无缘纠缠的孤老。世上有无数人成天同一个女人搂抱在一处，他们并不能说到女人什么。某君也许从来没有看到过一个光身子女人，他却写了许多由你们看来仿佛就像经验过的荒唐行为。一个作家必须使思想澄清，观察一切体会一切方不至于十分差误。他要"生活"，那只是要"懂"生活，不是单纯的生活。他需要有个脑子，单是脊髓可不成。更值得注意处，是应当极力避去文字表面的热情。我的意见不是反对作品热情，我想告给你的是，你自己写作时用不着多大兴奋。神圣伟大的悲哀不一定有一摊血、一把眼泪，一个聪明作家写人类痛苦或许是用微笑表现的。

许多较年轻的朋友，写作时全不能节度自己的牢骚，失败是很自然的。那么办，容易从写作上得到一种感情排泄的痛快（恰恰同你这样廿二岁的青年，接近一个女孩子时能够得到精力排泄的痛快一样），成功只在自己这一面，作品与读者对面时，却失败了。

情绪的体操[1]

先生：

我接到你那封极客气的信了，很感谢你。你说你是我作品唯一的读者，不错，你读得比别人精细，比别人不含糊，也比一般读者客观，我承认。但你我之间终有种距离，并不因你那点同情而缩短。你讨论散文形式同意义，虽出自你一人的感想，却代表了部分或多数读者的意见。

我文章并不重在骂谁讽刺谁，我缺少这种对人苛刻的兴味，那不是我的长处。我文章并不在模仿谁，我读过的每一本书上的文字我原皆可以自由使用。我文章并无何等哲学，不过是一堆习作，一种"情绪的体操"罢了。是的，这可说是一种"体操"，属于精神或情感那方面的。一种使情感"凝聚成为

---

[1] 原载《水星》第一卷第二期，一九三四年十一月十日。

渊潭，平铺成为湖泊"的体操。一种"扭曲文字试验它的韧性，重摔文字试验它的硬性"的体操。你厌烦体操是不是？我知道你觉得这两个字眼儿不雅相、不斯文。它极容易使你联想到铁牛、水牛，那个人的体魄威胁了你，使你想到青年会柚木柜台里的办事人，一点乔装的谦和，还有点儿俗，有点儿对洋上司的谄媚。使你想起"美人鱼"，从相片上看来人已胖多了。……

可是，你不说你是一个"作家"吗？不是说"文字越来越沉，思想越来越涩"？

先生，一句话，这是你读书的过错。你的书本知识即或可以"吓"学生，"骗"学生，让人留下个"博学鸿儒"的印象，却不能帮助你写一个短短故事达到精纯完美。你读的书虽多，那一大堆书可并不消化，它不能营养你反而累坏了你。你害了精神上的伤食病。脑子消化不良、晒太阳、吃药，都毫无益处。你缺少的就正是那个"情绪的体操"！你似乎简直就不知道这样一个名词，它的具体含义以及它对于一个作家所包含的严重意义。打量换换门径来写诗？不成。痼疾还不治好以前，你一切设想全等于白费。

你得离开书本独立来思索，冒险向深处走，向远处走。

思索时你不能逃脱苦闷，可用不着过分担心，从不听说一个人会溺毙在自己的思索里。你不妨学学情绪的散步，从从容容，五十米，两百米，一哩①，三哩，慢慢地向无边际一方走去。只管向"黑暗"里走，那方面有的是炫目的光明。你得学"控驭感情"，才能够"运用感情"。你必须"静"，凝眸先看明白了你自己。你能够"冷"方会"热"。

文章风格的独具，你觉得古怪，觉得迷人，这就证明你在过去十年中写作方法上精力的徒费。一个作家在他作品上制造一种风格，还不是极容易的事情？你读了多少好书，书中什么不早已提到？假若这是符咒，你何尝不可以好好地学一学，自己来制作些比前人更精巧的、效率特高的符咒？好在我还记起你那点"消化不良"，不然对于你这博学而无一能真会感到惊奇。你也许过分使用了你的眼睛，却太吝啬了你那其余官能。真正搞文学的人，都必须懂得"五官并用"不是一句空话！谁能否认你有个灵魂，但那是发育不全的灵魂。你文章纵格外努力也永远是贫乏无味。你自己比别人或许更明白那点糟处，直

---

① 哩：英制长度单位旧时用字，今用英里代替。一英里约等于一千六百零九米。

到你自己能够鼓足勇气，来在一个陌生人面前承认，请想想，这"病"已经到了什么样一种情形！

　　一个习惯于情绪体操的作者，服侍文字必觉得比服侍女人还容易得多。因为文字是一个一个待你自己选择的，能服从你自己的"意志"，只要你真有意志。至于女人呢？她乐于服从你的"权力"。

　　你的事恰恰同我朋友××一样：你爱上艺术，他却倾心了一个女人，皆愿意把自己故事安排得十分合理，十分动人，皆想接近那个"神"，皆自觉行为十分庄严，其实处处却充满了呆气。我那朋友到后来终于很愚蠢地自杀了，用死证实了他自己的无能。你并不自杀，只因为你的失败同失恋在习惯上是两件事。你说你很苦闷，我知道你的苦闷。给你很多的同情可不合理，世界上像你这种人太多了。

　　你问我关于写作的意见，属于方法与技术上的意见，我可说的还是劝你学习学习一点"情绪的体操"，让它们把你十年来所读的书在各种用笔过程中消化消化，把你十年来所见的人事在温习中也消化消化。你不妨试试看。把日子稍稍拉长一点，把心放静一点，三年五年维持下去，到你能随意调用字典上的文字，自由创作一切哀乐故事时，你的作品就美了，深了，而且文字也有热有光了。你不用害怕空虚，事实上使你充实结实还靠的是你个人能够不怕人事上的"一切"，不怕幼稚荒诞的诋毁批评或权威的指摘。你不妨为任何生活现象所感动，却不许被那个现象激发你到失去理性，你不妨挥霍文字，浪费辞藻，却不许自己为那些华丽壮美文字脸红心跳。你写不下去，是不是？照你那方法自然无可写的。你得习惯于应用一切官觉，就因为写文章原不单靠一只手。你是不是尽嗅觉尽了它应尽的义务，在当铺朝奉以及公寓伙计两种人身上，也有兴趣辨别得出他们那各不相同的味儿？你是不是睡过五十种床，且曾经温习过那些床铺的好坏？你是不是……

你嫌中国文字不够用、不合用。别那么说。许多人都用这句话遮掩自己的无能。你把一部字典每一页都翻过了吗？很显然地，同旁人一样，你并不做过这件傻事。你想造新字，描绘你那新的感觉，这只像是一个病人欺骗自己的话语。跛了脚，不能走动时，每每告人正在设计制造一对翅膀轻举高飞。这是不切事实的胡说，这是梦境。第一你并没有那个新感觉，第二你造不出什么新符咒。放老实点，切切实实治一治你那个肯读书却被书籍壅塞了脑子压断了神经的毛病！不拿笔时你能"想"，不能想时你得"看"，笔在手上时你可以放手

"写"。如此一来,你的大作将慢慢活泼起来了,放光了。到那个时节,你将明白中国文字并不如一般人说的那么无用。你不必用那个盾牌掩护自己了。你知道你所过目的每一本书上面的好处,记忆它,应用它,皆极从容方便,你也知道风格特出,故事调度皆太容易了。

你试来做三两年看看。若有耐心还不妨日子更多一点。不要觉得这份日子太长远!我说的还只是一个学习理发小子满师的年限。你做的事应当比学理发日子还短些,是不是?我问你。

第三章 散文其实有技巧

关于看不懂①

适之先生：

《独立评论》第二三八期刊载了一篇絮如先生②的通信，讨论到一个问题，以为近年来"不幸得很，竟有一部分所谓作家，走入魔道，故意作出那种只有极少数人，也许竟没有人能懂的诗与小品文"。从那个通信，还可知道絮如先生是一个中学国文教员，已然教了七年书。他的经验，他的职务，都证明他说那些话是很诚实很有理由的。但就他所抄摘的几段引例，第一是卞之琳先生的诗，第二是何其芳先生的散文，第三是无名氏大作。卞之琳的诗写得深一点，用字有时又过于简单，也

---
① 原载《独立评论》第二四一期。
② 一九三七年六月，梁实秋以"一个中学教员"的身份化名"絮如"，在《独立评论》第二三八期发表题为《看不懂的新文艺》的"通信"，批评卞之琳的《第一盏灯》（诗）、何其芳的《扇上的烟云》（散文），在文坛引起轩然大波，周作人、沈从文都撰文予以反驳。

就晦一点，不特絮如先生不懂，此外或许还有人不大懂。至如①何其芳的散文，实在说不上难懂。何先生可说是近年来中国写抒情散文的高手，在北大新作家群中，被人认为成绩极好的一位（其散文集《画梦录》，最近且得到《大公报》文艺奖金）。但絮如先生看了他的文章，却说简直不知道作者说的是什么。同时您的按语，也以为写这种散文，是"应该哀矜②"的，而且以为"其所以如此写些叫人看不懂的诗文的人，都只是因为表现能力太差，他们根本就没有叫人看得懂的本领"。我觉得有些意见，与你们的稍稍不同，值得写出来同关心这件事情的人谈谈。

第一，为什么一篇文章有些人看得懂，有些人却看不懂？

第二，为什么有些人写出文章来使人看不懂？

第三，为什么却有这种专写些使人看不懂的文章的人？

第四，这种作家与作品的存在，对新文学运动有何意义？是好还是坏？

我想先就这四点来做一个"散文走入魔道"的义务辩护人，先说几句话。

---

① 至如：连词，表示另提一件事。
② 哀矜：哀怜。

其一，文学革命初期写作的口号是"明白易懂"。文章好坏的标准，因之也就有一部分人把它建立在易懂不易懂的上头。这主张是您提出的，意思自然很好。譬如作一篇论文，与其仿骈文，仿八股文，空泛无物，废话一堆，倒不如明明白白写出来好些。不过支持或相信这个主张的人，有两件事似乎疏忽了。第一，文学革命同社会上别的革命一样，无论当初理想如何健全，它在一个较长时间中，受外来影响和事实影响，它会变（且会稍稍回头，这回头就是您谈中国西化问题时所说的惰性。适宜于本来习惯的惰性）。因为变，"明白易懂"的理论，到某一时就限制不住作家。第二，当初文学革命作家写作有个共同意识，是写自己"所见到的"，二十年后作家一部分却在创作自由条件下，写自己"所感到的"。若一个人保守着原有观念，自然会觉得新来的越来越难懂，作品多"晦涩"，甚至于"不通"。正如承受这个变，以为每个人有用文字描写自己感觉的权利的人，也间或要嘲笑到"明白易懂"为"平凡"。作者既如此，读者也有两种人，一是欢喜明白易懂的，二是欢喜写得较有曲折的。这大约就是一篇文章有些人看不懂，有些人又看得懂的原因。

其次，有些人写文章看不懂，您的意思以为是这些人无使人明白的表现能力。据我意见，您只说中一半。对于某种莫名其妙的模仿者，这话说得极有道理。但用它来评当前几个散文作家的作品，和事实似乎稍稍不合。事实上当前能写出有风格作品的，与其说是"缺少表现能力"，不如说是"有他自己表现的方法"。他们不是对文字的"疏忽"，实在是对文字"过于注意"。凡过分希望有他自己的作者，文章写来自然是不大容易在短时期为多数人全懂（除非他有本领用他的新风格征服读者，他决不会与多数读者一致）。不特较上年纪的读者不懂，便是年事极轻的人也会不懂。不过前者不懂（如絮如先生），只担心文学的堕落，后者不懂（如一般学生），却模仿得一塌糊涂罢了。

其三，这可分两方面来说。一是就作者说，他认定一切站得住的作品都必须有它的特点，这特点在故事处理上固然可以去努力，在文字修整排列上也值得努力。二是就读者说，读者不懂不一定是多数，只是受一个成见拘束的一部分。既有读者，作者当然就会多起来了。

其四，由第一点看去，中国新文学即或不能说是在"进步"，至少我们得承认它是在"变动"，目的思想许可它变，文体更无从制止它不变。就它的变看去，即或不能代表成就已经"大",然而却可说它范围渐渐"宽"。它固然使中学生乐于模仿,有不良影响,容易引起教员的头痛,对新文学的前途担心。但这些渐渐地能在文字上创造风格的作者,对于中国新文学的贡献,倒是功大过小。它的功就是把写作范围展宽,不特在各种人事上摆脱拘束性,且在文体上也是供有天才的作家自由发展的机会。这自由发展,当然就孕育了一个"进步"的种子。

适之先生,如今对当前一部分散文作品倾向表示怀疑的,是一个中学国文教员,表示怜悯的,是一个文学革命的老前辈,这正可说明一件事,中国新文学二十年来的活动,它发展得太快了一点,老前辈对它已渐渐疏忽隔膜,中学教员因为职务上关系,虽不能十分疏忽,但限于兴趣认识,对它也不免隔膜了。创始者不能追逐时变,理所当然。但一个中学教员若对这种发展缺少认识,可不是一件很好的事。所以我认为真正成问题的,不是絮如先生所说"糊涂文"的普遍流行,也许倒是一个中学国文教员,在当前情形下,我们应当如何想法,使他对于中国新文学的过去现在,得到一个多方面的认识。且从这种认识上,再得到一个"未来可能是什么"的结论。把这比较合乎史实的叙述也比较健全的希望,告给学生,引导学生从正面去认识一下中国新文学,这件事情实在异常重要。不过关于教员这点认识，是尽他自己去努力好些？还是由大学校帮他们一点忙好些？中学教员既多数是从大学出身的，由大学校想办法应当方便得多。

我这点看法假若还有一部分道理存在，我们不妨就一般大学校中国文学系的课程表上，看看负责的对这问题有多少注意。检查结果会有点失望，因为大学校对它实在太疏忽了。课程表上照例有"李白""杜甫"或"文选"的专题研究，有时还是必修课，一礼拜上两小时或四小时，可是把明清"章回小说"的研究列入课表上的就很少。至于一个学校肯把"现代中国文学"正式列入课程表，作为中国文学系同学必修课程的，那真可说是稀有的现象（有的学校虽有一两小时"文学习作"，敷衍敷衍好弄笔头的大学生，事实上这种课程既不能造就作家，更不能使学生有系统地多明白一下新文学二十年来在中国的意义）。大学校对这件事的疏忽，我们知道有两个原因，一是受规则影响，好像世界各国大学都无此先例，中国当然不宜破例，损害文学系的尊严。二是受现实拘束，找这种教授实在不容易。重要的或者还是"习惯"。负责的安于习惯，不大注意中国特殊情形。临到末了，我们不能不说各大学负责者对于这问题认识实在不够。因为他如若明白中学生读的课本虽一部分是古典作品，其余所看的书大部分都是现代出版物。中学生虽得受军训，守校规，但所谓人生观、社会观、文学观，却差不多都由读杂书而定。感于这个问题的重大，以及做中学教员的责任、兴味对学生关系如何密切，也许在大学课程中，应当有人努力来打破习惯，国文系每星期至少有两小时对于"现代中国文学"的研究，作为每个预备做中学教员的朋友的必修课。若说教员不容易得到，为什么不培养他？为什么不再打破惯例，向二十年来参加这个活动，有很好成绩，而且态度正当、思想健全的作家去设法？

我想提出这个问题，请所有国立大学（尤其是师范大学）文史学系的负责人注意注意。且莫说一个教师对于文学广博的欣赏力，如何有助于学生。只看看教育部课程标准，在初中一年级教本中，语体文即占百分之七十，高中教本语体文依然还有一部分。可是那些人之师在学校读书时，对这方面的训练，有的竟等于零。他不学，怎么能教？这不特是学校的疏忽，简直是教育部的过错。

我很盼望听听您对这问题的意见。

沈从文　一九三七年六月十八日

从徐志摩作品学习"抒情"[①]

在写作上想到下笔的便利,是以"我"为主,就官能感觉和印象温习来写随笔。或向内写心,或向外写物,或内外兼写,由心及物、由物及心混成一片。方法上多变化,包含多,体裁上更不拘文格文式,可以取例作参考的,现代作家中,徐志摩作品似乎最相宜。

如写风景,在《我所知道的康桥》,说到康桥天然的景色,说到康河,实在妩媚美丽得很。他要你凝神地看,要你听,要你感觉到这特殊风光。即或这是个对你十分陌生的外国地方,也能给你一种十分亲切的印象。

　　康桥的灵性全在一条河上,康河,我敢说是全世界最

[①] 原载《国文月刊》创刊号,一九四〇年八月十六日,为总题"习作举例"的系列讲稿的第一篇。

秀丽的一条水。……河身多的是曲折,上游是有名的拜伦潭——"Byron's Pool"——当年拜伦常在那里玩的;有一个老村子叫格兰骞斯德,有一个果子园,你可以躺在累累的桃李树荫下吃茶,花果会掉入你的茶杯,小雀子会到你的桌上来啄食,那真是别有一番天地。这是上游;下游是从骞斯德顿下去,河面展开,那是春夏间竞舟的场所。上下河分界有一个坝筑,水流急得很,在星光下听水声,听近村晚钟声,听河畔倦牛刍草声,是我康桥经验中最神秘的一种:大自然的优美、宁静、调谐,在这星光与波光的默契中,不期然地淹入了你的性灵。

…………

这河身的两岸都是四季常青最葱翠的草坪。从校友居的楼上望去,对岸草场上,不论早晚,永远有十数匹黄牛与白马,胫蹄没在恣蔓①的草丛中,从容地在咀嚼,星星的黄花在风中动荡,应和着它们尾鬃的扫拂。桥的两端有斜倚的垂柳与掬荫护住。水是澈底的清澄,深不足四尺,匀匀地长着长条的水草。这岸边的草坪又是我的爱宠,

---

① 恣蔓:恣意蔓生,任性地生长、伸展。

在清朝①，在傍晚，我常去这天然的织锦上坐地，有时读书，有时看水；有时仰卧着看天空的行云，有时反扑着搂抱大地的温软。

但河上的风流还不止两岸的秀丽。你得买船去玩。……

你站在桥上看人家撑，那多不费劲，多美！尤其在礼拜天，有几个专家的女郎，穿一身缟素衣服，裙裾在风前悠悠地飘着，戴一顶宽边的薄纱帽，帽影在水草间颤动，你看她们出桥洞时的姿态，捻起一根竟像没分量的长竿，只轻轻地，不经心地往波心里一点，身子微微地一蹲，这船身便"波"地转出了桥影，翠条鱼似的向前滑了去。她们那敏捷，那闲暇，那轻盈，真是值得歌咏的。

在初夏阳光渐暖时你去买一只小船，划去桥边荫下躺着念你的书或是做你的梦，槐花香在水面上飘浮，鱼群的唼喋②声在你耳边挑逗。或是在初秋的黄昏，迎着新月的寒光，往上流僻静处远去。爱热闹的少年们携着他们的女

---

① 清朝：意为早晨、清晨。
② 唼喋：拟声词，形容鱼、鸟等吃东西的声音。

友,在船沿上支着双双的东洋彩纸灯,带着话匣子,船心里用软垫铺着,也开向无人迹处去享他们的野福——谁不爱听那水底翻的音乐在静定的河上描写梦意与春光!

··········

静极了,这朝来①水溶溶的大道,只远处牛奶车的铃声,点缀这周遭的沉默。顺着这大道走去,走到尽头,再转入林子里的小径,往烟雾浓密处走去,头顶是交枝的榆荫,透露着漠楞楞的曙色;再往前走去,走尽这林子,当前是平坦的原野,望见了村舍,初青的麦田,更远三两个馒形的小山掩住了一条通道。天边是雾茫茫的,尖尖的黑影是近村的教寺。听,那晓钟和缓的清音。这一带是此邦中部的平原,地形像是海里的轻波,默沉沉地起伏;山岭是望不见的,有的是常青的草原与沃腴的田壤。登那土阜上望去,康桥只是一带茂林,拥戴着几处娉婷的尖阁。妩媚的康河也望不见踪迹,你只能循着那锦带似的林木想象那一流清浅。村舍与树林是这地盘上的棋子,有村舍处有佳荫,有佳荫处有村舍。这早起是看炊烟的时辰:朝雾渐

---

① 朝来:早晨。

渐地升起，揭开了这灰苍苍的天幕（最好是微霰后的光景），远近的炊烟，成丝的，成缕的，成卷的，轻快的，迟重的，浓灰的，淡青的，惨白的，在静定的朝气里渐渐地上腾，渐渐地不见，仿佛是朝来人们的祈祷，参差地翳入了天听。朝阳是难得见的，这初春的天气。但它来时是起早人莫大的愉快。顷刻间这田野添深了颜色，一层轻纱似的金粉糁上了这草，这树，这通道，这庄舍。顷刻间这周遭弥漫了清晨富丽的温柔。顷刻间你的心怀也分润了白天诞生的光荣。

（摘引自《我所知道的康桥》）

对自然的感印下笔还容易，文字清而新，能凝眸动静光色，写下来即令人得到一种柔美印象。难的是对都市光景的捕捉，用极经济篇章，写一个繁华动荡、建筑物高耸、人群交流的都市。文字也俨然具建筑性，具流动性，如写巴黎：

咳，巴黎！到过巴黎的一定不会再稀罕天堂；尝过巴黎的，老实说，连地狱都不想去了。整个的巴黎就像是一床野鸭绒的垫褥，衬得你通体舒泰，硬骨头都给熏酥了的——有时许太热一些，那也不碍事，只要你受得住。赞美是多余的，正如赞美天堂是多余的。咒诅也是多余的，正如咒诅地狱是多余的。巴黎，软绵绵的巴黎，只在你临别的时候轻轻地嘱咐一声："别忘了，再来！"其实连这都是多余的。谁不想再去？谁忘得了？

香草在你的脚下，春风在你的脸上，微笑在你的周遭。不拘束你，不责备你，不督饬你，不窘你，不恼你，不揉你。它搂着你，可不缚住你；是一条温存的臂膀，不是根绳子。它不是不让你跑，但它那招逗的指尖却永远在你的记忆里晃着。多轻盈的步履，罗袜的丝光随时可以沾上你记忆的颜色！

但巴黎却不是单调的喜剧。塞纳河的柔波里掩映着罗浮宫的倩影，它也收藏着不少失意人最后的呼吸。流着，温驯的水波；流着，缠绵的恩怨。咖啡馆：和着交颈的软语，开怀的笑响，有踞坐在屋隅里蓬头少年计较自毁的哀思。跳舞场：和着翻飞的乐调，迷醇的酒香，有独自支颐的少妇思量着往迹的怆心。浮动在上一层的许是光明，是欢畅，是快乐，是甜蜜，是和谐；但沉淀在底里阳光照不到的，才是人事经验的本质：说重一点是悲哀，说轻一点是惆怅。谁不愿意永远在轻快的流波里漾着,可得留神你往深处去时的发现!

……………

放宽一点说,人生只是个机缘巧合;别瞧日常生活河水似的流得平顺,它那里面多的是潜流,多的是旋涡——轮着的时候谁躲得了给卷了进去?那就是你发愁的时候,是你登仙的时候,是你辨着酸的时候,是你尝着甜的时候。

巴黎也不一定比别的地方怎样不同,不同就在那边生活流波里的潜流更猛,旋涡更急,因此你叫给卷进去的机会也就更多。

(摘自《巴黎的鳞爪·引言》)

同样是写"物",前面从实处写所见,后面从虚处写所感。在他的诗中也可以找出相近的例:从实处写,如《石虎胡同七号》;从虚处写,如《云游》。

我们的小园庭,有时荡漾着无限温柔:
善笑的藤娘,祖酥怀任团团的柿掌绸缪,

百尺的槐翁,在微风中俯身将棠姑抱搂,
黄狗在篱边,守候睡熟的珀儿,它的小友,
小雀儿新制求婚的艳曲,在媚唱无休——
我们的小园庭,有时荡漾着无限温柔。

我们的小园庭,有时淡描着依稀的梦景;
雨过的苍茫与满庭荫绿,织成无声幽冥。
小蛙独坐在残兰的胸前,听隔院蚓鸣。
一片化不尽的雨云,倦展在老槐树顶。
掠檐前作圆形的舞旋,是蝙蝠,还是蜻蜓?——
我们的小园庭,有时淡描着依稀的梦景。

我们的小园庭,有时轻喟着一声奈何:
奈何在暴风雨时,雨捶下捣烂鲜红无数;
奈何在新秋时,未凋的青叶惆怅地辞树;
奈何在深夜里,月儿乘云艇归去,西墙已度;
远巷薤露的乐音,一阵阵被冷风吹过——
我们的小园庭,有时轻喟着一声奈何。

我们的小园庭,有时沉浸在快乐之中:

雨后的黄昏,满园只美荫清香与凉风;

大量的寒翁,巨樽在手,寒足直指天空;

一斤,两斤,杯底喝尽,满怀酒欢,满面酒红,

连珠的笑响中,浮沉着神仙似的酒翁——

我们的小园庭,有时沉浸在快乐之中。

(《石虎胡同七号》)

那天你翩翩地在空际云游,

自在,轻盈,你本不想停留

在天的那方或地的那角,

你的愉快是无拦阻的逍遥。

你更不经意在卑微的地面

有一流涧水,虽则你的明艳

在过路时点染了他的空灵,

使他惊醒,将你的倩影抱紧。

他抱紧的只是绵密的忧愁,

因为美不能在风光中静止;

他要,你已飞渡万重的山头,

去更阔大的湖海投射影子!

他在为你消瘦,那一流涧水,

在无能地盼望,盼望你飞回!

(《云游》)

一切优秀作品的创作,离不了手与心。更重要的,也许还是培养手与心那个"境",一个比较清虚寥廓,具有反照反省能够消化现象与意象的境。单独把自己从课堂或寝室朋友或同学拉开,静静地与自然对面,即可慢慢得到。关于这问题,下面的自白便很有意思。作者的散文,以富于热情见长,风格独具,可是这热情的培养与表现,却从一个"单独"的"境"中得来的:

"单独"是一个耐人寻味的现象。我有时想它是任何发现的第一个条件。你要发现你的朋友的"真",你得有与他单独的机会。你要发现你自己的"真",你得给你自己一个单独的机会。你要发现一个地方(地方一样有灵性),你也得有单独玩的机会。我们这一辈子,认真说,能认识几个人?能认识几个地方?我们都是太匆忙,太没有单独的机会。……

　　…………

　　但一个人要写他最心爱的对象，不论是人是地，是多么使他为难的一个工作！你怕，你怕描坏了它，你怕说过分了恼了它，你怕说太谨慎了辜负了它。……

（《我所知道的康桥》）

　　徐志摩作品给我们感觉是"动"，文字的动，情感的动，活泼而轻盈。如一盘圆莹珠子，在阳光下转个不停，色彩交错，变幻炫目。他的散文集《巴黎的鳞爪》代表他作品最高的成就。写景，写人，写事，写心，无一不见出作者对于现世光色的敏感与对于文字性能的敏感。

从周作人、鲁迅作品学习抒情[①]

徐志摩作品给我们感觉是"动",文字的动,情感的动,活泼而轻盈,如一盘圆莹珠子在阳光下转个不停,色彩交错,变幻炫目。他的散文集《巴黎的鳞爪》代表他作品最高的成就。写景、写人、写事、写心,无一不见出作者对于现世光色的敏感,与对于文字性能的敏感。若从反一方面看,同样,是这个人生,反应在另一作者观感上表现出来却完全不相同。我们可以将周氏兄弟的作品,提出来说说。

周作人作品和鲁迅作品,从所表现思想观念的方式说似乎不宜相提并论:一个近于静静的独白;一个近于恨恨的咒诅。一个充满人情温暖的爱,理性、明莹、虚廓,如秋天,如秋水,于事不隔;一个充满对于人事的厌憎,情感有所蔽塞,多

[①] 原载《国文月刊》第一卷第二期,一九四〇年九月十六日,为总题"习作举例"的系列讲稿的第二篇。

愤激，易恼怒，语言转见出异常天真。然而有一点却相同，即作品的出发点，同是一个中年人对于人生的观照，表现感慨。这一点和徐志摩实截然不同。从作品上看徐志摩，人可年轻多了。

抒情文应不限于写景、写事，对自然光色与人生动静加以描绘，也可以写心；从内面写，如一派澄清的涧水，静静地从心中流出。周作人在这方面的长处，可说是近二十年来新文学作家中应首屈一指。他的特点在写对一问题的看法，近人情而合道理。如论"人"，就很有意思，那文章题名《伟大的捕风》。

  我最喜欢读《旧约》里的《传道书》。传道者劈头就说"虚空的虚空"，接着又说道："已有的事后必再有，已行的事后必再行。日光之下并无新事。"这都是使我很喜欢读的地方。
  …………
  已有的事后必再有，已见的事后必再行，此人生之所以为虚空的虚空也欤？传道者之厌世盖无足怪，他说："我又专心察明智慧、狂妄和愚昧，乃知这也是捕风，因为多有智慧就多有愁烦,加增智识就加增郁伤。"话虽如此,对于虚空的唯一的办法,其实还只有虚空之追踪。而对于狂妄与愚昧之察明,乃是这虚无的世间第一有趣味的事,在这里我不得不和传道者意见分歧了。勃阑特思[①]批评福罗贝尔[②],说他的性格是用两种分子合成:"对于愚蠢的火烈的憎恶和对于艺术无限的爱。这个憎恶,与凡有的憎恶一例,对于所憎恶者感到一种不可抗的牵引。各种形式的愚蠢,如愚行、迷信、自大、不宽容,都磁力似的吸引他,感发他。他不得不一件件地把他们描写出来。"……

察明同类之狂妄和愚昧,与思索个人的老死病苦,一样是伟大的事业,积极的人可以当一种重大的工作,在消极地也不失为一种有趣的消遣。虚空尽由他虚空,知道他是虚空,而又偏去追迹,去察明,那么这是很有意义的,这实在可以当得起说是伟大的捕风。法儒巴思卡耳[③]在他的《感想录》上曾经说过——

---

① 勃阑特思:今译勃兰兑斯,丹麦文艺批评家、文学史家。
② 福罗贝尔:今译福楼拜,法国著名小说家,代表作《包法利夫人》。
③ 巴思卡耳:今译巴斯卡,法国物理学家、数学家。

"人只是一根芦苇,世上最脆弱的东西,但他是一根会思想的芦苇。这不必要世间武装起来,才能毁坏他;只需一阵风、一滴水,便足以弄死他了。但即使宇宙害了他,人总比他的加害者还要高贵。因为他知道他是将要死了,知道宇宙的优胜。宇宙却一点不知道这些。"

(《周作人散文钞》)

本文说明深入人生,体会人生,意即可以建设一种对于人生的意见。消遣即明知的享乐,即为向虚无有所追求,亦无妨碍。

又说人之所以为人,在明知和感觉所以形成重要,而且能表现这明知和感觉。

又如谈文艺的宽容,正可代表五四以来自由主义者对于"文学上的自由"一种看法。

文艺以自己表现为主体,以感染他人为作用,是个人的而亦为人类的。所以文艺的条件是自己表现,其余思想与技术上的派别都在其次。[他的意思是适用于已有成绩，不适于预约方向。]①是研究的人便宜上的分类，不是文艺本质上判分优劣的标准。各人的个性既然是各各不同（虽然在终极仍有相同之一点，即是人性），那么表现出来的文艺，当然是不相同。现在倘若拿了批评上的大道理要去强迫统一，即使这不可能的事情居然实现了，这样文艺作品已经失了它唯一的条件，其实不能成为文艺了。因为文艺的生命是自由不是平等，是分离不是合并，所以宽容是文艺发达的必要的条件。[这里表示对当时的一为观念否认，对文言抗议。]②然而宽容决不是忍受。不滥用权威去阻遏他人的自由发展是宽容，任凭权威来阻遏自己的自由发展而不反抗是忍受。正当的规则是：当自己求自由发展时，对于压迫的势力，不应取忍受的态度；当自己成了已成势力之后，对于他人的自由发展，不可不取宽容的态度。聪明的批评家自己不妨属于已成势力的一分子，但同时应有对于新兴潮流的理解与承认。他的批评是印象的鉴赏，不是法理的判决，是诗人的而非学者的批评。文

---

① 沈从文原文注释。
② 沈从文原文注释。

学固然可以成为科学的研究，但只是已往事实的综合与分析，不能作为未来的无限发展的轨范。文艺上的激变不是破坏[文艺的]法律，乃是增加条文。譬如无韵诗的提倡，似乎是破坏了"诗必须有韵"的法令，其实它只是改定了旧时狭隘的范围，将它放大，以为"诗可以无韵"罢了。表示生命之颤动的文学，当然没有不变的科律；历代的文艺在它自己的时代都是一代的成就，在全体上只是一个过程。要问文艺到什么程度是大成了，那犹如问文化怎样是极顶一样，都是不能回答的事，因为进化是没有止境的。许多人错把全体的一过程认作永久的完成，所以才有那些无聊的争执，其实只是自扰。何不将这白费的力气去做正当的事，走自己的路程呢？

近来有一群守旧的新学者，常拿了新文学家的"发挥个性，注重创造"的话做挡牌，[指学衡派①言]②以为他们不应该"对于文言者仇视之"；这意思似乎和我所说的宽容有点相像，但其实是全不相干的。宽容者对于过去的文

---

① 学衡派：中国现代文学流派，主张文学复古，反对新文化运动，得名于《学衡》杂志，代表人物有吴宓、梅光迪、胡先骕。
② 沈从文原文注释。

艺固然予以相当的承认与尊重,但是无所用其宽容,因为这种文艺已经过去了,不是现在的势力所能干涉,便再没有宽容的问题了。所谓宽容乃是说已成势力对于新兴流派的态度,正如壮年人的听任青年的活动。其重要的根据,在于活动变化是生命的本质,无论流派怎么不同,但其发展个性,注重创造,同是人生的、文学的方向,现象上或是反抗,在全体上实是继续,所以应该宽容,听其自由发育。若是"为文言"或拟古(无论拟古典或拟传奇派)的人们,既然不是新兴的、更进一步的流派,当然不在宽容之列。——这句话或者有点语病,当然不是说可以"仇视之",不过说用不着人家的宽容罢了。他们遵守过去的权威的人,背后得有大多数人的拥护,还怕谁去迫害他们呢?老实说,在中国现在文艺界上宽容旧派还不成为问题,倒是新派究竟已否成为势力,应否忍受旧派的压迫,却是未可疏忽的一个问题。

(《自己的园地》)

在《自己的园地》一文中,对于人与艺术,作品与社会,尤有极好的见地。第一节谈到文学创造,不以卑微而自弃,与当时思想界所提出的劳工神圣、人类平等原则相同,并以社会的宽广、无所不容为论。次一节则谈为人生与为艺术两种文艺观的差别性何在,且认为人生派非功利而功利自见,引"种花"作例:

> 我们自己的园地是文艺,这是要在先声明的。我并非厌薄别种活动而不屑为,——我平常承认各种活动于生活都是必要;实在是小半由于没有这样的才能,大半由于缺少这样的趣味,所以不得不在这中间定一个去就。但我对于这个选择并不后悔,并不惭愧地面的小与出产的薄弱而且似乎无用。依了自己的心的倾向,去种蔷薇、地丁,这是尊重个性的正当办法。即使如别人所说各人果真应报社会的恩,我也相信已经报答了,因为社会不但需要果蔬药材,却也一样迫切地需要蔷薇与地丁。——如有蔑视这些的社会,那便是白痴的只有形体而没有精神生活的社会,我们没有去顾视他的必要。……
>
> 有人说道,据你所说,那么你所主张的文艺,一定是人生派的艺术了。泛称人生派的艺术,我当然没有什么反对,但是普通所谓人生派是主张"为人生的艺术"的,对

于这个我却有一点意见。"为艺术而艺术"将艺术与人生分离，并且将人生附属于艺术，至于如王尔德的提倡人生之艺术化，固然不很妥当；"为人生的艺术"以艺术附属于人生，将艺术当作改造生活的工具而非终极，也何尝不把艺术与人生分离呢？我以为艺术当然是人生的，因为它本是我们感情生活的表现，叫它怎能与人生分离？"为人生"——于人生有实利，当然也是艺术本有的一种作用，但并非唯一的职务。总之艺术是独立的，却又原来是人性的，所以既不必使它隔离人生，又不必使它服侍人生，只任它成为浑然的人生的艺术便好了。"为艺术"派以个人为艺术的工匠，"为人生"派以艺术为人生的仆役；现在却以个人为主人，表现情思而成艺术，即为其生活之一部，初不为福利他人而作，而他人接触这艺术，得到一种共鸣与感兴，使其精神生活充实而丰富，又即以为现实生活的基本；这是人生的艺术的要点，有独立的艺术美与无形的功利。我所说的蔷薇、地丁的种作，便是如此。有些人种花聊以消遣，有些人种花志在卖钱，真种花者以种花为其生活，——而花亦未尝不美，未尝于人无益。

胡适之在《五十年来中国之文学》称他的文章为用平淡的谈话，包藏深刻的意味。作品的成功，彻底破除了"美文不能用白话"的迷信。朱光潜论《雨天的书》，说到这本书的特质，第一是清，第二是冷，第三是简洁。两个批评者的文章，都以叙事说理明白见长，却一致推重周作人的散文为具有朴素的美。这种朴素的美，很影响到十年来过去与当前、未来中国文学使用文字的趋向。它的影响也许是部分的，然而将永远是健康而合乎人性的。他的文章虽平淡朴素，他的思想并不萎靡，在《国民文学》一文中，便表现得极彻底。而且国民文学的提倡，是由他起始的。苏雪林在她的《论周作人》一文中，把他称为一个"思想家"，很有道理。如论及中国问题时——

> 希腊人有一种特性，也是从先代遗传下来的，是热烈的求生欲望。他不是苟延残喘地活命，乃是希求美的、健全的、充实的生活……中国人实在太缺少求生的意志，由缺少而几乎至于全无。——中国人近来常以平和忍耐自豪，这其实并不是好现象。我并非以平和为不好，只因为中国的平和耐苦不是积极的德行，乃是消极的、衰耗的症候，所以说不好。譬如一个强有力的人他有压迫或报复的

力量而隐忍不动，这才是真的平和。中国人的所谓爱平和，实在只是没气力罢了，正如病人一样。这样没气力下去，当然不能"久于人世"。这个原因大约很长远了，现在且不管他，但救济是很要紧的。这有什么法子呢？我也说不出来，但我相信一点兴奋剂是不可少的：进化论的伦理学上的人生观，互助而争有的生活，尼采与托尔斯泰，社会主义与善种学，都是必要。

（周作人的《新希腊与中国》）

然而这种激进思想，似因年龄堆积、体力衰弱，很自然转而成为消沉，易与隐逸相近，所以曹聚仁[①]对于周作人的意见，是"由孔融到陶潜"。意即从愤激到隐逸，从多言到沉默，从有为到无为。精神方面的衰老，对世事不免具浮沉自如感。因之嗜好是非，便常有与一般情绪反应不一致处。二十六年北平沦陷后，尚留故都，即说明年龄在一个思想家所生的影响，如何可怕。

---

① 曹聚仁：现代著名作家、记者，周氏兄弟的朋友，曾主编《涛声》《芒种》等杂志。

周作人的小品文，鲁迅的杂感文，在二十年来中国新文学活动中，正说明两种倾向：前者代表田园诗人的抒情，后者代表艰苦斗士的作战。同样是看明白了"人生"，同源而异流：一取退隐态度，只在消极态度上追究人生，大有自得其乐意味；一取迎战态度，冷嘲热讽，短兵相接，在积极态度上正视人生，也俨然自得其乐。对社会取退隐态度，所以在民十六以后，周作人的作品，便走上草木虫鱼路上去，晚明小品文提倡上去。对社会取迎战态度，所以鲁迅的作品，便充满与人与社会敌对现象，大部分是骂世文章。然而从鲁迅取名《野草》的小品文集看看，便可证明这个作者另一面的长处，即纯抒情作风的长处，也正浸透了一种素朴的田园风味。如写"秋夜"：

在我的后园，可以看见墙外有两株树，一株是枣树，还有一株也是枣树。

这上面的夜的天空，奇怪而高，我生平没有见过这样的奇怪而高的天空。他仿佛要离开人间而去，使人们仰面不再看见。然而现在却非常之蓝，闪闪地睒①着几十个星

---

① 睒：音同闪，眨眼之意。

星的眼,冷眼。他的口角上现出微笑,似乎自以为大有深意,而将繁霜洒在我的园里的野花草上。

我不知道那些花草真叫什么名字,人们叫他们什么名字。我记得有一种开过极细小的粉红花,现在还开着,但是更极细小了,她在冷的夜气中,瑟缩地做梦,梦见春的到来,梦见秋的到来,梦见瘦的诗人将眼泪擦在她最末的花瓣上,告诉她秋虽然来,冬虽然来,而此后接着还是春,蝴蝶乱飞,蜜蜂都唱起春词来了。她于是一笑,虽然颜色冻得红惨惨的,仍然瑟缩着。

枣树,他们简直落尽了叶子。先前,还有一两个孩子来打他们别人打剩的枣子,现在是一个也不剩了,连叶子也落尽了。他知道小粉红花的梦,秋后要有春;他也知道落叶的梦,春后还是秋。他简直落尽叶子,单剩干子①,然而脱了当初满树是果实和叶子时候的弧形,欠伸得很舒服。但是,有几枝还低亚②着,护定他从打枣的竿梢所得的皮伤,而最直最长的几枝,却已默默地铁似的直刺着奇

---
① 干子:指树干。
② 低亚:指低垂。亚,低压。

怪而高的天空，使天空闪闪地鬼䀹眼；直刺着天空中圆满的月亮，使月亮窘得发白。

鬼䀹眼的天空越加非常之蓝，不安了，仿佛想离去人间，避开枣树，只将月亮剩下。然而月亮也暗暗地躲到东边去了。而一无所有的干子，却仍然默默地铁似的直刺着奇怪而高的天空，一意要致他的死命，不管他各式各样地䀹着许多蛊惑的眼睛。

"哇"的一声，夜游的恶鸟飞过了。

我忽而听到夜半的笑声，"吃吃"的，似乎不愿意惊动睡着的人，然而四围的空气都应和着笑。夜半，没有别的人，我即刻听出这声音就在我嘴里，我也即刻被这笑声所驱逐，回进自己的房。灯火的带子也即刻被我旋高了。

后窗的玻璃上"叮叮"地响，还有许多小飞虫乱撞。不多久，几个进来了，许从窗纸的破孔进来的。他们一进来，又在玻璃的灯罩上撞得"叮叮"地响。一个从上面撞进去了，他于是遇到火，而且我以为这火是真的。两三个却休息在灯的纸罩上喘气。那罩是昨晚新换的罩，雪白的纸，折出波浪纹的叠痕，一角还画出一枝猩红色的栀子。

猩红的栀子开花时，枣树又要做小粉红花的梦，青葱地弯成弧形了……我又听到夜半的笑声;我赶紧砍断我的心绪,看那老在白纸罩上的小青虫,头大尾小,向日葵子似的,只有半粒小麦那么大,遍身的颜色苍翠得可爱、可怜。

我打一个呵欠,点起一支纸烟,喷出烟来,对着灯默默地敬奠这些苍翠精致的英雄们。

这种情调与他当时译《桃色的云》《小约翰》大有关系。与他的恋爱或亦不无关系。这种抒情倾向,并不仅仅在小品文中可以发现,即他的小说大部分也都有这个倾向。如《社戏》《故乡》《示众》《鸭的喜剧》《兔和猫》,无不见出与周作人相差不远的情调,文字从朴素见亲切处尤其相近。然而对社会现象表示意见时,迎战态度的文章,却大不相同了。如纪念因三一八惨案请愿学生刘和珍被杀即可作例:

真的猛士,敢于直面惨淡的人生,敢于正视淋漓的鲜血。这是怎样的哀痛者和幸福者?然而造化又常常为庸人设计,以时间的流驶[①],来洗涤旧迹,仅使留下淡红的血

[①] 流驶:意为流逝。鲁迅的习惯用法,后文同,不再加注。

色和微漠的悲哀。在这淡红的血色和微漠的悲哀中，又给人暂得偷生，维持着这似人非人的世界。我不知道这样的世界何时是一个尽头！

....

时间永是流驶，街市依旧太平，有限的几个生命，在中国是不算什么的，至多，不过供无恶意的闲人以饭后的谈资，或者给有恶意的闲人作"流言"的种子。至于此外的深的意义，我总觉得很寥寥，因为这实在不过是徒手的请愿。人类的血战前行的历史，正如煤的形成，当时用大量的木材，结果却只是一小块，但请愿是不在其中的，更何况是徒手。

然而既然有了血痕了，当然不觉要扩大。至少，也当浸渍了亲族、师友、爱人的心，纵使时光流驶，洗成绯红，也会在微漠的悲哀中永存微笑的、和蔼的旧影。陶潜说过，"亲戚或余悲，他人亦已歌。死去何所道，托体同山阿。"倘能如此，这也就够了。

感慨沉痛，在新文学作品中实自成一格。另外一种长处是冷嘲、骂世，如《二丑艺术》可以作例：

浙东的有一处的戏班中，有一种角色叫作"二花脸"，译得雅一点，那么，"二丑"就是。他和小丑的不同，是不扮横行无忌的花花公子，也不扮一味仗势的宰相家丁，他所扮演的是保护公子的拳师，或是趋奉公子的清客。总之：身份比小丑高，而性格却比小丑坏。

义仆是老生扮的，先以谏诤，终以殉主；恶仆是小丑扮的，只会作恶，到底灭亡。而二丑的本领却不同，他有点上等人模样，也懂些琴棋书画，也来得行令猜谜，但倚靠的是权门，凌蔑的是百姓。有谁被压迫了，他就来冷笑几声，畅快一下；有谁被陷害了，他又去吓唬一下，吆喝几声。不过他的态度又并不常常如此的，大抵一面又回过脸来，向台下的看客指出他公子的缺点，摇着头装起鬼脸道：你看这家伙，这回可要倒霉哩！

这最末的一手，是二丑的特色。因为他没有义仆的愚笨，也没有恶仆的简单，他是知识阶级。他明知道自己所靠的是冰山，一定不能长久，他将来还要到别家帮闲，所以当受着豢养，分着余炎的时候，也得装着和这贵公子并非一伙。

二丑们编出来的戏本上,当然没有这一种角色的,他哪里肯;小丑,即花花公子们编出来的戏本,也不会有,因为他们只看见一面,想不到的。这二花脸,乃是小百姓看透了这一种人,提出精华来,制定了的角色。

世间只要有权门,一定有恶势力,有恶势力,就一定有二花脸,而且有二花脸艺术。我们只要取一种刊物,看他一个星期,就会发现他忽而怨恨春天,忽而颂扬战争,忽而译萧伯纳演说,忽而讲婚姻问题;但其间一定有时要慷慨激昂地表示对于国事的不满:这就是用出末一手来了。

这最末的一手,一面也在遮掩他并不是帮闲,然而小百姓是明白的,早已使他的类型在戏台上出现了。

由冰心到废名[①]

从作品风格上观察比较，徐志摩与鲁迅作品，表现得实在完全不同。虽同样情感黏附于人生现象上，都十分深切，其一给读者的印象，正如作者被人间万汇百物的动静感到炫目惊心，无物不美，无事不神，文字上因此反照出光彩陆离，如绮如锦，具有浓郁的色香，与不可抗的热（《巴黎的鳞爪》可以作例）；其一却好像凡事早已看透看准，文字因之清而冷，具剑戟气。不特对社会丑恶表示抗议时寒光闪闪，有投枪意味，中必透心，即属于抒个人情绪、徘徊个人生活上，亦如寒花秋叶，颜色萧疏（《野草》《朝花夕拾》可以作例）。然而不同之中倒有一点相同，即情感黏附于人生现象上（对人间万事的现象），总像有"莫可奈何"之感，"求孤独"俨若即可得

[①] 原载《国文月刊》第三期，一九四〇年十月十六日，为总题"习作举例"的系列讲稿的第三篇。

到对现象执缚的解放。徐志摩在《我所知道的康桥》《天宁寺闻钟》《北戴河海滨的幻想》《冥想》《想飞》《自剖》各文中，无不表现他这种"求孤独"的意愿。正如对"现世"有所退避，极力挣扎，虽然现世在他眼中依然如此美丽与神奇。这或者与他的实际生活有关，与他的恋爱及离婚又结婚有关。鲁迅在他的《朝花夕拾·小引》一文中，更表示对于静寂的需要与向往。必需"单独"，方有"自己"。热情的另一面本来就是如此向"过去"凝眸，与他在小说中表示的意识，二而一，正见出对现世退避的另一形式。

我常想在纷扰中寻出一点闲静来，然而委实不容易。目前是这么离奇，心里是这么芜杂。一个人做到只剩了回忆的时候，生涯大概总要算是无聊了吧，但有时竟会连回忆也没有。中国的作文章有轨范[①]，世事也仍然是螺旋。前几天我离开中山大学的时候，便想起四个月以前的离开厦门大学；听到飞机在头上鸣叫，竟记得了一年前在北京城上日日旋绕的飞机。我那时还作了一篇短文，叫作《一

---

① 轨范：意为规范、规则、标准。鲁迅的习惯用法。

觉》。现在是，连这"一觉"也没有了。

广州的天气热得真早，夕阳从西窗射入，逼得人只能勉强穿一件单衣。书桌上的一盆"水横枝"，是我先前没有见过的：就是一段树，只要浸在水中，枝叶便青葱得可爱。看看绿叶，编编旧稿，总算也在做一点事。做着这等事，真是虽生之日，犹死之年，很可以驱除炎热的。

前天，已将《野草》编定了；这回便轮到陆续载在《莽原》上的《旧事重提》，我还替他改了一个名称：《朝花夕拾》。带露折花，色香自然要好得多，但是我不能够。便是现在心目中的离奇和芜杂，我也还不能使他即刻幻化，转成离奇和芜杂的文章。或者，他日仰看流云时，会在我的眼前一闪烁吧。

我有一时，曾经屡次忆起儿时在故乡所吃的蔬果：菱角、罗汉豆、茭白、香瓜。凡这些，都是极其鲜美可口的；都曾是使我思乡的蛊惑。后来，我在久别之后尝到了，也不过如此；唯独在记忆上，还有旧来的意味留存。它们也许要哄骗我一生，使我时时反顾。

在《呐喊·自序》上起始就说：

> 我在年轻时候也曾经做过许多梦，后来大半忘却了，但自己也并不以为可惜。所谓回忆者，虽说可以使人欢欣，有时也不免使人寂寞，使精神的丝缕还牵着已逝的寂寞的时光，又有什么意味呢？而我偏苦于不能全忘却，这不能全忘的一部分，到现在便成了《呐喊》的来由。

这种对"当前"起游离感或厌倦感，正形成两个作家作品特点之一部分。也正如许多作家，对"当前"缺少这种感觉，即形成另外一种特点。在新散文作家中，可举出冰心、朱佩弦[①]、废名三个人作品，当作代表。

这三个作家，文字风格表现上，并无什么相同处。然而同样是用清丽素朴的文字抒情，对人生小小事情，一例俨然怀着母性似的温爱，从笔下流出时，虽方式不一，细心读者却可得到同一印象，即作品中无不对于"人间"有个柔和的笑影。少夸张，不像徐志摩对于生命与热情的讴歌；少愤激，不像鲁迅对社会人生的诅咒：

[①] 朱佩弦：即朱自清，字佩弦。

雨声渐渐地住了,窗帘后隐隐地透进清光来。推开窗户一看,呀!凉云散了,树叶上的残滴,映着月儿,好似萤光千点,闪闪烁烁地动着。——真没想到苦雨孤灯之后,会有这么一幅清美的图画!

凭窗站了一会儿,微微地觉得凉意侵人。转过身来,忽然眼花缭乱,屋子里的别的东西,都隐在光云里;一片幽辉,只浸着墙上画中的安琪儿——这白衣的安琪儿,抱着花儿,扬着翅儿,向着我微微地笑。

"这笑容仿佛在哪儿看见过似的,什么时候,我曾……"不知不觉地便坐在窗口下想——默默地想。

严闭的心幕,慢慢地拉开了,涌出五年前的一个印象——一条很长的古道。驴脚下的泥,兀自滑滑的。田沟里的水,潺潺地流着。近村的绿树,都笼在湿烟里。弓儿似的新月,挂在树梢。一边走着,似乎道旁有一个孩子,抱着一堆灿白的东西。驴儿过去了,无意中回头一看——他抱着花儿,赤着脚儿,向着我微微地笑。

"这笑容又仿佛是哪儿看见过似的!"我仍是想——默默地想。

又现出一重心幕来,也慢慢地拉开了,涌出十年前的一个印象——茅檐下的雨水,一滴一滴地落到衣上来。土阶边的水泡儿,泛来泛去地乱转。门前的麦陇和葡萄架子,都濯得新黄嫩绿的非常鲜丽。——一会儿好容易雨晴了,连忙走下坡儿去。迎头看见月儿从海面上来了,猛然记得有件东西忘下了,站住了,回过头来。这茅屋里的老妇人——她倚着门儿,抱着花儿,向着我微微地笑。

这同样微妙的神情,好似游丝一般,飘飘漾漾地合了拢来,绾在一起。

这时心下光明澄静,如登仙界,如归故乡。眼前浮现的三个笑容,一时融化在爱的调和里看不分明了。

(冰心的《笑》)

水畔驰车,看斜阳在水上泼散出的闪烁的金光。晚风吹来,春衫嫌薄。这种生涯,是何等的宜于病后啊!

在这里,出游稍远便可看见水。曲折行来,道滑如拭,重重的树荫之外,不时倏忽地掩映着水光。我最爱的是玷池,称她为池真委屈了,她比小的湖还大呢!——有三四个小岛在水中央,上面随意地长着小树。池四围是丛林,绿意浓极。每日晚餐后我便出来游散。缓驰的车上,湖光中看遍了美人芳草！——真是"水边多丽人"。看三三两两成群携手的人儿，男孩子都去领卷袖，女孩子穿着颜色极明艳的夏衣，短发飘拂。轻柔的笑声，从水面，从晚风中传来，非常的浪漫而潇洒。到此猛忆及曾皙对孔子言志，在"暮春者"之后，"浴乎沂风乎舞雩"之前，加上一句"春服既成"，遂有无限的飘扬态度，真是千古隽语。

此外的如玄妙湖、侦池、角池等处，都是很秀丽的地方。大概湖的美处在"明媚"。水上的轻风，皱起万叠微波。湖畔再有芊芊的芳草，再有青青的树林，有平坦的道路，有曲折的白色栏杆，黄昏时便是天然的临眺乘凉的所在。湖上落日，更是绝妙的画图。夜中归去，长桥上两串徐徐互相往来移动的灯星，颗颗含着凉意。若是明月中天，不必说，光景尤其宜人了。

前几天游大西洋滨岸，沙滩上游人如蚁。或坐，或立，或弄潮为戏，大家都是穿着泅水衣服。沿岸两三里的游艺场，乐声飒飒，人声嘈杂。小孩子们都在铁马铁车上，也有空中旋转车，也有小飞艇，五光十色的。机关一动，都纷纷奔驰，高举凌空。我看那些小朋友都很欢喜得意的。

这里成了"人海"。如蚁的游人，盖没了浪花。我觉得无味。我们换转车来，直到娜罕去。

渐渐地静了下来。还在树林子里，我已迎到了冷意侵人的海风。再三四转，大海和岩石都横到了眼前！这是海的真面目啊。浩浩万里的、蔚蓝无底的海涛，壮厉的海风，蓬蓬地吹来，带着腥咸的气味。在闻到腥咸的海味之时，我往往忆及童年拾卵石、贝壳的光景，而惊叹海之伟大。在我抱肩迎着吹人欲折的海风之时，才了解海之所以为海，全在乎这不可御的、凛然的冷意！

在嶙峋的大海石之间，岩隙的树荫之下，我望着卵岩，也看见上面白色的灯塔。此时静极，只几处很精致的避暑别墅，悄然地立在断岩之上。悲壮的海风，穿过丛林，似乎在奏"天风海涛"之曲。支颐凝坐，想海波尽处，是群龙见首的欧洲；我和平的故乡，比这可望而不可即的海天还遥远呢！

故乡没有明媚的湖光；故乡没有汪洋的大海；故乡没有葱绿的树林；故乡没有连阡的芳草。北京只是尘土飞扬的街道；泥泞的小胡同；灰色的城墙；流汗的人力车夫的奔走。我的故乡，我的北京，是一无所有！

小朋友，我不是一个乐而忘返的人，此间纵是地上的乐园，我却仍是"在客"。我寄母亲信中曾说：

"……北京似乎是一无所有！——北京纵是一无所有，然已有了我的爱。有了我的爱，便是有了一切！灰色的城围里，住着我最宝爱的一切的人。飞扬的尘土啊，何容我再嗅着我故乡的香气……"

易卜生曾说过："海上的人，心潮往往如海波一般地起伏动荡。"而那一瞬间静坐在岩上的我的思想，比海波尤加一倍地起伏。海上的黄昏星已出，海风似在催我归去。归途中很怅惘。只是还买了一筐新从海里拾出的蛤蜊。当我和车边赤足棒筐的孩子问价时，他仰着通红的小脸笑向着我。他岂知我正默默地为他祝福，祝福他终身享乐此海上拾贝的生涯！

（冰心的《寄小读者·通讯二十》）

从冰心作品中，文字组织处处可以发现五四时代文白杂糅的情形，辞藻的运用也多由文言的习惯转变而来。不仅仅景物描写如此，便是用在对话上，同样不免如此。文字的基础完全建筑在活用的语言上，在散文作家中，应当数朱自清。五四以后谈及写美丽散文的，常把朱、俞并举，即朱自清、俞平伯。《桨声灯影里的秦淮河》与《西湖六月十八夜》两篇文章，代表当时抒情散文的最高点。叙事如画，似乎是当时一种风气（有时或微觉得文字琐碎繁复）。散文中具诗意或诗境，尤以朱先生作品成就为好，直到如今，尚称为典型的作风。至于在写作上有一种"自得其乐"的意味，一种对人生欣赏态度，从俞平伯作品尤易看出。

对朱、俞的文章评论，钟敬文[①]以为朱文无周作人的隽永，无俞平伯的绵密，无徐志摩的艳丽，无谢冰心的飘逸，然而却另有一种真挚清幽的神态。有人说，朱、俞同样细腻，不同处在俞委婉，朱深秀。阿英以为朱文如"欢乐苦少忧患多"之感。

因此对现在感到"看花堪折直须折"情形，文字素朴而通俗，正与善说理的朱孟实[②]文字异曲同工。周作人则以为俞平伯文如嚼橄榄，味涩而有回甘，自成一家。

---

① 钟敬文：现代著名民俗学家、散文家，原名钟谭宗，代表作品有《荔枝小品》《西湖漫拾》等。
② 朱孟实：即朱光潜，字孟实。

这几天心里颇不宁静。今晚在院子里坐着乘凉,忽然想起日日走过的荷塘,在这满月的光里,总该另有一番样子吧。月亮渐渐地升高了,墙外马路上孩子们的欢笑,已经听不见了;妻在屋里拍着闰儿,迷迷糊糊地哼着眠歌。我悄悄地披了大衫,带上门出去。

沿着荷塘,是一条曲折的小煤屑路。这是一条幽僻的路,白天也少人走,夜晚更加寂寞。荷塘四面,长着许多树,蓊蓊郁郁的。路的一旁,是些杨柳,和一些不知道名字的树。没有月光的晚上,这路上阴森森的,有些怕人。今晚却很好,虽然月光也还是淡淡的。

路上只我一个人,背着手踱着。这一片天地好像是我的,我也像超出了平常的自己,到了另一世界里。我爱热闹,也爱冷静;爱群居,也爱独处。像今晚上,一个人在这苍茫的月下,什么都可以想,什么都可以不想,便觉是个自由的人。白天里一定要做的事,一定要说的话,现在都可不理。这是独处的妙处;我且受用这无边的荷香月色好了。

曲曲折折的荷塘上面,弥望的是田田的叶子。叶子出水很高,像亭亭的舞女的裙。层层的叶子中间,零星地点缀着些白花,有袅娜地开着的,有羞涩地打着朵儿的;正如一粒粒的明珠,又如碧天里的星星,又如刚出浴的美人。微风过处,送来缕缕清香,仿佛远处高楼上渺茫的歌声似的。这时候叶子与花也有一丝的颤动,像闪电般,霎时传过荷塘的那边去了。叶子本是肩并肩密密地挨着,这便宛然有了一道凝碧的波痕。叶子底下是脉脉的流水,遮住了,不能见一些颜色;而叶子却更见风致了。

月光如流水一般,静静地泻在这一片叶子和花上。薄薄的青雾浮起在荷塘里。叶子和花仿佛在牛乳中洗过一样,又像笼着轻纱的梦。虽然是满月,天上却有一层淡淡的云,所以不能朗照;但我以为这恰是到了好处——酣眠固不可少,小睡也别有风味的。月光是隔了树照过来的,高处丛生的灌木,落下参差的、斑驳的黑影,峭楞楞如鬼一般;弯弯的杨柳的稀疏的倩影,却又像是画在荷叶上。塘中的月色并不均匀,但光与影有着和谐的旋律,如梵婀玲上奏着的名曲。

荷塘的四面,远远近近、高高低低都是树,而杨柳最多。这些树将一片荷塘重重围住;只在小路一旁,漏着几段空隙,像是特为月光留下的。树色一例是阴阴的,乍看像一团烟雾；但杨柳的丰姿，便在烟雾里也辨得出。树梢上隐隐约约的是一带远山，只有些大意罢了。树缝里也漏着一两点路灯光，没精打采的，是渴睡人的眼。这时候最热闹的，要数树上的蝉声与水里的蛙声；但热闹是它们的，我什么也没有。

忽然想起采莲的事情来了。采莲是江南的旧俗，似乎很早就有，而六朝时为盛，从诗歌里可以约略知道。采莲的是少年的女子，她们是荡着小船，唱着艳歌去的。采莲人不用说很多，还有看采莲的人。那是一个热闹的季节，也是一个风流的季节。梁元帝《采莲赋》里说得好：

于是妖童媛女，荡舟心许；鹢首徐回，兼传羽杯；棹将移而藻挂，船欲动而萍开。尔其纤腰束素，迁延顾步；夏始春余，叶嫩花初，恐沾裳而浅笑，畏倾船而敛裾。

可见当时嬉游的光景了。这真是有趣的事，可惜我们现在早已无福消受了。

于是又记起《西洲曲》里的句子：

采莲南塘秋，莲花过人头；低头弄莲子，莲子清如水。

今晚若有采莲人，这儿的莲花也算得"过人头"了；只不见一些流水的影子，是不行的。这令我到底惦着江南了。——这样想着,猛一抬头,不觉已是自己的门前;轻轻地推门进去,什么声息也没有,妻已睡熟好久了。

(朱自清的《荷塘月色》)

有人称之为"絮语",周作人以为可代表一派。以抒情为主,大方而自然,与明代小品相近。然知学可作代表如竟陵派,文章风格实于周作人出。周文可以看出廿年来社会的变,以及个人对于这变迁所有的感慨,贴住"人"。俞文看不出,只看出低回于人事小境,与社会俨然脱节。

文章内容抒情成分多,文字多烦琐,有《西青散记》《浮生六记》风趣。

正如自己所说:"有些人是作文章应世,有些人是作文章给自己玩。"俞平伯近于作给自己玩,在执笔心情上有自得其乐之意。

《儒林外史》上杜慎卿说:"菜佣酒保都有六朝烟水气。"这每令我悠然神往于负着历史重载的石头城。虽然,南京也去过三两次,所谓烟花金粉的本地风光已大半销沉于无何有了。幸而后湖的新荷、台城的芜绿、秦淮的桨声灯影以及其余的，尚可仿佛悄怳①地仰寻六代的流风遗韵。繁华虽随着年光云散烟消了，但它的薄痕倩影和与它曾相映发的湖山之美，毕竟留得几分，以新来游屐的因缘而隐跃跃、悄沉沉地、一页一页地重现了。至于说到人物的风流，我敢明证杜十七先生的话真是冤我们的——至少，今非昔比。他们的狡诈贪庸差不多和其他都市里的人合用过一个模子的，一点看不出什么叫作"六朝烟水气"。从煤渣里掏换出钻石，世间即有人会干；但决不是我，我失望了！

倒是这一次西泠桥上所见虽说不上什么"六代风流"，但总使人觉得身在江南。这天是四月三日的午前，天气很晴朗，我们携着姑苏，从我们那座小楼向岳坟走去。紫沙铺平的路上，鞋底嚓嚓地碎响着。略行几十步便转了一个弯。身上微觉燥热起来。坦坦平平的桥陂迤逦向北偏西，这是西泠了。桥顶，西石栏旁放着一担甘蔗，有刨了皮切成段的，也有未去青皮留整枝的。还有一只水碗、一把帚是备洒水用的。而最惹目的，担子旁不见

---

① 悄怳：失意、不高兴、不悦。

挑担子的人，仅仅有一条小板凳，一个稚嫩的小女孩坐着。——卖甘蔗？

看她光景不过五六岁，脸皮黄黄儿的，脸盘圆圆儿的，蓬松细发结垂着小辫。春深了，但她穿得"厚裹罗哆"的，一点没有衣架子，倒活像个老员外。淡蓝条子的布袄，青莲条子的坎肩，半新旧且很有些儿脏。下边还系着开裆裤呢。她端端正正地坐着。右手捏一节蔗根放在嘴边使劲地咬，咬下了一块仍然捏着——淋漓的蔗汁在手上想是怪黏的。左手执一枝尺许高、醉杨妃色的野桃，花开得有十分了。因为左手没得空，右手更不得劲，而蔗根的咀嚼把持愈觉其费力了。

你曾见野桃花吗？（想你没有不看见过的。）它虽不是群芳中的华贵，但当芳年，也是一时之秀。花瓣如晕脂的靥，绿叶如插鬓的翠钗，绛须又如钗上的流苏坠子。可笑它一到小小的小女孩手中，便规规矩矩的，不敢卖弄妖冶，倒学会种娇憨了。它真机灵了。

至她并执桃蔗，得何意境？蔗根可嚼，桃花何用呢？何处相逢？何时抛弃？……这些是我们所能揣知，所敢言说的吗？你只看她那蓊水双瞳，不离不着，乍注即释，痴慧躁静了无所见，即证此感邻于浑然，断断容不得多少回旋奔放的。你我且安分些吧。

我们想走过去买根甘蔗，看她怎样做买卖。后一转念，这是心理学者在试验室中对付猴鼠的态度，岂是我们应当对她的吗？我们分明也携抱着个小孩呢。所以尽管姑苏的眼睛，巴巴地直盯着这一担甘蔗，我们到底哄了他，走下了桥。

在岳坟流连了一荡，有半点来钟。时已近午，我们循原路回走，从西堍上桥，只见道旁有被抛掷的桃枝和一些零零星星的蔗屑。那个小女孩已过西泠南堍，傍孤山之阴，蹒跚地独自摸回家去。背影越远越小，我痴望着……

走过一个八九岁的男孩——她的哥？——轻轻地把被掷的桃花又捡起来，耍了一回，带笑地喊："要不要？要不要？"其时作障的群青，成罗的一绿，都不肯言语了。他见没有应声，便随手一扬。一枝轻盈、婀娜、刚开到十分的桃花顿然飞堕于石栏杆外。

我似醒了。正午骄阳下，峭峙着葱碧的孤山。妻和小孩早都已回家了。我也懒懒地自走回去。一路闲闲地听自己鞋底擦沙的声响，又闲闲地想："卖甘蔗的老吃甘蔗，一定要折本！孩子……孩子……"

（俞平伯《西泠桥上卖甘蔗》）

五四以来，用叙事记形式有所写作，作品仍应当称之为抒情文，在初期作者中，有两个比较生疏的作家，两本比较冷落的集子，值得注意：一是用"川岛"作笔名写的《月夜》；二是用"落华生"作笔名写的《空山灵雨》。两个作品与冰心作品有相同处，多追忆印象；也有相异处，写的是男女爱。虽所写到的是人事，不重行为的爱，只重感觉的爱。主要的是在表现一种风格，一种境界。人或沉默而羞涩，心或透明如水。给纸上人物赋一个灵魂，也是人事哀乐得失，也是在哀乐得失之际的动静，然而与同时代一般作品，却相去多远！

继承这种传统来从事写作，成就特别好，尤以记言记行，用俭朴文字，如白描法绘画人生，一点一角的人生，笔下明丽而不纤细，温暖而不粗俗，风格独具，应推废名。然而这种微带女性似的单调，或因所写对象在读者生活上过于隔绝，因此正当"乡村文学"或"农民文学"成为一个动人口号时，废名作品却俨然在另外一个情形下产生存在，与读者不相通。虽然所写的还正是另一时另一处真正的乡村与农民，对读者说，究竟太生疏了。

周作人称废名作品有田园风，得自然真趣，文情相生，略近于所谓"道"。不黏不滞，不凝于物，不为自己所表现"事"或表现工具"字"所拘束限制，谓为新的散文一种新格式。《竹林故事》《桥》《枣》，有些短短篇章，写得实在很好。

论落华生[1]

《缀网劳蛛》《空山灵雨》《无法投递之邮件》，上述各作品作者落华生，是现在所想说到的一个。这里说及作品风格，是近于抽象而缺少具体引证的，是印象的复述。

在中国，以异教特殊民族生活作为创作基本，以佛经中邃智明辨笔墨显示散文的美与光，色香中不缺少诗，落华生为最本质的使散文发展到一个和谐的境界的作者之一（另外的周作人、徐志摩、冯文炳诸人当另论）。这调和，所指的是把基督教的爱欲、佛教的明慧、近代文明与古旧情绪糅合在一处，毫不牵强地融成一片。作者的风格是由此显示特异而存在的。

最散文的诗质的是这人的文章。

佛的聪明，基督的普遍的爱，透达人情，而于世情不作

---

[1] 原载《读书月刊》第一卷第一期，一九三〇年十一月。落华生，即许地山，中国现代作家，二十世纪二十年代问题小说的代表人物之一。

顽固之拥护与排斥，以佛经阐明爱欲所引起人类心上的一切纠纷，然而在文字中，处处不缺少女人的爱娇姿势，在中国，不能不说这是唯一的散文作家了！

作者用南方国度，如缅甸等处作为背景所写成的各样文章，把僧侣家庭及异方风物介绍得那么亲切。作品中，咖啡与孔雀，佛法同爱情，仿佛无关系的一切联系在一处，使我们感到一种异国情调。读《命命鸟》，读《空山灵雨》，那一类文章，总觉得这是另外一个国度的人，学着另外一个国度里的故事（虽然在文字上那种异国情调的夸张性却完全没有），他用的是中国的乐器，是我们最相熟的乐器，奏出了异国的调子，就是那调子，那声音，那永远是东方的、静的、微带厌世倾向的、柔软忧郁的调子，使我们读到它时，不知不觉发生悲哀了。

对人生所下诠解，那东方的、静的、柔软忧郁的特质，反映在作者一切作品上，在作者作品以外是可以得到最相当的说明的。作者似乎为台湾人，长于福建，后受基督教之高等教育，肄业北京之燕京大学，再后过牛津，学宗教考古学，识梵文及其他文字。作者环境与教育，更雄辩地也更朗然地解释了作者作品的自然倾向了。生于僧侣的国度，育于神学宗教学熏染中，始终用东方的头脑，接受一切用诗本质为基础的各种思想学问，这人散文在另一意义上，则将永远成为奢侈的、贵族的、情绪的滋补药品，不会像另一散文长才冯文炳君那么把文字融解到农村生活的骨里髓里去，也是很自然的事情了。

在"奢侈的、贵族的、情绪滋补"的一句话上，有必须那样加以补充的，是作者在作品里那种静观的、反照的明澈。关于这点，并非在同一机会下的有教养的头脑，是不会感到那种古典的美的存在的。在这意义上，冯文炳君因为所理解的关于文字效率和运用与作者不同，是接近"大众"或者接近"时代"许多了。

《缀网劳蛛》一文上，述一基督教徒的女人，用佛家的慈悲救拯①了一个逾墙跌伤的贼，第二天，其夫回来时，无理性地将女人刺伤，女人转到另一热带地方去做小事情，看采珠，从那事上找出东方式的反省。有一天，朋友吕姓夫妇寻来，告及一切，到后女人被丈夫欢迎回去。女人回去以后，丈夫因心中有所不安，仍然是那种东方民族性的反省不安，故走去就不回来了。全篇意思在人类纠纷，有情的人在这类纠纷上发现缺

---

① 救拯：即拯救。作者的习惯用法。

陷，各处的弥补，后来作者忍受不来，加以追究的疑问了。缺处的发现，以及对于缺处的处置，作者是更东方地把事情加以自己意见了的。

《命命鸟》上敏明的梦，《空山灵雨》上的梦，作者还是在继续追究意识下，对人生的万象感到扰乱的认识兴味。那认识是兴味也是苦恼，所以《命命鸟》取喜剧形式作悲剧收场。

用最工整细致的笔，按着纸，在纸上画出小小的螺纹，在螺纹上我们可以看出有聪明人对人生的注意那种意义，可以比拟作者"情绪古典的"工作的成就。语言的伶俐，形式上，或以为这规范是有一小部分出之于《红楼梦》中贾哥哥同林妹妹的体裁的。

《空山灵雨》的《鬼赞》中，有这样的鬼话——

　　人哪，你在当生、来生的时候，有泪就尽量地流，有声就尽量地唱，有苦就尝，有情就施，有欲就取，有事就……等到你疲劳，等到你歇息的时候，你就有福了。

那么积极地对于"生的任性"加以赞美，而同时把福气归到灭亡，作者心情与时代是显然起了分解，现在再不能在文学上有所表现，渐被世人忘却，也是当然的事了。

　　作者的容易被世人忘却，虽为当然的事，然而有不能被人忘却的理由，为上所述及那特质的优长，我们可以这样结束了讨论这个人的一切，仍然采取了作者的句子：

　　　　你的暮气满面，当然会把这歌忘掉。

　　"暮"字似乎应当酌改，因为时代的旋转，是那朝气，使作者的作品陷到遗忘的陷阱里去的。

谈"写游记"①

　　写游记像是件不太费力的事情,因为任何一个小学生,总有机会在作文本子上留下点成绩。至于一个作家呢,只要他肯旅行,就自然有许多可写的事事物物搁在眼前。情形尽管是这样,好游记可不怎么多。编选高级语文教本的人,将更容易深一层体会到,古今游记虽浩如烟海,入选时实费斟酌。

　　古典文学游记,《水经注》已得多数人承认,文字清美。同样一条河水,三五十字形容,就留给人一个深刻印象,真可说对山水有情。但是不明白南北朝时代文字风格的读者,在欣赏上不免有隔离。《洛阳伽蓝记》②文笔比较富丽,景物人事

---

① 原载《旅行家》第七期,一九五七年七月。
② 《洛阳伽蓝记》:北魏杨炫之撰,内容为追述北魏时洛阳城内外佛寺兴隆景象等。

相配合的叙述法，下笔极有分寸，特别引人入胜，好处也容易领会些。宋人作《洛阳名园记》，时代稍近，文体又平实易懂，记园林花木布置兼有对时人褒贬寓意，可算得一时佳作。叙边远外事如《大唐西域记》《岭外代答》和《高丽图经》诸书，或直叙旅途见闻，或分门别类介绍地方物产、制度、风俗人情，文笔条理清楚，千年来读者还可从书中学得许多有用知识。从这些各有千秋的作品中，我们还可得到一种重要启示：好游记和好诗歌相似，有分量的作品不一定要字数多，不分行写依然是诗。作游记不仅是描写山水灵秀清奇，也容许叙事抒情。读者在习惯上对于游记体裁的要求不苛刻，已给作者用笔以极大方便和鼓励。好游记不多另有原因。"文以载道"，在旧社会是句极有势力的话，把古代一切作家的思想都笼罩住了。诗歌、戏剧、小说虽然从另一角度落笔，突破限制，得到了广大群众。然而大多数作者，还是乐于作卫道文章，容易发财高升。个人文集，也总是把庙堂之文放在最前面。游记文学历来不列入文章正宗，只当成杂著小品看待，在旧文学史中位置并不怎么重要。近三十年很有些好游记，写现代文学史的，也不过聊备一格，有的且根本不提。

写游记必临水登山，善于使用手中一支笔为山水传神写照，令读者如身莅其境，一心向往，终篇后还有回味余甘，进而得到一种启发和教育，才算是成功作品。这里自然要具备一个条件，就是作者得好好把握住手中那支有色泽、富情感、善体物、会叙事的笔。他不仅仅应当如一个优秀山水画家，还必须兼有一个高明人物画家的长处，而且还要博学多通，对于艺术各部门都略有会心，譬如音乐和戏剧，让主题人事在一定背景中发生、存在时，动静之中似乎有些空白处，还可用一种恰如其分的乐声填补空间。这个比方可能说得有点过了头，近乎夸诞玄远。不过理想文学佳作，不问是游记还是短篇小说，实在都应当给读者这么一种有声有色、鲜明活泼的印象。如何培养这支笔，是一个得商讨待解决的问题。

近三十年来，报纸杂志中很有些特写式游记，写国内新人、新事、新景物，文字素朴，内容扎实，充满一种新的泥土生活气息，却比某些性质相同的短篇小说少局限性，比某些分析探讨的论文具说服力。有的作者并非职业作家，因此不必受文学作品严格的要求影响，表现上得到较大的自由。又有些还刚离开大学不久，最多习作机会还不过是学生时代写写情书或家信，就从这个底子上进行写作，由于面对的生活丰富，问题新鲜，作品给读者印象却自然而亲切。我也欢喜另外一种专家学者写成的游记，虽引古证今，可不落俗套，见解既好，文笔又明白畅达，当成史地辅助读物，对读者有实益。好游记种类还多，上二例成就比较显著。另外还有两种游记，比较普通常见：一为报刊上经常可读到的某某出国海外游记，特殊性的也对读者起教育作用，一般性的或系根据导游册子复述，又或虽然目击身经，文字条件较差，只知直接叙事，不善写景写人，缺少文学气氛，自然难给读者深刻印象。另一种是国内游记，作者始终还不脱离写卷子的基本情绪，不拘到什么名胜古迹地方去，凡见到的事物，都无所选择，一一记下。正和你我某一时在北海大石桥边、颐和园排云殿前照相差不多，虽背景壮丽，天气又十分温和，人也穿着得整齐体面，还让那位照相师热情十分地反复指点，直到装成微笑态，得到照相师点头认可，才"吧嗒"一下，大功告成。可是相片洗出看看，照例主题背景总是呆呆的，彼此相差不多，近于个人纪念性记录，缺少艺术所要求的新鲜。

  本人即或以为逼真，他人看来实在不易感动。这种相成天有人在照，同样游记也随时有人在写，虽和艺术要求有点距离，却依旧有广大读者。由于在全国范围内舟车行旅中，经常有大量群众，都需要阅读报刊，这种游记有一定群众基础。还有一种不成功的游记，作者思想感情被理论上几个名词缚得紧紧的，一动笔老不忘记教育他人；文思既拙滞，却只顾抄引格言名句，盼望人从字里行间发现他的哲理深思，形成一种自我陶醉。其实严肃有余，枯燥无味，既少说服力，也少感染力，写论文已不大济事，作游记自然更难望成功。

　　写游记除"阿丽思"①女士的幻想旅行作品不计，此外总得有点生活基础。不过尽管有丰富新鲜的生活经验，如没有运用文字的表现力，又缺少对外物的锐敏感觉，还是不成功。不拘写什么自然总是无生气，少新意，缺少光彩。他的毛病正如一个不高明的作曲家，仅记住些和声原理，五线谱的应用却不熟悉，一切乐器上手也弹不出好声音。即或和千年前唐玄宗一样，居然有机会梦游天宫，得见琼楼玉宇间那群紫绡仙子，在翠碧明蓝天空背景中轻歌曼舞，乐曲舞艺都佳妙无比，并且人醒回来时，印象还十分清楚明白，可是想和唐玄宗一样，凭回忆写个《紫云回》舞曲，却办不到，作不好。原因是手中没有得用工具。补救方法在改善学习，先做个好读者。其次是把文

---

① 阿丽思：沈从文《阿丽思游记》中的主人公。

字当成工具好好掌握到手中，必须用长时期"写作实践"来证实"理论概括"，绝不宜用后者代替前者，以为省事。写游记看来十分简单，搞文学就绝不能贪图省事。

一九五七年六月二十日

附录一　沈从文经典短篇小说选

丈　夫[1]

落了春雨，一共有七天，河水涨大了。

河中涨了水，平常时节泊在河滩的烟船妓船，离岸极近，船皆系在吊脚楼下的支柱上。

在四海春茶馆楼上喝茶的闲汉子，伏身在临河一面窗口，可以望到对河的宝塔"烟雨红桃"好景致，也可以知道船上妇人陪客烧烟的情形。因为那么近，上下都方便，有喊熟人的声音，从上面或从下面喊叫，到后是互相见到了，谈话了，取了亲昵样子，骂着野话粗话，于是楼上人会了茶钱，从湿而发臭的甬道走去，从那些肮脏地方走到船上了。

上了船，花钱半元到五块，随心所欲吃烟睡觉，同妇人毫

---

[1]　原载《小说月报》第二十一卷第四号，一九三〇年四月十日。

无拘束地放肆取乐，这些在船上生活的大臀肥身年轻女人，就用一个妇人的好处，服侍男子过夜。

　　船上人，她们把这件事也像其余地方一样称呼，叫这作"生意"。她们都是做生意而来的。在名分上，那名称与别的工作同样，既不与道德相冲突，也并不违反健康。她们从乡下来，从那些种田挖园的人家，离了乡村，离了石磨同小牛，离了那年轻而强健的丈夫，跟随到一个熟人，就来到这船上做生意了。做了生意，慢慢地成为城市里人，慢慢地与乡村离远，慢慢地学会了一些只有城市里才需要的恶德，于是这妇人就毁了。但那毁，是慢慢地，因为需要一些日子，所以谁也不去注意了。而且也仍然不缺少在任何情形下还依然会好好地保留着那乡村纯朴气质的妇人，所以在市的小河妓船上，决不会缺少年青女子的来路。

　　事情非常简单，一个不亟亟于生养孩子的妇人，到了城市，能够每月把从城市里两个晚上所得的钱，送给那留在乡下诚实耐劳、种田为生的丈夫，在那方面就可以过了好日子，名分不失，利益存在。所以许多年轻的丈夫，在娶媳妇以后，把她送出来，自己留在家中耕田种地安分过日子，也竟是极其平常的事。

这种丈夫，到什么时候，想及那在船上做生意的年轻的媳妇，或逢年过节，照规矩要见见媳妇的面了，媳妇不能回来，自己便换了一身浆洗干净的衣服，腰带上挂了那个工作时常不离口的短烟袋，背了整箩整篓的红薯、糍粑之类，赶到市上来，像访远亲一样，从码头第一号船上问起，一直到认出自己女人所在的船上为止。问明白了，到了船上，小心小心地把一双布鞋放到舱外护板上，把带来的东西交给了女人，一面便用着吃惊的眼睛，搜索女人的全身。这时节，女人在丈夫眼下自然已完全不同了。

大而油光的发髻，用小镊子扯成的细细眉毛，脸上的白粉同绯红胭脂，以及那城市里人神气派头、城市里人的衣裳，都一定使从乡下来的丈夫感到极大的惊讶，有点手足无措。那呆相是女人很容易清楚的。女人到后开了口，或者问："那次五块钱得了么？"或者问："我们那对猪养儿子了没有？"女人说话时口音自然也完全不同了，变成像城市里做太太的大方自由，完全不是在乡下做媳妇的羞涩畏缩神气了。

听女人问到钱，问到家乡豢养的猪，这做丈夫的看出自己做主人的身份，并不在这船上失去，看出这城里奶奶还不完全忘记乡下，胆子大了一点，慢慢地摸出烟管同火镰。第二次惊呀,是烟管忽然被女人夺去,即刻在那粗而厚大的手掌里,塞了一支"哈德门"香烟的缘故。吃惊也仍然是暂时的事,于是这做丈夫的,一面吸烟一面谈话,……

到了晚上,吃过晚饭,仍然在吸那有新鲜趣味的香烟。来了客,一个船主或一个商人,穿生牛皮长统靴子,抱兜一角露出粗而发亮的银链,喝过一肚子烧酒,摇摇荡荡地上了船。一上船就大声地嚷要亲嘴要睡觉,那洪大而含糊的声音,那势派,都使这做丈夫的想起了村长同乡绅那些大人物的威风。于是这丈夫不必指点,也就知道怯生生地往后舱钻去,躲到那后艄舱上去低低地喘气,一面把含在口上那支卷烟摘下来,毫无目的地眺望河中暮景。夜把河上改变了,岸上河上已经全是灯火,这丈夫到这时节一定要想起家里的鸡同小猪,仿佛那些小小东西才是自己的朋友,仿佛那些才是亲人;如今与妻接近,与家庭却离得很远,淡淡的寂寞袭上了身,他愿意转去①了。

当真转去没有?不。三十里路路上有豺狗、有野猫、有查夜放哨的团丁,全是不好惹的东西,转去自然做不到。船上的大娘自然还得留他上"三元宫"看夜戏,到"四海春"去喝清

---

① 转去:指回去、回家。

茶。并且既然到了市上，大街上的灯同城市中的人更不可不去看看。于是留下了，坐到后舱看河中景致，等候大娘的空暇。到后要上岸了，就由小阳桥攀援篷架到船头；玩过后，仍然由那旧地方转到船上，小心小心使声音放轻，省得留在舱里躺到床上烧烟的人发怒。

到要睡觉的时候，城里起了更，西梁山上的更鼓"咚咚"响了一会儿，悄悄地从板缝里看看客人还不走，丈夫没有什么话可说，就在梢舱上新棉絮里一个人睡了。半夜里，或者已睡着，或者还在胡思乱想，那媳妇抽空爬过了后舱，问是不是想吃一点糖。本来非常欢喜口含冰糖的脾气，做媳妇的记得清楚明白，所以即或说已经睡觉，已经吃过，也仍然还是塞了一小片冰糖在口里。媳妇用着略略抱怨自己那种神气走去了。丈夫把冰糖含在口里，正像仅仅为了这一点理由，就得原谅媳妇的行为，尽她在前舱陪客，自己也仍然很和平地睡觉了。

这样的丈夫在黄庄多着，那里出强健女子同忠厚男人。地方实在太穷了，一点点收成照例要被上面的人拿去一大半，手足贴地的乡下人，任你如何勤省耐劳地干做，一年中四分之一时间，即或用红薯叶和糠灰拌和充饥，总还是不容易对付下去。地方虽在山中，离大河码头只三十里，由于习惯，女子出乡讨生活，男人通明白这做生意的一切利益。他懂事，女子名份上仍然归他，养的儿子归他，有了钱，也总有一部分归他。

那些船排列在河下，一个陌生人，数来数去是永远无法数清的。明白这数目，而且明白那秩序，记忆得出每一个船与摇船人样子，是五区一个老"水保"。

水保是个独眼睛的人。这独眼据说在年轻时节因殴斗杀过一个水上恶人，因为杀人，同时也就被人把眼睛抠瞎了。但两只眼睛不能分明的，他一只眼睛却办到了。一个河里都由他管事。他的权力在这些小船上，比一个中国的皇帝、总统在地面上的权力还统一集中。

涨了河水，水保比平时似乎忙多了。由于责任，他得各处去看看。是不是有些船上做父母的上了岸，小孩子在哭奶了。是不是有些船上在吵架，需要排难解纷。是不是有些船因照料无人，有溜去的危险。在今天，这位大爷，并且要到各处去调查一些从岸上发生影响到了水面的事情。岸上这几天来发生三次小抢案，据公安局那方面人说，是凡地上小缝小罅都找寻到了，还是毫无线索。地上小缝小罅都亏那些体面的在职从公人员找过，于是水保的责任便到了。他得了通知，就是那些说谎话的公安局办事处通知，要他到半夜会同水面武装警察上船去搜索"歹人"。

　　水保得到这个消息时是上半天。一个整白天他要做许多事情。他要先尽一些从平日受人款待好酒好肉而来的义务了，于是沿了河岸，从第一号船起始，每个船上去谈谈话。他得先调查一下，问问这船上是不是留容得有不端正的外乡人。

　　做水保的人照例是水上一霸，凡是属于水面上的事他无有不知。这人本来就是一个吃水上饭的人，是立于法律同官府对面，按照习惯被官吏来利用，处治这水上一切的。但人一上了年纪，世界成天变，变去变来这人有了钱，成过家，喝点酒，生儿育女，生活安舒，慢慢地转成一个和平正直的人了。在职务上帮助官府，在感情上却亲近了船家。在这些情形上面他建设了一个道德的模范。他受人尊敬不下于官，却不让人害怕厌恶。他做了河船上许多妓女的干爹。由于这些社会习惯的联系，他的行为处事是靠在水上人一边的。

　　他这时正从一个木跳板上跃到一只新油漆过的"花船"头，那船位置在较清静的一家莲子铺吊脚楼下，他认得这只船归谁管业①，一上船就喊"七丫头"。

---

① 管业：指管理产业、管理事务。

没有声音。年轻的女人不见出来，年老的掌班也不见出来。老年人很懂事情，以为或者是大白天有年轻男子上船做呆事，就站在船头眺望，等了一会儿。

过一阵他又喊了两声，又喊伯妈，喊五多；五多是船上的小毛头，年纪十二岁，人很瘦，声音尖锐，平时大人上了岸就守船，买东西煮饭，常常挨打，爱哭，过一会儿又唱起小调来。但是喊过五多后，也仍然得不到结果。因为听到舱里又似乎实在有声音，像人出气，不像全上了岸，也不像全在做梦。水保就偻身窥觑舱口，向暗处询问是谁在里面。

里面还是不作答。

水保有点生气了，大声地问："你是哪一个？"

里面一个很生疏的男子声音，又虚又怯回答说，"是我。"接着又说，"都上岸去了。"

"都上岸了么？"

"上岸了。她们……"

好像单单是这样答应，还深恐开罪了来人，这时觉得有一点义务要尽了，这男子于是从暗处爬出来，在舱口，小心小心扳着篷架，非常拘束地望到来人。

先是望到那一对峨然巍然似乎是用柿油涂过的猪皮靴子，

上去一点是一个赭色柔软麂皮抱兜，再上去是一双回环抱着的毛手，满是青筋黄毛，手上有颗其大无比的黄金戒指，再上去才是一块正四方形像是无数橘子皮拼合而成的脸膛。这男子，明白这是有身份的主顾了，就学到城市里人说话："大爷，您请里面坐坐，她们就回来。"

从那说话的声音，以及干浆衣服的风味上，这水保一望就明白这个人是才从乡下来的种田人。本来女人不在船就想走，但年轻人忽然使他发生了兴味，他留着了。

"你从什么地方来的？"他问他，为了不使人拘束，水保取的是做父亲的和平样子，望到这年轻人，"我认不得你。"

他想了一下，好像也并不认得客人，就回答："我昨天来的。"

"乡下麦子抽穗了没有？"

"麦子吗？水碾子前我们那麦子，嘿，我们那猪，嘿，我们那……"

这个人，像是忽然明白了答非所问，记起了自己是同一个有身份的城里人说话，不应当说"我们"，不应当说我们"水碾子"同"猪"，把字眼用错，所以再也接不下去了。

因为不说话，他就怯怯地望到水保笑，他要人了解他，原谅他——他是一个正派人，并不敢有意张三拿四。

水保懂得这个意思的。且在这对话中，明白这是船上人的亲戚了，他问年轻人："老七到什么地方去了？什么时候可以回来？"

这时节，这年轻人答语小心了。他仍然说："是昨天来的。"

他又告水保，他"昨天晚上来的"，末了才说，老七同掌班、五多上岸烧香去了，要他守船。因为守船必得把守船身份说出，他还告给了水保，他是老七的"汉子"。

因为老七平常喊水保都喊干爹，这干爹第一次认识了女婿，不必挽留，再说了几句，不到一会儿，两人皆爬进舱中了。

舱中有个小小床铺，床上有锦绸同红色印花洋布铺盖，折叠得整整齐齐。来客照规矩应当坐在床沿。光线从舱口来，所以在外面以为舱中极黑，在里面却一切分明。

年轻人为客找烟卷，找自来火，毛脚毛手打翻了身边那个贮栗子的小坛子，圆而发乌金光泽的板栗在薄明的船舱里各处滚去，年轻人各处用手去捕捉，仍然放到小坛中去，也不知道应当请客人吃点东西。但客人毫不客气，从舱板上把栗子拾起咬破了吃，且说这风干的栗子真好。

"这个很好，你不欢喜么？"因为水保见到主人并不剥栗子吃。

"我欢喜。这是我屋后栗树上长的。去年结了好多，乖乖地从刺球里爆出来，我欢喜。"他笑了，近于提到自己儿子模样，很高兴说这个话。

"这样大栗子不容易得到。"

"我一个一个选出来的。"

"你选的？"

"是的，因为老七欢喜吃这个，我才留下来。"

"你们那里可有猴栗？"

"什么猴栗？"

水保就把故事所说的"猴子在大山上住，被人辱骂时，抛下拳大栗子打人。人想得到这栗子，就故意去山下骂丑话，预备捡栗子"，一一说给乡下人听。

因为栗子，正苦无话可说的年轻人，得到同情他的人了。他就告水保另外属于栗子的种种事情。他知道的乡下问题可多咧。于是他说到地名"栗坳"的新闻。又说到一种栗木做成的犁具如何结实合用。这人是太需要说到这些了。昨天来一晚上都有客人吃酒烧酒,把自己关闭在小船后艄,同五多说话,五多睡得成死猪。今天一早上,本来应当有机会同媳妇谈到乡下事情了,女人又说要上岸过七里桥烧香,派他一个人守船。坐到船上等了半天,还不见人回,到后艄去看河上景致,一切新奇不同,全只给自己发闷。先一时,正睡在舱里,就想这满江大水若到乡下涨,鱼梁上不知道应当有多少鲤鱼上梁!把鱼捉来时,用柳条穿鳃到太阳下去晒,正计算到那数目,总算不清楚。忽然客人来到船上,似乎一切鱼都争着跳进水中去了。

来了客人,且在神气上看出来人是并不拒绝这些谈话的,所以这年轻人,凡是预备到同自己媳妇在枕边诉说的各样事情,这时得到了一个好机会,都拿来同水保谈了。

他告给水保许多乡下情形,说到小猪捣乱的脾气,叫小猪名字是"乖乖",又说到新由石匠整治过的那副石磨,顺便告给了一个石匠的笑话。又说到一把失去了多久的镰刀,一把水保梦想不到的小镰刀,他说:

"你瞧,奇怪不奇怪?我赌咒我各处都找到了。我们的床下、门枋上、仓角里,什么地方不找到?它简直躲了。躲猫猫一样,不见了。我为这件事骂老七,老七哭过。可还是不见。鬼打岩,蒙蒙眼,原来它躲在屋梁上饭箩里!半年躲在饭箩里！它吃饭！一身锈得像生疮。这东西多狡猾！我说这个你明白我没有？怎么会到饭箩里半年？那是一只做样子的东西，挂到斗窗上。我记起那事了，是我削楔子，手上刮了皮，流了血，生了大气，赌气把刀那么一丢。……到水上磨了半天，还不错，仍然能吃肉，你一不小心，就得流血。我还不曾同老七说到这个，她不会忘记那哭得伤心的一回事。找到了，哈哈，真找到了。"

"找到它就好了。"水保随便那么说着。

"是的，得到了它那是好的。因为我总疑心这东西是老七掉到溪里，不好意思说明。我知道她不骗我了。我明白了。我知道她受了冤屈，因为我说过：'找不出么？那我就要打人！'我并不曾动过手。可是生气时也真吓人。她哭了半夜！"

"你是用它割草么？"

"嗨，哪里，用处多咧。是小镰刀，那么精巧，你怎么说割草？那是削一点薯皮，刮刮箫，这些这些用的。小得很，值三百钱，钢火妙极了。我们都应当有这样一把刀，放到身边，不明白么？"

水保说："明白明白。都应当有一把，我懂你这个话。"

他以为水保当真懂的,因此再说下去,什么也说到了。甚至于希望明年来一个小宝宝,这样只合宜于同自己的媳妇睡到一个枕头上商量的话也说到了。年轻人毫无拘束地还加上许多粗话蠢话。说了半天,水保起身要走了,他才记起问客人贵姓。

"大爷,您贵姓?留一个片子到这里,我好回话。"

"不用不用。你只告她有这么一个大个儿到过船上,穿这样大靴子,告她晚上不要接客,我要来。"

"不要接客,您要来?"

"就是这样说。我一定要来的。我还要请你喝酒。我们是朋友。"

"是朋友,是朋友。"

水保用他那大而肥厚的手掌,拍了一下年轻人的肩膊,从船头跃上岸,走到别一个船上去了。

水保走后,年轻人就一面等候,一面猜想这个大汉子是谁。他还是第一次和这样尊贵的人物谈话。他不会忘记这很好的印象的。人家今天不仅是同他谈话,还喊他作"朋友",答应请他喝酒!他猜想这人一定是老七的"熟客"。他猜想老七一定得了这人许多钱。他忽然觉得愉快，感到要唱一个歌了，就轻轻地唱了一首山歌。用四溪人体裁，他唱的是"水涨了，鲤鱼上梁，大的有大草鞋那么大，小的有小草鞋那么小"。

但是等了一会儿还不见老七回来，一个鬼也不回来，他又想起那大汉子的丰采言谈了。他记起那一双靴子，闪闪发光，以为不是极好的山柿油涂到上面，是不会如此体面好看的。他记起那黄而发沉的戒子，说不分明那将值多少钱，一点不明白那宝贝为什么如此可爱。他记起那伟人点头同发言，一个督抚的派头，一个军长的身份——这是老七的财神！他于是又唱了一首歌。用杨村人不庄重口吻，唱的是"山坳的团总烧炭，山脚的地保爬灰；爬灰红薯才肥，烧炭脸庞发黑"。

到午时，各处船上都已有人烧饭了。湿柴烧不燃，烟子各处窜，使人流泪打嚏，柴烟平铺到水面时如薄绸。听到河街馆子里大师傅用铲子敲打锅边的声音，听到邻船上白菜落锅的声音，老七还不见回来。可是船上烧湿柴的本领年轻人还没有学到，小钢灶总是冷冷的不发吼。做了半天还是无结果，只有把它放下一个办法了。

应当吃饭时候不得饭吃，人饿了，坐到小凳上敲打舱板，他仍然得想一点事情。一个不安分的估计在心上滋长了。正似乎为装满了钱钞便极其骄傲模样的抱兜，在他眼下再现时，把原有的和平已失去了。一个用酒糟同红血所捏成的橘皮红色四方脸，也是极其讨厌的神气，保留到印象上。并且，要记忆有什么用？他记忆得到那嘱咐，是当到一个丈夫面前说的！"今晚上不要接客，我要来。"该死的话，是那么不客气地从那吃红薯的大口里说出！为什么要说这个？有什么理由要说这个？……

胡想使他心上增加了愤怒，饥饿重复揪着了这愤怒的心，便有一些原始人就不缺少的情绪，在这个年轻简单的人情绪中长大不已。

他不能再唱一首歌了。喉咙为妒嫉所扼，唱不出什么歌。他不能再有什么快乐。按照一个种田人的脾气，他想到明天就要回家。

有了脾气再来烧火，自然更不行了，于是把所有的柴全丢到河里去了。

"雷打你这柴！要你到洋里海里去！"

但那柴是在两三丈以外，便被别个船上的人捞起了的。那船上人似乎一切都准备好了，正等待一点从河面漂流而来的湿柴，把柴捞上，即刻就见到用废缆一段引火，且即刻满船发烟，火就带着小小爆裂声音燃好了。看到这一切，新的愤怒使年轻人感到羞辱，他想不必等待人回船就要走路。

在街尾遇到女人同小毛头五多两个人，正牵了手说着笑着走来。五多手上拿得有一把胡琴，崭新的样子，这是做梦也不曾遇到的一件家伙！

"你走哪里去？"

"我——要回去。"

"要你看船船也不看，要回去。什么人得罪了你，这样小气？"

"我要回去，你让我回去。"

"回到船上去！"

看看媳妇，样子比说话还硬劲。并且看到那一张胡琴，明知道这是特别买来给他的，所以再不能坚持，摸了摸自己发烧的额角，幽幽地说："回去也好，回去也好。"就跟了媳妇的身后跑转船上。

掌班大娘也赶来了，原来提了一副猪肺，好像东西只是乘便偷来的，深恐被人追上带到衙门里去。所以跑得颧骨发了红，喘气不止。大娘一上船，女人在舱中就喊："大娘，你瞧，我家汉子想走！"

"谁说的，戏都不看就走！"

"我们到街口碰到他，他生气样子，一定是怪我们不早回来。"

"那是我的错；是菩萨的错；是屠户的错。我不该同屠户为一个钱吵闹半天，屠户不该肺里灌这样多水。"

"是我的错。"陪男子在舱里的女人，这样说了一句话，坐下了。对面是男子汉。她于是有意地在把衣服解换时，露出极风情的红绫胸褡。胸褡上绣了"鸳鸯戏荷"。

男子觑着，不说话。有说不出的什么东西，在血里窜着涌着。

在后艄，听到大娘同五多谈着柴米。

"怎么我们的柴都被谁偷去了！"

"米是谁淘好的？"

"一定是火烧不燃。……姐夫是乡下人，只会烧松香。"

"我们不是昨天才解散一捆柴么？"

"都完了。"

"去前面搬一捆，不要说了。"

"姐夫只知道淘米!"

听到这些话的年轻汉子,一句话不说,静静地坐在舱里,望到那一把新买来的胡琴。

女人说:"弦都配好了,试拉拉看。"

先是不作声,到后把琴搁在膝上,查看松香。调琴时,生疏的音从指间流出,拉琴人便快乐地微笑了。

不到一会儿,满舱是烟,男子被女人喊出去,仍然把琴拿到外面去,站在船头调弦。

到后吃中饭时,五多说:"姐夫,你回头拉《孟姜女哭长城》,我唱。"

"我不会拉。"

"我听说你拉得很好,你骗我谎我。"

"我不骗你。"

大娘说:"我听老七说你拉得好,所以到庙里,一见这琴,我就想起你才说就为姐夫买回去吧。是运气,烂贱就买来了。这到乡里一块钱还恐怕买不到,不是么?"

"是的。值多少钱?"

"一吊六。他们都说值得!"

五多说:"谁说值得?"

大娘很生气地说:"毛丫头,谁说不值得?你知道什么!撕你的嘴!"

因为这琴是从一个卖琴熟人手上拿来,一个钱不花,听到大娘的谎话,五多分辩,大娘就骂五多,老七却笑了。男子以为这是笑大娘不懂事,所以也在一旁干笑。

男子先把饭吃完,就动手拉琴,新琴声音又清又亮,五多高兴到得意忘形,放下碗筷唱将起来,被大娘结结实实打了一筷子头,才忙着吃饭、收碗、洗锅子。

到了晚上,前舱盖了篷,男子拉琴,五多唱歌,老七也唱歌,美孚灯罩子有红纸剪成的遮光帽,全舱灯光红红的如办大喜事,年轻人在热闹中像过年,心上开了花。可是过不久,有兵士从河街过身,喝得烂醉,听到这声音了。

两个醉鬼踉踉跄跄到了船边,两手全是污泥,用手扳船,口含胡桃那么混混胡胡地嚷叫:

"什么人唱,报上名来!唱得好,赏一个五百。不听到么?老子赏你五百!"

里面琴声戛然而止,沉静了。

醉鬼用脚不住踢船,"嘭嘭嘭",发出钝而沉闷的声音,且想推篷，搜索不到篷盖接桦处，于是又叫嚷："不要赏么，婊子狗造的？装聋，装哑？什么人敢在这里作乐？我怕谁？皇帝我也不怕。大爷，我怕皇帝我不是人！我们军长师长，都是混账王八蛋！是皮蛋鸡蛋，寡了的臭蛋！我才不怕。"

另一个喉咙发沙地说道："骚婊子？出来拖老子上船！"

且即刻听到用石头打船篷，大声地辱骂祖宗。一船人都吓慌了。大娘忙把灯扭小一点，走出去推篷，男子听到那汹汹声气，夹了胡琴就往后舱钻去。不一会儿，醉人已经进到前舱了。两个人一面说着野话一面要争到同老七亲嘴，同大娘、五多亲嘴。且听到问："是什么人在此唱歌作乐，把拉琴的抓来再给老子唱一个歌。"

大娘不敢作声，老七也无主意了，两个酒疯子就大声地骂人。

"臭货，喊龟子出来，跟老子拉琴，赏一千！英雄盖世的曹孟德也不会这样大方！我赏一千，一千个红薯，快来，不出来我烧掉你们这只船！听着没有，老东西！？赶快，莫让老子们生了气，灯笼子认不得人？"

"大爷，这是我们自己家几个人玩玩，不是外人……"

"不！不！不！老婊子，你不中吃。你老了，皱皮柑！

快叫拉琴的来！杂种！我要拉琴，我要自己唱！"一面说一面便站起身来，想向后舱去搜寻。大娘弄慌了，把口张大合不拢去。老七急中生智，拖着那醉鬼的手，安置到自己的大奶上。醉鬼懂到这意思，又坐下了。"好的，妙的，老子出得起钱，老子今天晚上要到这里睡觉！孤王酒醉在桃花宫，韩素梅生来好貌容……"

这一个在老七左边躺下去后，另一个不说什么，也在右边躺了下去。

年轻人听到前舱仿佛安静了一会儿，在隔壁轻轻地喊大娘。正感到一种侮辱的大娘，悄悄爬过去，男子还不大分明是什么事情，问大娘："什么事情？"

"营上的副爷，醉了，像猫，等一会儿就得走。"

"要走才行。我忘记告你们了，今天有一个大方脸人来，好像大官，吩咐过我，他晚上要来，不许留客。"

"是脚上穿大皮靴子，说话像打锣么？"

"是的，是的。他手上还有一个大金戒子。"

"那是老七干爹。他今早上来过了么？"

"来过的。他说了半天话才走，吃过些干栗子。"

"他说些什么？"

"他说一定要来,一定莫留客……还说一定要请我喝酒。"

大娘想想,来做什么?难道是水保自己要来歇夜?难道是老对老,水保注意到……想不通,一个老鸨虽一切丑事做成习惯,什么也不至于红脸,但被人说到"不中吃"时,是多少感到一种羞辱的。她悄悄地回到前舱,看前舱新事情不成样子,扁了扁瘪嘴,骂了一声猪狗,终归又转到后舱来了。

"怎么?"

"不怎么。"

"怎么,他们走了?"

"不怎么,他们睡了。"

"睡了?"

大娘虽不看清楚这时男子的脸色,但她很懂这语气,就说:"姐夫,你难得上城来,我们可以上岸玩去。今夜三元官夜戏,我请你坐高台子,是《秋胡三戏结发妻》。"

男子摇头不语。

兵士胡闹一阵走后,五多、大娘、老七都在前舱灯光下说笑,说那兵士的醉态。男子留在后舱不出来。大娘到门边喊过了二次,不答应,不明白这脾气从什么地方发生。大娘回头就来检查那四张票子的花纹,因为她已经认得出票子的真假了。

票子倒是真的，她在灯光下指点给老七看那些记号，那些花，且放到鼻子上嗅嗅，说这个一定是清真馆子里找出来的，因为有牛油味道。

五多第二次又走过去："姐夫，姐夫，他们走了，我们来把那个唱完，我们还得……"

女人老七像是想到了什么心事，拉着了五多，不许她说话。

一切沉默了。男子在后舱先还是正用手指扣琴弦，作小小声音，这时手也离开那弦索了。

三个女人都听到从河街上飘来的锣鼓唢呐声音，河街上一个做生意人办喜事，客来贺喜，大唱堂戏，一定有一整夜热闹。

过了一会，老七一个人轻手轻脚爬到后舱去，但即刻又回来了。

大娘问："怎么了？"

老七摇摇头，叹了一口气。

先以为水保恐怕不会来的，所以大家仍然睡了觉，大娘、老七、五多三个人在前舱，只把男子放到后面。

查船的在半夜时，由水保领来了，水面鸦雀无声，四个全副武装警察守在船头，水保同巡官晃着手电筒进到前舱。这时大娘已把灯捻明了，她经验多，懂得这不是大事情。老七披了衣坐在床上，喊干爹，喊巡官老爷，要五多倒茶。五多还睡意迷蒙，只想到梦里在乡下摘三月莓。

男子被大娘摇醒揪出来，看到水保，看到一个穿黑制服的大人物，吓得不能说话，不晓得有什么严重事情发生。

那巡官装成很有威风的神气开了口："这是什么人？"

水保代为答应："老七的汉子，才从乡下来走亲戚。"

老七说道："老爷，他昨天才来的。"

巡官看了一会儿男子，又看了一会儿女人，仿佛看出水保的话不是谎话，就不再说话了，随意在前舱各处翻翻。待注意到那个贮风干栗子的小坛子时，水保便抓了一大把栗子塞到巡官那件体面制服的大口袋里去，巡官只是笑，也不说什么。

一伙人一会儿就走到另一船上去了。大娘刚要盖篷，一个警察回来传话：

"大娘，大娘，你告老七，巡官要回来过细考察她一下，你懂不懂？"

大娘说："就来么？"

"查完夜就来。"

"当真吗?"

"我什么时候同你这老婊子说过谎?"

大娘很欢喜的样子,使男子很奇怪,因为他不明白为什么巡官还要回来考察老七。但这时节望到老七睡起的样子,上半晚的气已经没有了,他愿意讲和,愿意同她在床上说点家常私话,商量件事情,就傍床沿坐定不动。

大娘像是明白男子的心事,明白男子的欲望,也明白他不懂事,故只同老七打知会,"巡官就要来的!"

老七咬着嘴唇不作声,半天发痴。

男子一早起来就要走路,沉默地一句话不说,端整了自己的草鞋,找到了自己的烟袋。一切归一了,就坐到那矮床边沿,像是有话说又说不出口。

老七问他:"你不是昨晚上答应过干爹,今天到他家中吃中饭吗?"

"……"摇摇头,不作答。

"人家特意为你办了酒席,好意思不领情?"

"……"

"戏也不看看么?"

"……"

"满天红的荤油包子,到半日才上笼,那是你欢喜的包子。"

"……"

一定要走了,老七很为难,走出船头待了一会儿,回身从荷包里掏出昨晚上那兵士给的票子来,点了一下数,一共四张,捏成一把塞到男子左手心里去。男子无话说,老七似乎懂到那意思了,"大娘,你拿那三张也把①我。"大娘将钱取出,老七又把这钱塞到男子右手心里去。

男子摇摇头,把票子撒到地下去,两只大而粗的手掌捣着脸,像小孩子那样莫名其妙地哭了起来。

五多同大娘看情形不好,一齐逃到后舱去了。五多心想这真是怪事,那么大的人会哭,好笑。可是她并不笑。她站在船后艄舵,看见挂在艄舱顶梁上的胡琴,很愿意唱一个歌,可是不知为什么也总唱不出声音来。

水保来船上请远客吃酒,只有大娘同五多在船上。问及时,才明白两夫妇一早都回转乡下去了。

---

① 把:意为给。

萧 萧[①]

乡下人吹唢呐接媳妇,到了十二月是成天有的事情。

唢呐后面一顶花轿,两个夫子[②]平平稳稳地抬着,轿中人被铜锁锁在里面,虽穿了平时不上过身的体面红绿衣裳,也仍然得荷荷[③]大哭。在这些小女人心中,做新娘子,从母亲身边离开,且准备做他人的母亲,从此必然将有许多新事情等待发生。像做梦一样,将同一个陌生男子汉在一个床上睡觉,做着承宗接祖的事情。这些事想起来,当然有些害怕,所以照例觉得要哭哭,就哭了。

也有做媳妇不哭的人。萧萧做媳妇就不哭。这小女子没有

---
① 原载《小说月报》第二十一卷第一号,一九三〇年一月十日。
② 夫子:指轿夫。
③ 荷荷:象声词,模拟哭声。

母亲,从小寄养到伯父种田的庄子上,终日提个小竹兜箩,在路旁田坎捡狗屎、挑野菜。出嫁只是从这家转到那家。因此到那一天,这小女人还只是笑。她又不害羞,又不怕。她是什么事也不知道,就做了人家的媳妇了。

萧萧做媳妇时年纪十二岁,有一个小丈夫,年纪还不到三岁。丈夫比她年少九岁,断奶还不多久。按地方规矩,过了门,她喊他作弟弟。她每天应做的事是抱弟弟到村前柳树下去玩,到溪边去玩。饿了,喂东西吃;哭了,就哄他,摘南瓜花或狗尾草戴到小丈夫头上,或者亲嘴,一面说:"弟弟,哪,啵。再来,啵。"在那肮脏的小脸上亲了又亲,孩子于是便笑了。孩子一欢喜兴奋,行动粗野起来,会用短短的小手乱抓萧萧的头发。那是平时不大能收拾、蓬蓬松松在头上的黄发。有时候,垂到脑后那条小辫儿被拉得太久,把红绒线结也弄松了,生气了,就挞①那弟弟几下,弟弟自然"哇"地哭出声来。萧萧于是也装成要哭的样子,用手指着弟弟的哭脸,说:"哪,人不讲理,可不行!"

天晴落雨日子混下去,每日抱抱丈夫,也帮同家中做点

---

① 挞:意为打。

杂事，能动手的就动手。又时常到溪沟里去洗衣，搓尿片，一面还捡拾有花纹的田螺给坐在身边的小丈夫玩。到了夜里睡觉，便常常做这种年龄人所做的梦，梦到后门角落或别的什么地方捡得大把大把铜钱，吃好东西，爬树，自己变成鱼到水中各处溜。或一时仿佛身子很小很轻，飞到天上众星中，没有一个人，只是一片白，一片金光，于是大喊："妈！"人就吓醒了。醒来心里还只是跳。吵了隔壁的人，不免骂着："疯子，你想什么！白天玩得疯，晚上就做梦！"萧萧听着却不作声，只是"咕咕"地笑。也有很好很爽快的梦，为丈夫哭醒的事情。那丈夫本来晚上在自己母亲身边睡，吃奶方便。有时吃多了奶，或因另外情形，半夜大哭，起来放水拉稀是常有的事。丈夫哭到婆婆无可奈何，于是萧萧轻手轻脚爬起床来，睡眼迷蒙，走到床边，把人抱起，给他看月光，看星光；或者仍然"啵啵"地亲嘴，互相觑着，孩子气地"嗨嗨，看猫啊！"那样喊着哄着，于是丈夫笑了。玩一会会，困倦起来，慢慢地合上眼。人睡定后，放上床，站在床边看着，听远处一传一递的鸡叫，知道天快到什么时候了，于是仍然蜷到小床上睡去。天亮了，虽不做梦，却可以无意中闭眼开眼，看一阵在面前空中变幻无端的黄边紫心葵花，那是一种真正的享受。

萧萧嫁过了门，做了拳头大丈夫的小媳妇，一切并不比先前受苦，这只看她半年来身体发育就可明白。风里雨里过日子，像一株长在园角落不为人注意的蓖麻，大叶大枝，日增茂盛。这小女人简直是全不为丈夫设想那么似的，一天比一天长大起来了。

夏夜光景说来如做梦。大家饭后坐到院中心歇凉，挥摇蒲扇，看天上的星同屋角的萤，听南瓜棚上纺织娘"咯咯咯"拖长声音纺车，远近声音繁密如落雨，禾花风倏倏吹到脸上，正是让人在各种方便中说笑话的时候。

萧萧好高，一个人常常爬到草料堆上去，抱了已经熟睡的丈夫在怀里，轻轻地轻轻地随意唱着自编的四句头山歌。唱来唱去却把自己也催眠起来，快要睡去了。

在院坝中，公公婆婆，祖父祖母，另外还有帮工汉子两个，散乱地坐在小板凳上，摆龙门阵学古，轮流下去打发上半夜。

祖父身边有个烟包，在黑暗中放光。这用艾蒿做成的烟包，是驱逐长脚蚊的得力东西，蜷在祖父脚边，犹如一条乌梢蛇。间或又拿起来晃那么几下。

想起白天场上的事情，祖父开口说话：

"我听三金说,前天又有女学生过身①。"

大家就哄然笑了起来。

这笑的意义何在?只因为在大家印象中,都知道女学生没有辫子,留下个鹌鹑尾巴,像个尼姑,又不完全像。穿的衣服像洋人,又不是洋人。吃的,用的……总而言之,事事不同,一想起来就觉得怪可笑!

萧萧不大明白,她不笑。所以老祖父又说话了。他说:

"萧萧,你长大了,将来也会做女学生!"

大家于是更哄然大笑起来。

萧萧为人并不愚蠢,觉得这一定是不利于己的一件事情,所以接口便说:

"爷爷,我不做女学生。"

"你像个女学生,不做可不行。"

"我不做。"

众人有意取笑,异口同声地说:"萧萧,爷爷说得对,你非做女学生不行!"

萧萧急得无可如何:"做就做,我不怕。"其实做女学生

---

① 过身:指经过、路过。

有什么不好,萧萧全不知道。

女学生这东西,在本乡的确永远是奇闻。每年一到六月天,据说放"水假"日子一到,照例便有三三五五女学生,由一个荒谬不经的热闹地方来,到另一个远地方去,取道从本地过身。从乡下人眼中看来,这些人都近于另一世界中活下的人,装扮奇奇怪怪,行为更不可思议。这种女学生过身时,使一村人都可以说一整天的笑话。

祖父是当地一个人物,因为想起所知道的女学生在大城中的生活情形,所以说笑话要萧萧也去做女学生。一面听到这话,就感觉一种打哈哈趣味,一面还有那被说的萧萧感觉一种惶恐,说这话的不为无意义了。

女学生由祖父方面所知道的是这样一种人:她们穿衣服不管天气冷暖,吃东西不问饥饱,晚上交到子时才睡觉,白天正经事全不做,只知唱歌打球,读洋书。她们都会花钱,一年用的钱可以买十六只水牛。她们在省里京里想往什么地方去时,不必走路,只要钻进一个大匣子[①]中,那匣子就可以带她到地。城市中还有各种各样的大小不同匣子,都用机器开动。她

---

① 大匣子:指汽车。

们在学校，男女一处上课，人熟了，就随意同那男子睡觉，也不要媒人，也不要财礼，名叫"自由"。她们也做做州县官，带家眷上任，男子仍然喊作"老爷"，小孩子叫"少爷"。她们自己不喂牛，却吃牛奶羊奶，如小牛小羊；买那奶时是用铁罐子盛的。她们无事时到一个唱戏地方去，那地方完全像个大庙，从衣袋中取出一块洋钱来（那洋钱在乡下可买五只母鸡），买了一小方纸片儿，拿了那纸片到里面去，就可以坐下看洋人扮演影子戏。她们被冤了，不赌咒，不哭。她们年纪有老到二十四岁还不肯嫁人的，有老到三十、四十居然还好意思嫁人的。她们不怕男子，男子不能使她们受委屈，一受委屈就上衙门打官司，要官罚男子的款，这笔钱她有时独占自己花用，有时和官平分。她们不洗衣煮饭，也不养猪喂鸡；有了小孩子也只花五块钱、十块钱一月，雇人专管小孩，自己仍然整天看戏打牌，或者读那些没有用处的闲书……

总而言之，说来事事都稀奇古怪，和庄稼人不同，有的简直还可说岂有此理。这时经祖父一为说明，听过这话的萧萧，心中却忽然有了一种模模糊糊的愿望，以为倘若她也是个女学生，她是不是照祖父说的女学生一个样子去做那些事？不管好歹，做女学生并不可怕。因此一来，却已为这乡下姑娘初次体念到了。

因为听祖父说起女学生是怎样的人物，到后萧萧独自笑得特别久。笑够了时，她说：

"爷爷，明天有女学生过路，你喊我，我要看看。"

"你看，她们捉你去做丫头。"

"我不怕她们。"

"她们读洋书念经你也不怕？"

"念观音菩萨消灾经，念紧箍咒，我都不怕。"

"她们咬人，和做官的一样，专吃乡下人，吃人骨头渣渣也不吐，你不怕？"

萧萧肯定地回答说："也不怕。"

可是这时节萧萧手上所抱的丈夫，不知为什么，在睡梦中哭了，媳妇于是用做母亲的声势，半哄半吓说：

"弟弟，弟弟，不许哭，不许哭，女学生咬人来了。"

丈夫还仍然哭着，得抱起各处走走。萧萧抱着丈夫离开了祖父，祖父同人说另外一样古话去了。

萧萧从此以后心中有个"女学生"。做梦也便常常梦到女学生，且梦到同这些人并排走路。仿佛也坐过那种自己会走路的匣子，她又觉得这匣子并不比自己跑路更快。在梦中那匣子的形体同谷仓差不多，里面还有小小灰色老鼠，眼珠子红红的，各处乱跑，有时钻到门缝里去，把个小尾巴露在外边。

因为有这样一段经过，祖父从此喊萧萧不喊"小丫头"，不喊"萧萧"，却唤作"女学生"。在不经意中萧萧答应得很好。

乡下的日子也如世界上一般日子，时时不同。世界上人把日子糟蹋，和萧萧一类人家把日子吝惜是同样的，各有所得，各属分定。许多城市中文明人，把一个夏天完全消磨到软绸衣服、精美饮料以及种种好事情上面。萧萧的一家，因为一个夏天的劳作，却得了十多斤细麻、二三十担瓜。

做小媳妇的萧萧，一个夏天中，一面照料丈夫，一面还绩①了细麻四斤。到秋八月工人摘瓜，在瓜间玩，看硕大如盆、上面满是灰粉的大南瓜，成排成堆摆到地上，很有趣味。时间到摘瓜，秋天真的已来了，院子中各处有从屋后林子里树上吹来的大红大黄木叶。萧萧在瓜旁站定，手拿木叶一束，为

---

① 绩：将麻和棉搓捻成线。

丈夫编小小笠帽玩。

工人中有个名叫花狗,年纪二十三岁,抱了萧萧的丈夫到枣树下去打枣子。小小竹竿打在枣树上,落枣满地。

"花狗大[①],莫打了,太多了吃不完。"

虽这样喊,还不动身。到后,仿佛完全因为丈夫要枣子,花狗才不听话。萧萧于是又警告她那小丈夫:

"弟弟,弟弟,来,不许捡了。吃多了生东西肚子痛!"

丈夫听话,兜了大堆枣子向萧萧身边走来,请萧萧吃枣子。

"姐姐吃,这是大的。"

"我不吃。"

"要吃一颗!"

她两手哪里有空!木叶帽正在制边,工夫要紧,还正要个人帮忙!

"弟弟,把枣子喂我口里。"

丈夫照她的命令做事,做完了觉得有趣,哈哈大笑。

她要他放下枣子帮忙捏紧帽边,便于添加新木叶。

[①] 大:大哥的简称。

丈夫照她吩咐做事，但老是顽皮地摇动，口中唱歌。这孩子原来像一只猫，欢喜时就得捣乱。

"弟弟，你唱的是什么？"

"我唱花狗大告我的山歌。"

"好好地唱一个给我听。"

丈夫于是帮忙拉着帽边，一面就唱下去，照所记到的歌唱：

　　天上起云云起花，
　　包谷林里种豆荚，
　　豆荚缠坏包谷树，
　　娇妹缠坏后生家。

　　天上起云云重云，
　　地下埋坟坟重坟，
　　娇妹洗碗碗重碗，
　　娇妹床上人重人。

歌中意义丈夫全不明白，唱完了就问萧萧好不好。萧萧说好，并且问跟谁学来的，她知道是花狗教他的，却故意盘问他。

"花狗大告我，他说还有好多歌，长大了再教我唱。"

听说花狗会唱歌，萧萧说：

"花狗大，花狗大，你唱一个正经好听的歌我听听。"

那花狗，面如其心，生长得不很正气，知道萧萧要听歌，人也快到听歌的年龄了，就给她唱《十岁娘子一岁夫》。那故事说的是妻年大，可以随便到外面做一点不规矩事情；夫年小，只知吃奶，让他吃奶。这歌丈夫完全不懂，懂到一点儿的是萧萧。把歌听过后，萧萧装成"我全明白"那种神气，她用生气的样子，对花狗说："花狗大，这个不行，这是骂人的歌！"

花狗分辩说："不是骂人的歌。"

"我明白，是骂人的歌。"

花狗难得说多话，歌已经唱过了，错了赔礼，只有不再唱。他看她已经有点懂事了，怕她回头告祖父，会挨顿臭骂，就把话支吾开，扯到"女学生"上头去。他问萧萧，看不看过女学生习体操、唱洋歌的事情。

若不是花狗提起，萧萧几乎已忘却了这事情。这时又提到女学生,她问花狗近来有没有女学生过路,她想看看。

花狗一面把南瓜从棚架边抱到墙角去,告她女学生唱歌的事情,这些事的来源还是萧萧的那个祖父。他在萧萧面前说了点大话,说他曾经到官路上见过四个女学生,她们都拿得有旗帜,走长路流汗、喘气之中仍然唱歌,同军人所唱的一模一样。不消说,这自然完全是胡诌的笑话。可是那故事把萧萧可乐坏了。因为花狗说这个就叫作"自由"。

花狗是起眼动眉毛、一打两头翘、会说会笑的一个人。听萧萧带着歆羡口气说:"花狗大,你膀子真大。"他就说:"我不止膀子大。"

"你身个子也大。"

"我全身无处不大。"

萧萧还不大懂得这个话的意思,只觉得憨而好笑。

到萧萧抱了她的丈夫走去以后,同花狗在一起摘瓜,取名字叫哑巴的,开了平时不常开的口。

"花狗,你少坏点。人家是十三岁黄花女,还要等十年才圆房!"

花狗不作声,打了那伙计一巴掌,走到枣树下捡落地枣去了。

到摘瓜的秋天，日子计算起来，萧萧过丈夫家有一年半了。

几次降霜落雪，几次清明谷雨，一家中人都说萧萧是大人了。天保佑，喝冷水，吃粗粝饭，四季无疾病，倒发育得这样快。婆婆虽生来像一把剪子，把凡是给萧萧暴长的机会都剪去了，但乡下的日头同空气都帮助人长大，却不是折磨可以阻拦得住。

萧萧十五岁时已高如成人，心却还是一颗糊糊涂涂的心。

人大了一点，家中做的事也多了一点。绩麻、纺车、洗衣、照料丈夫以外，打猪草、推磨一些事情也要做，还有浆纱织布。凡事都学，学学就会了。乡下习惯凡是行有余力的都可从劳作中攒点本分私房，两三年来仅仅萧萧个人份上所聚集的粗细麻和纺就的棉纱，也够萧萧坐到土机上抛三个月的梭子了。

丈夫早断了奶。婆婆有了新儿子，这五岁儿子就像归萧萧独有了。不论做什么，走到什么地方去，丈夫总跟在身边。丈夫有些方面很怕她，当她如母亲，不敢多事。他们俩实在感情不坏。

地方稍稍进步，祖父的笑话转到"萧萧你也把辫子剪去好自由"那一类事上去了。听着这话的萧萧,某个夏天也看过了一次女学生,虽不把祖父笑话认真,可是每一次在祖父说过这笑话以后,她到水边去,必不自觉地用手捏着辫子末梢,设想没有辫子的人那种神气,那点趣味。

打猪草,带丈夫上螺蛳山的山阴是常有的事。

小孩子不知事,听别人唱歌也唱歌。一开腔唱歌,就把花狗引来了。

花狗对萧萧生了另外一种心,萧萧有点明白了,常常觉得惶恐不安。但花狗是男子,凡是男子的美德恶德都不缺少,劳动力强,手脚勤快,又会玩会说,所以一面使萧萧的丈夫非常欢喜同他玩,一面一有机会即缠在萧萧身边,且总是想方设法把萧萧那点惶恐减去。

山大人小,到处是树林蒙茸,平时不知道萧萧所在,花狗就站在高处唱歌逗萧萧身边的丈夫;丈夫小口一开,花狗穿山越岭就来到萧萧面前了。

见了花狗,小孩子只有欢喜,不知其他。他原要花狗为他编草虫玩,做竹箫哨子玩,花狗想方法支使他到一个远处去找材料,便坐到萧萧身边来,要萧萧听他唱那使人开心红脸的歌。她有时觉得害怕,不许丈夫走开;有时又像有了花狗在身边,打发丈夫走去反倒好一点。终于有一天,萧萧就这样给花狗把心窍子唱开,变成个妇人了。

那时节,丈夫走到山下采刺莓去了,花狗唱了许多歌,到后却向萧萧唱:

娇家门前一重坡,
别人走少郎走多,
铁打草鞋穿烂了,
不是为你为哪个?

末了却向萧萧说:"我为你睡不着觉。"他又说他赌咒不把这事情告给人。听了这些话仍然不懂什么的萧萧,眼睛只注意到他那一对粗粗的手膀子,耳朵只注意到他最后一句话。末了花狗大便又唱了许多歌给她听。她心里乱了。她要他当真对天赌咒,赌过了咒,一切好像有了保障,她就一切尽他了。

到丈夫反身时,手被毛毛虫蜇伤,肿了一大片,走到萧萧身边。萧萧捏紧这一只小手,且用口去呵它,吮它,想起刚才的糊涂,才仿佛明白自己做了一点不大好的糊涂事。

花狗诱她做坏事情是麦黄四月，到六月，李子熟了，她欢喜吃生李子。她觉得身体有点特别，在山上碰到花狗，就将这事情告给他，问他怎么办。

讨论了多久，花狗全无主意。虽以前自己当天赌的有咒，也仍然无主意。原来这家伙个子大，胆量小。个子大容易做错事，胆量小做了错事就想不出办法。

到后，萧萧捏着自己那条乌梢蛇似的大辫子，想起城里了，她说："花狗大，我们到城里去自由，帮帮人过日子，不好么？"

"那怎么行？到城里去做什么？"

"我肚子大了。"

"我们找药去。场上有郎中卖药。"

"你赶快找药来，我想……"

"你想逃到城里去自由，不成的。人生面不熟，讨饭也有规矩，不能随便！"

"你这没有良心的，你害了我，我想死！"

"我赌咒不辜负你。"

"负不负我有什么用，帮我个忙，赶快拿去肚子里这块肉吧。我害怕！"

花狗不再作声，过了一会儿，便走开了。不久丈夫从他处拿了大把山里红果子回来，见萧萧一个人坐在草地上眼睛红红的，丈夫心中纳罕①。看了一会儿，问萧萧：

"姐姐，为什么哭？"

"不为什么，灰尘落到眼睛窝里，痛。"

"我吹吹吧。"

"不要吹。"

"你瞧我，得这些这些。"

他把手中拿的和从溪中捡来放在衣口袋里的小蚌、石头全部陈列到萧萧面前，萧萧泪眼婆娑看了一会儿，勉强笑着说："弟弟，我们要好，我哭你莫告家中。告家中我可要生气！"到后这事情家中当真就无人知道。

过了半个月，花狗不辞而行，把自己所有的衣裤都拿去了。祖父问同住的长工哑巴，知不知道他为什么走路，走哪儿去？是上山落草，还是作薛仁贵投军？哑巴只是摇头，说花狗还欠了他两百钱，临走时话都不留一句，为人少良心。哑巴说他自己的话，并没有把花狗走的理由说明。因此这一家稀奇一

---

① 纳罕：惊奇，诧异。

整天,谈论一整天。不过这工人既不偷走物件,又不拐带别的,这事情过后不久,自然也就把他忘掉了。

萧萧仍然是往日的萧萧。她能够忘记花狗就好了,但是肚子真有些不同了,肚中东西总在动,使她常常一个人干发急,尽做怪梦。

她脾气坏了一点,这坏处只有丈夫知道,因为她对丈夫似乎严厉苛刻了好些。

仍然每天同丈夫在一处,她的心,想到的事自己也不十分明白。她常想,我现在死了,什么都好了。可是为什么要死?她还很高兴活下去,愿意活下去。

家中人不拘谁在无意中提起关于丈夫弟弟的话,提起小孩子,提起花狗,都像使这话如拳头,在萧萧胸口上重重一击。

到九月,她担心人知道更多了,引丈夫庙里去玩,就私自许愿,吃了一大把香灰。吃香灰被她丈夫看见了,丈夫问这是做什么,萧萧就说肚痛,应当吃这个。萧萧自然说谎。虽说求菩萨保佑,菩萨当然没有如她的希望,肚子中的东西依旧在慢慢地长大。

她又常常往溪里去喝冷水,给丈夫看见时,丈夫问她,她就说口渴。

一切她所想到的方法都没有能够使她与自己不欢喜的东西分开。大肚子只有丈夫一人知道，他却不敢告这件事给父母晓得。因为时间长久，年龄不同，丈夫有些时候对于萧萧的怕同爱，比对于父母还深切。

她还记得那花狗赌咒那一天里的事情，如同记着其他事情一样。到秋天，屋前屋后毛毛虫都结茧，成了各种好看的蝶蛾，丈夫像故意折磨她一样，常常提起几个月前被毛毛虫蜇手的旧话，使萧萧心里难过。她因此极恨毛毛虫，见了那小虫就想用脚去踹。

有一天，又听人说有好些女学生过路，听过这话的萧萧，睁了眼做过一阵梦，愣愣地对日头出处痴了半天。

萧萧步花狗后尘，也想逃走，收拾一点东西预备跟了女学生走的那条路上城去自由。但没有动身，就被家里人发觉了。这种打算照乡下人说来是一件大事，于是把她两手捆了起来，丢在灶屋边，饿了一天。

家中追究这逃走的根源，才明白这个十年后预备给小丈夫生儿子继香火的萧萧肚子已被另一个人抢先下了种。这在一家人生活中真是了不得的一件大事！一家人的平静生活，为这件新事全弄乱了。生气的生气，流泪的流泪，骂人的骂人，各按本分乱下去。悬梁、投水、吃毒药,被禁困着的萧萧,诸事漫无边际地全想到了,究竟是年纪太小,舍不得死,却不曾做。于是祖父从现实出发,想出个聪明主意,把萧萧关在房里,派两人好好看守着,请萧萧本族的人来说话,照规矩,看是"沉潭"还是"发卖"。萧萧家中人要面子,就沉潭淹死了她;舍不得死就发卖。萧萧只有一个伯父,在近处庄子里为人种田,去请他时先还以为是吃酒,到了才知是这样丢脸事情,弄得这老实忠厚的家长手足无措。

大肚子作证,什么也没有可说。照习惯,沉潭多是读过"子曰"的族长爱面子才做出的蠢事。伯父不读"子曰",不忍把萧萧当牺牲,萧萧当然应当嫁人作"二路亲"了。

这也是一种处罚,好像极其自然,照习惯受损失的是丈夫家里,然而却可以在发卖上收回一笔钱,当作赔偿损失的数目。那伯父把这事情告给了萧萧,就要走路。萧萧拉着伯父衣角不放,只是幽幽地哭。伯父摇了一会儿头,一句话不说,仍然走了。

一时没有相当的人家来要萧萧,送到远处去也得有人,因此暂时就仍然在丈夫家中住下。这件事情既经说明白,照乡下规矩,倒又像不什么要紧,只等待处分,大家反而释然了。先是小丈夫不能再同萧萧在一处，到后又仍然如月前情形，姐弟一般有说有笑地过日子了。

丈夫知道了萧萧肚子中有儿子的事情，又知道因为这样萧萧才应当嫁到远处去。但是丈夫并不愿意萧萧去，萧萧自己也不愿意去。大家全莫名其妙，只是照规矩像逼到要这样做，不得不做。究竟是谁定的规矩，是周公还是周婆，也没有人说得清楚。

在等候主顾来看人，等到十二月，还没有人来，萧萧只好在这人家过年。

萧萧次年二月间，十月满足，坐草生了一个儿子，团头大眼，声响洪壮。大家把母子二人照料得好好的，照规矩吃蒸鸡同江米酒补血，烧纸谢神。一家人都欢喜那儿子。

生下的既是儿子，萧萧不嫁别处了。

到萧萧正式同丈夫拜堂圆房时，儿子已经年纪十岁，有了半劳动力，能看牛割草，成为家中生产者一员了。平时喊萧萧丈夫作大叔，大叔也答应，从不生气。

这儿子名叫牛儿。牛儿十二岁时也接了亲，媳妇年长六岁。媳妇年纪大，方能诸事做帮手，对家中有帮助。唢呐到门前时，新娘在轿中呜呜地哭着，忙坏了那个祖父、曾祖父。

　　这一天，萧萧抱了自己新生的毛毛，在屋前榆蜡树篱笆间看热闹，同十年前抱丈夫一个样子。

一九二九年冬作
一九五七年二月校改字句

三 三[①]

　　杨家碾坊在堡子外一里路的山嘴路旁。堡子位置在山弯里，溪水沿到山脚流过去，平平地流到山嘴折弯处忽然转急，因此很早就有人利用到它，在急流处筑了一座石头碾坊，这碾坊，不知从什么时候起，就叫杨家碾坊了。

　　从碾坊往上看，看到堡子里比屋连墙，嘉树成荫，正是十分兴旺的样子。往下看，夹溪有无数山田，如堆积蒸糕，因此种田人借用水力，用大竹扎了无数水车，用椿木做成横轴同撑柱，圆圆的如一面锣，大小不等竖立在水边。这一群水车，就同一群游手好闲的人一样，成日成夜、不知疲倦地咿咿呀呀唱着意义含糊的歌。

---

① 原载《文艺月刊》第二卷第九号，一九三一年九月十五日。

一个堡子里只有这样一座碾坊，所以凡是堡子里碾米的事都归这碾坊包办，成天有人轮流挑了仓谷来，把谷子倒到石槽里去后，抽去水闸的板，枧槽里水冲动了下面的暗轮，石磨盘带着动情的声音，即刻就转动起来了。于是主人一面谈着一件事情，一面清理到簸箩筛子，到后头上包了一块白布，拿着个长把的扫帚，追逐着磨盘，跟着打圈儿，扫除溢出槽外的谷米，再到后，谷子便成白米了。

到米碾好了，筛好了，把米糠挑走以后，主人全身是灰，常常如同一个滚到豆粉里的汤圆。然而这生活，是明明白白比堡子里许多人生活还从容，而为一堡子中人所羡慕的。

凡是到杨家碾坊碾过谷子的，都知道杨家三三。妈妈十年前嫁给守碾坊的杨，三三五岁，爸爸就丢下碾坊同母女，什么话也不说死去了。爸爸死去后，母亲做了碾坊的主人，三三还是活在碾坊里，吃米饭同青菜、小鱼、鸡蛋过日子，生活毫无什么不同处。三三先是望到爸爸成天全身是糠灰，到后爸爸不见了，妈妈又成天全身是糠灰……于是三三在哭里笑里慢慢地长大了。

妈妈随着碾槽转，提着小小油瓶，为碾盘的木轴铁心上油，或者很兴奋地坐在屋角拉动架上的筛子时，三三总很安静地自己坐在另一角玩。热天坐到有风凉处吹风,用苞谷秆子做小笼,冬天则伴同猫儿蹲到火桶里,剥灰煨栗子吃。或者有时候从碾米人手上得到一个芦管做成的唢呐,就学着打大傩的法师神气,屋前屋后吹着,半天还玩不厌倦。

这磨坊外屋上墙上爬满了青藤,绕屋全是葵花同枣树,疏疏的树林里,常常有三三葱绿衣裳的飘忽。因为一个人在屋里玩厌了,就出来坐在废石槽上撒米头子给鸡吃。在这时,什么鸡欺侮了另一只鸡,三三就得赶逐那横蛮无理的鸡,直等到妈妈在屋后听到鸡声,代为讨情时才止。

这磨坊上游有一潭,四面有大树覆荫,六月里阳光照不到水面。碾坊主人在这潭中养得有几只白鸭子,水里的鱼也比上下溪里多。照一切习惯,凡靠自己屋前的水,也算是自己财产的一份。水坝既然全为了碾坊而筑成的,一乡公约不许毒鱼下网,所以这小溪里鱼极多。遇到有不甚面熟的人来钓鱼,看到潭边幽静,想蹲一会儿,三三见到了时,总向人说:"不行,这鱼是我家潭里养的,你到下面去钓吧。"人若顽皮一点,听到这个话等于不听到,仍然拿着长长的竿子,搁到水面上去安闲地吸着烟管,望到这小姑娘发笑,使三三急了,三三便喊叫她的妈,高声地说:"娘,娘,你瞧,有人不讲规矩,钓我们的鱼,你来折断他的竿子,你快来!"娘自然是不会来干涉别人钓鱼的。

母亲就从没有照到女儿意思折断过谁的竿子,照例将说:"三三,鱼多咧,让别人钓吧。鱼是会走路的,上面总爷家塘里的鱼,因为欢喜我们这里的水,都跑来了。"三三照例应当还记得夜间做梦,梦到大鱼从水里跃起来吃鸭子,听到这个话,也就没有什么可说了,只静静地看着,看这不讲规矩的人,究竟钓了多少鱼去。她心里记着数目,回头好告给妈妈。

有时因为鱼太大了一点,上了钓,拉得不合适,撅断了钓竿,三三可乐极了,仿佛娘不同自己一伙,鱼反而同自己是一伙了的神气,那时就应当轮到三三向钓鱼人咧着嘴发笑了。但三三却常常急忙跑回去,把这事告给母亲,母女两人同笑。

有时钓鱼的人是熟人,人家来钓鱼时,见到了三三,知道她的脾气,就照例不忘记问:"三三,许我钓鱼吧。"三三便说:"鱼是各处走动的,又不是我们养的,怎么不能钓?"

钓鱼的是熟人时,三三常常搬了小小木凳子,坐到旁边看鱼上钩,且告给这人,另一时谁个把钓竿撅断的故事。到后这熟人回到磨坊时,把所得的大鱼分一些给三三家。三三看着母亲用刀剖鱼,掏出白色的鱼泡来,就放到地下用脚去踹,发声如放一枚小爆仗,听来十分快乐。鱼洗好了,揉了些盐,三三就忙取麻线来把鱼穿好,挂到太阳下去晒。等待有客时,这些干鱼同辣子炒在一个碗里待客。母亲如想到折钓竿的话,将说:"这是三三的鱼。"三三就笑,心想着:"怎么不是三三的鱼?潭里的鱼若不是归我照管,早被看牛小孩捉完了。"

三三如一般小孩,换几回新衣,过几回节,看几回狮子龙灯,就长大了。熟人都说看到三三是在糠灰里长大的。一个堡子里的人,都愿意得到这糠灰里长大的女孩子做媳妇,因为人人都知道这媳妇的妆奁是一座石头做成的碾坊。照规矩,十五岁的三三,要招郎上门也应当是时候了。但妈妈有了一点私心,记得一次签上的话语,不大相信媒人的话语,所以这磨坊还是只有母女二人,一时节不曾有谁添入。

三三大了,还是同小孩子一样,一切得傍着妈妈。母女两人把饭吃过后,在流水里洗了脸,望到行将下沉的太阳,一个日子就打发走了。有时听到堡子里的锣鼓声音,或是什么人接亲,或是什么人做斋事,"娘,带我去看",又像是命令又像是请求地说着;若无什么别的理由推辞时,娘总得答应同去。去一会儿,或停顿在什么人家喝一杯蜜茶,荷包里塞满了榛子、胡桃,预备回家时,有月亮天什么也不用,就可以走回家。遇到夜色晦黑，燃了一把油柴，"毕毕剥剥"地响着爆着，什么也不必害怕。若到总爷家寨子里去玩时，总爷家还有长工打了灯笼、火把送客，一直送到碾坊外边。只有这类事是顶有趣味的事。在雨里打灯笼走夜路，三三不能常常得到这机会，却常常梦到一人那么拿着小小红纸灯笼，在溪旁走着，好像只有鱼知道这回事。

当真说来，三三的事，鱼知道的比母亲应当还多一点，也是当然的。三三在母亲身旁，说的是母亲全听得懂的话；那些凡是母亲不明白的，差不多都在溪边说的。溪边除了鸭子就只有那些水里的鱼，鸭子成天自己"哈哈哈"地叫个不休，哪里还有耳朵听别人说话？

这个夏天，母女两人一吃了晚饭，不到黄昏，总常常过堡子里一个人家去，陪一个行将远嫁的姑娘谈天，听一个从小寨来的人唱歌。有一天，照例又进堡子里去，却因为谈到绣花，使三三回碾坊来取样子，三三就一个人赶忙跑回碾坊来，快到屋边时，黄昏里望到溪边有两个人影子，有一个人到树下，拿着一支竿子，好像要下钓的神气，三三心想这一定是来偷鱼的，照规矩喊着："不许钓鱼，这鱼是有主人的！"一面想走上前去看是什么人。

就听到一个人说:"谁说溪里的鱼也有主人?难道溪里活水也可养鱼吗?"

另一人又说:"这是碾坊里小姑娘说着玩的。"

那先一个人就笑了。

旋即又听到第二个人说:"三三,三三,你来,你鱼都捉完了!"

三三听到人家取笑她,声音好像是熟人,心里十分不平!就冲过去,预备看是谁在此撒野,以便回头告给母亲。走过去时,才知道那第二回说话的人是总爷家管事先生,另外同一个从不过面的年轻男人。那男人手里拿的原来只是一个拐杖,不是什么钓竿。那管事先生是一个堡子里知名人物,他认得三三,三三也认识他,所以当三三走近身时,就取笑说:

"三三,怎么鱼是你家养的?你家养了多少鱼呀!"

三三见是总爷家管事先生,什么话也不说了,只低下头笑。头虽低低的,却望到那个好像从城里来的人白裤白鞋,且听到那个男子说:"女孩很聪明,很美,长得不坏。"管事的又说:"这是我堡里美人。"两人这样说着,那男子就笑了。

到这时,她猜到男子是对她望着发笑!三三心想:"你笑我干吗?"又想:"你城里人只怕狗,见了狗也害怕,还笑人,真亏你不羞。"她好像这句话已说出了口,为那人听到了,故打量跑去。管事先生知道她要害羞跑了,故说:"三三,你别走,我们是来看你碾坊的。你娘呢?"

"娘不在。"

"到堡子里听小寨人唱歌去了,是不是?"

"是的。"

"你怎么不欢喜听那个?"

"你怎么知道我不欢喜?"

管事先生笑着说:"因为看你一个人回来,还以为你是听厌了那歌,担心这潭里鱼被人偷尽,所以……"

三三同管事先生说着,慢慢地把头抬起,望到那生人的脸目了,白白的脸好像在什么地方看到过,就估计莫非这人是唱戏的小生,忘了擦去脸上的粉,所以那么白……那男子见到三三不再怕人了,就问三三:

"这是你的家里吗?"

三三说:"怎么不是我家里?"

因为这答话很有趣味,那男子就说:

"你住在这个山沟边,不怕大水把你冲去吗?"

"嗨,"三三抿着小小的美丽嘴唇,狠狠地望了这陌生男子一眼，心里想，"狗来了，狗来了，你这人吓倒落到水里，水就会冲去你。"想着当真冲去的情形，一定很是好笑，就不理会这两个人，笑着跑去了。

从碾坊取了花样子回向堡子走去的三三，在潭边再上游一点，望到那两个白色影子还在前面，不高兴又同这管事先生打麻烦，于是故意跟到这两个人身后，慢慢地走着。听到两个人说到城里什么人什么事情，听到说开河，又听到说学务局要总爷办学校，因为这两人全都不知道有人在后面，所以自己觉得很有趣味。到后又听到管事先生提起碾坊，提起妈妈怎么人好，更极高兴。再到后，就听到那城里男人说：

"女孩子倒真俏皮，照你们乡下习惯，应当快放人①了。"

那管事的先生笑着说："少爷欢喜，要总爷做红叶，可以去说说。不过这磨坊是应当由姑爷管业的。"

三三轻轻地"呸"了一口，停顿了一下，把两个指头紧紧地塞了耳朵。但仍然听到那两人的笑声，想知道那个由城里来好像唱小生的人还说些什么，所以不久就仍然跟上前去。

那小生说些什么可听不明白，就只听那个管事先生一人说

---

① 放人：指出嫁、嫁人。

话，那管事先生说："少爷做了磨坊主人，别的不说，成天可有新鲜鸡蛋吃，也是很值得的！"话一说完，两人又笑了。

三三这次可再不能跟上去了，就坐在溪边的石头上，脸上发着烧，十分生气。心里想："你要我嫁你，我偏不嫁你！我家里的鸡纵成天下二十个蛋，我也不会给你一个蛋吃。"坐了一会，凉凉的风吹脸上，水声淙淙使她记忆起先一时估计中那男子为狗吓倒跌在溪里的情形，可又快乐了，就望到溪里水深处，一人自言自语说："你怎么这样不中用！管事的救你，你可以喊他救你！"

到宋家时，宋家婶子正说起一件已经说了一会儿的事情，只听宋家妇人说：

"……他们养病倒稀奇，说是养病，日夜睡在廊下风里让风吹……脸儿白得如闺女，见了人就笑，……谁说是总爷的亲戚，总爷见他那种恭敬样子，你还不见到。福音堂洋人还怕他，他要媳妇有多少！"

母亲就说："那么他养什么病？"

"谁知道是什么病？横顺成天吃那些甜甜的药，什么事情不做，在床上躺着。在城里是享福，到乡里也是享福。老庚说，害第三期的病，又说是痨病，说也说不清楚。谁清楚城里人那些病名字。依我想，城里人欢喜害病，所以病的名字特别多；我们不能因害病耽搁事情，所以除打摆子①就只发烧肚泻，别的名字的病，也就从不到乡下来了。"

另外一个妇人因为生过瘰疬②，不大悦服宋家妇人武断的话，就说："我不是城里人，可是也害城里人的病。"

"你舅妈是城里人！"

"舅妈关我什么事？"

"你文雅得像城里人，所以才生疡子③！"

这样说着，大家全笑了起来。

母女两人回去时，在路上三三问母亲："谁是白白脸庞的人？"母亲就照先前一时听人说过的话，告给三三，堡子里总爷家中，如何来了一位城里的病人，样子如何美，性情如何怪。一个乡下人，对于城中人隔膜的程度，在那些描写里是分明易见的，自然说得十分好笑。在平常时节，三三对于母亲在叙述中所加的批评与稍稍过分的形容，总觉得母亲说得极其俨然，十分有味，这时不知如何却不大相信这话了。

---

① 打摆子：指疟疾。
② 瘰疬：指颈淋巴结结核。瘰疬，音同裸力。
③ 疡子：指疮。

走了一会儿,三三忽问:"娘,娘,你见到那个城里白脸人没有呢?"

妈妈说:"我怎么见到他?我这几天又不到总爷家里去。"

三三心想:"你不见到怎么说了那么半天。"

三三知道妈妈不见到的,自己倒早见到了,便把这件事保守着秘密,却十分高兴,以为只有自己明白这件事情,此外凡是说到城里人的都不甚可靠。

两人到潭边,三三又问:"娘,你见到总爷家管事先生没有?"

若是娘说没有见过,反问她一句,那么,三三就预备把先前遇到总爷家那两个人的一切,都说给妈妈听了。但母亲这时正想起别一个问题,完全不关心三三的话,所以三三把方才的事瞒着母亲,一个字不提。

第二天三三的母亲到堡子里去,在总爷家门前,碰到那个从城里来的白脸客人,同总爷的管事先生。那管事先生告她,说他们昨天曾到碾坊前散步,见到三三,又告给三三母亲说,这客人是从城里来养病的客人。到后就又告给那客人,说这个人就是碾坊的主人杨伯妈。那人说,真很同三小姐相像。那人又说三三长得很好，很聪敏，做母亲的真福气。说了一阵话，把这老妇人说快乐了，在心中展开了一个幻景，想起自己觉得有些近于糊涂的事情，忙匆匆地回到碾坊去，望到三三痴笑。

三三不知母亲为什么今天特别乐，就问母亲到了什么地方，遇到了谁。

母亲想，应当怎么说才好，想了许久才说："三三，昨天你见到谁？"

三三说："我见到谁？没有。"

娘就笑了："三三你记记，晚上天黑时，你不看见两个人吗？"

三三以为是娘知道一切了，就忙说："人是有两个的，一个是总爷家管事的先生，一个是生人……怎么？"

"不怎么。我告你，那个生人就是城里来的先生，今天我见到他们，他们说已经同你认识了，我们说了许多话。那少爷像个姑娘样子。"母亲说到这里时，想起一件事好笑。

三三以为妈妈是在笑她，偏过头去看土地上灶马[①]，不理母亲。

[①] 灶马：指突灶螽，昆虫名，蟋蟀科、蟋属动物，以剩菜等为食。

母亲说:"他们问我要鸡蛋,你下半天送二十个去,好不好?"

三三听到说鸡蛋,打量昨天两个男人说的笑话都为母亲知道了,心里很不高兴,说道:"谁去送他们鸡蛋,娘,娘,我说……他们是坏人!"

母亲奇怪极了,问:"怎么是坏人?什么地方坏?"

三三红了脸不愿答应,母亲说:

"三三,你说什么事?"

迟了许久,三三才说:"他们背地里要找总爷做媒,把我嫁给那个白脸人。"

母亲听到这天真话什么也不说,笑了好一阵。到后看到三三要跑了,才拉着三三说:"小报应①,管事先生他们说笑话,这也生气吗?谁敢欺侮你?……"说到后来三三也被说笑了。

她到后来就告给娘城里人如何怕狗的话,母亲听到不做声,好久以后,才说:"三三,你真是还像小丫头,什么也不懂。"

---

① 小报应:骂小孩子的话。

第二天，妈妈要三三送鸡子到寨子里去，三三不说什么，只摇头。妈妈既然答应了人家，就只好亲自送去。母亲走后，三三一个人在碾坊里玩，玩厌了又到潭边去看白鸭，看了一会鸭子，等候母亲还不回来，心想莫非管事先生同妈妈吵了架，或者天热到路上发了痧？……心里老不自在，回到碾坊里去。

但是过了一会儿，母亲可仍然回来了。回到碾坊一脸的笑，跨着脚如一个男子神气，坐到小凳上，告给三三如何见到那先生，那先生如何要她坐到那个用粗布做成的软椅子上去，摇着荡着像一个摇篮。又说到城里人说的三三为何不念书，城里女人全念书。又说到……

三三正因为等了母亲半天，十分不高兴，如今听母亲说的话，莫名其妙，不愿意再听，所以不让母亲说完就走了。走到外边站到溪岸旁，望着清清的溪水，记起从前有人告诉她的话，说这水流下去，一直从山里流一百里，就流到城里了。她这时忖想……什么时候我一定也不让谁知道，就要流到城里去，一到城里就不回来了。但若果当真要流去时，她愿意那碾坊，那些鱼，那些鸭子，以及那一只花猫，同她在一处流去。同时还有，她很想母亲永远和她在一处，她才能够安安静静地睡觉。

母亲看不见三三,站在碾坊门前喊着:

"三三,三三,天气热,你脸上晒出油了,不要远走,快回来!"

三三一面走回来,一面就自己轻轻地说:"三三不回来了!"

下午天气较热,倦人极了,躺到屋角竹凉床上的三三,耳中听着远处水车陆续的、懒懒的声音,眯着眼睛觑母亲头上的髻子,仿佛一个瘦人的脸。越看越活,蒙蒙眬眬便睡着了。

她还似乎看到母亲包了白帕子,拿着扫帚追赶碾盘,绕屋打着圈儿,就听到有人在外面说话,提到她的名字。

只听到说:"三三到什么地方去了,怎么不出来?"

她奇怪这声音很熟,又想不起是谁的声音,赶忙走出去,站在门边打望,才望到原来又是那个白脸的人,规规矩矩坐在那儿钓鱼。过细①看了一下,却看到那个钓竿,是总爷家管事先生的烟杆,一头还冒烟。

拿一根烟杆钓鱼,倒是极新鲜的事情,但身旁似乎又已经得到了许多鱼,所以三三非常奇怪。正想走去告母亲,忽然管

---

① 过细:仔细。

事先生也从那边来了。

好像又是那一天的那种情景，天上全是红霞，妈妈不在家，自己回来原是忘了把鸡关到笼子里，因此赶忙跑回来捉鸡的。如今碰到这两个人：管事先生同那白脸城里人，都站在那石墩子上，轻轻地在商量一件事情。这两人声音很轻，三三却听得出，是一件关于不利于己的行为。因为听到说这些话，又不能嗾①人走开，又不能自己走开，三三就非常着急，觉得自己的脸上也像天上的霞一样。

那个管事先生装作正经人样子说："我们是来买鸡蛋的，要多少钱把多少钱。"

那个城里人，也像唱戏小生那么把手一扬，就说："你说错了，要多少金子把多少金子。"

三三因为人家用金子恐吓她，所以说："可是我不卖给你，不想你的钱，你搬你家大块金子来，到场上去买老鸦蛋吧。"

管事先生于是又说："你不卖行吗？你舍不得鸡蛋为我做人情，你想想，妈妈以后写庚帖，还少得了管事先生吗？"

---

① 嗾：音同叟，意为使唤。

那城里人于是又说:"向小气的人要什么鸡蛋,不如算了吧。"

三三生气似的大声说:"就算我小气也行。我把鸡蛋喂虾米,也不卖给人!我们不羡慕别人的金子宝贝。你同别人去说金子,恐吓别人吧。"

可是两个人还不走,三三心里就有点着急,很愿意来一只狗向两个人扑去。正那么打量着,忽然从家里就扑出来一条大狗,全身是白色,大声"汪汪"地吠着,从自己身边冲过去,即刻这两个恶人就落到水里去了。

于是溪里的水起了许多水花,起了许多大泡,管事先生露出一个光光的头在水面,那城里人则长长的头发,缠在贴近水面的柳树根上,情景十分有趣。

可是一会儿水面什么也没有了,原来那两个人在水里摸了许多鱼,全拿走了。

三三想去告给妈妈,一滑就跌下了。

刚才的事原来是做一个梦。母亲似乎是在灶房煮午饭,因为听到三三梦里说话,才赶出来的。见三三醒了,摇着她问:"三三,三三,你同谁吵闹?"

三三定了一会儿神,望妈妈笑着,什么也不说。

妈妈说:"起来看看,我今天为你焖芋头吃。你去照照镜子,脸睡得一片红!"虽然照到母亲说的,去照了镜子,还是一句话不说。人虽早清醒,还记得梦里一切的情景,到后来又想起母亲说的同谁吵闹的话,才反去问母亲,究竟听到吵闹些什么话。妈妈自然是不注意这些的,所以说听不分明,三三也就不再问什么了。

直到吃饭时,妈妈还说到脸上睡得发红,所以三三就告给老人家先前做了些什么梦,母亲听来笑了半天。

第二次送鸡蛋去时,三三也去了。那时是下午。吃过饭后,两人进了总爷家的大院子。在东边偏院里,看到城里来的那个客,正躺在廊下藤椅上,望到天上飞的鸽子。管事的不在家,三三认得那个男子,不大好意思上前去,就让母亲过去,自己站在月门边等候。母亲上前去时节,三三又为出主意,要妈妈站在门边大声说"送鸡蛋来的了",好让他知道。母亲自然什么都照到三三主意做去,三三听到母亲说这句话,说到第三次,才引起那个白白脸庞的城里人注意,自己就又急又笑。

三三这时是站在月门外边的。从门罅里向里面窥看,只见到那白脸人站起身来,又坐下去,正像梦里那种样子。同时就听到这个人同母亲说话,说到天气和别的事情,妈妈一面说话一面尽掉过头来,望到三三所在的一边。白脸人以为她就要走去了,便说:"老太太,你坐坐,我同你说话很好。"

妈妈于是坐下了,可是同时那白脸城里人也注意到那一面门边有一个人等候了:"谁在那里?是不是你的小姑娘?"

看到情形不好,三三就想跑。可是一回头,却望到管事先生站在身后,不知已站了多久。打量逃走自然是难办到的,到后就被管事先生拉着袖子,牵进小院子来了。

听到那个人请自己坐下,听到那个人同母亲说那天在溪边见到自己的情形,三三眼望到另一边,傍到母亲身旁,一句话不说,巴不得即刻离开,可是想不出怎样就可以离开。

坐了一会儿,出来了一个穿白袍、戴白帽、装扮古怪的女人。三三先还以为是男子,不敢细细地望。到后听到这女人说话,且看她站到城里人身旁,用一根小小管子塞到那白脸男子口里去,又抓了男子的手捏着,捏了好一会儿,拿一支好像笔的东西,在一张纸上写了些什么记号。那先生问"多少豆[①]",就听到回答说:"同昨天一样。"且因为另外一句话听到这个人笑,才晓得那是一个女人。这时似乎妈妈那一方

---

① 豆:"度"的方言发音。

面，也刚刚才明白这是一个女人，且听到说"多少豆"，以为奇怪，所以两人望望，都抿着嘴笑了起来。

看到这母女生疏的情形，那白袍子女人也觉得好笑，就不即走开。

那白脸城里人说："周小姐，你到这地方来一个朋友也没有，就同这个小姑娘做个朋友吧。她家有个好碾坊，在那边溪头，有一个动人的水车，前面一点还有一个好堰坝，你同她做朋友，就可到那儿去玩，还可以钓些鱼回来。你同她去那边林子里玩玩吧，要这小姑娘告你那些花名草名。"

这周小姐就笑着过来，拖了三三的手，想带她走去。三三想不走，望到母亲，母亲却做样子努嘴要她去，不能不走。

可是到了那一边，两人即刻就熟了。那看护把关于乡下的一切，这样那样问了她许多，她一面答着，一面想问那女人一些事情，却找不出一句可问的话，只很稀奇地望到那一顶白帽子发笑。觉得好奇怪，怎么顶在头上不怕掉下来。

过后听到母亲在那边喊自己的名字，三三也不知道还应当同看护告别，还应当说些什么话，只说妈妈喊我回去，我要走了，就一个人忙忙地跑回母亲身边，同母亲走了。

母女两人回到路上走过了一个竹林，竹林里正当到晚霞的返照，满竹林是金色的光。三三把一个空篮子戴在头上，扮作钓鱼翁的样子，同时想起总爷家养病服侍病人那个戴白帽子的女人，就和妈妈说："娘，你看那个女人好不好？"

母亲说："哪一个女人？"

三三好像以为这答复是母亲故意装作不明白的样子，因此稍稍有点不高兴，向前走去。

妈妈在后面说："三三，你说谁？"

三三就说："我说谁，我问你先前那个女子，你还问我！"

"我怎么知道你是说谁？你说那姑娘，脸庞红红白白的，是说她吗？"

三三才停着了脚，等着她的妈。且想起自己无道理处，悄悄地笑了。母亲赶上了三三，推着她的背："三三，那姑娘长得好体面，你说是不是？"

三三本来就觉得这人长得体面，听到妈妈先说，所以就故意说："体面什么？人高得像一条菜瓜，也是体面！"

"人家是读过书来的，你不看她会写字吗？"

"娘，那你明天要她拜你做干娘吧。她读过书，娘近来只欢喜读书的。"

"嗨,你瞧你!我说读书好,你就生气。可是……你难道不欢喜读书的吗?"

"男人读书还好,女人读书讨厌咧。"

"你以为她讨厌,那我们以后讨厌她得了。"

"不,干吗说'讨厌她得了'?你并不讨厌她!"

"那你一人讨厌她好了。"

"我也不讨厌她!"

"那是谁该讨厌她?三三,你说。"

"我说,谁也不该讨厌她。"

母亲想着这个话就笑,三三想着也笑了。

三三于是又匆匆地向前走去,因为黄昏太美,三三不久又停顿在前面枫树下了,还要母亲也陪她坐一会儿,送那片云过去再走。母亲自然不会不答应的。两人坐在那石条上了,三三把头上的篮儿取下后,用手整理头发。就又想起那个男人一样短短头发的女人。母亲说:"三三,你用围裙揩揩脸,脸上出汗了。"三三好像不听到妈妈的话,眺望到另一方,她心中出奇,为什么有许多人的脸,白得像茶花。她不知不觉又把这个话同母亲说到了,母亲就说,这就是他们称呼作"城里人"的理由,不必擦粉脸也总是很白的。

三三说:"那不好看。"母亲也说:"那自然不好看。"三三又说:"宋家的黑子姑娘才真不好看。"母亲因为到底不明白三三意思所在,拿不稳风向,所以再不敢搀言①,就只貌作留神地听着,让三三自己去作结论。

三三的结论就只是故意不同母亲意见一致,可是母亲若不说话时,自己就不须结论,也闭了口,不再作声了。

另外某一天,有人从大寨里挑谷子来碾坊的,挑谷子的男人走后,留下一个女人在旁边照料到一切。这女人具一种欢喜说话的性格,且不久才从六十里外一个寨上吃喜酒回来,有一肚子的故事,许多乡村消息,得和一个人说说才舒服,所以就拿来与碾坊母女两人说。母亲因为自己有一个女儿,有些好奇的理由,专欢喜问人家到什么地方吃喜酒,看到些什么体面姑娘,看到些什么好嫁妆。她还明白,照例三三也愿意听这些故事,所以就向那个人,问了这样又问那样,要那人一五一十说出来。

三三却静静地坐在一旁,用耳朵听着,一句话不说。有时说的话那女人以为不是女孩子应当听的,声音较低时,三三就

---
① 搀言:插嘴。

装作毫不注意的神气,用绳子结连环玩,实际上仍然听得清清楚楚。因为听到那些怪话,三三忍不住要笑了,却别过头去悄悄地笑,不让那个长舌妇人注意到。

到后那两个老太太,自然而然就说到总爷家中的来客,且说到那个白袍白帽的女人了。那妇人说:她听人说,这白帽白袍女人,是用钱雇来的,雇来照料那个先生,好几两银子一天。但她却又以为这话不十分可靠,她以为这人一定就是城里人的少奶奶,或者小姨太太。

三三的妈妈意见却同那人的恰恰相反,她以为那白袍女人,决不是少奶奶。

那妇人就说:"你怎么知道不是少奶奶?"

三三的妈说:"怎么会是少奶奶?"

那人说:"你告我些道理。"

三三的妈说:"自然有道理,可是我说不出。"

那人说:"你又不看见,你怎么会知道?"

三三的妈说:"我怎么不看见?……"

两人争着不能解决,又都不能把理由说得完全一点,尤其是三三的母亲,又忘记说是听到过那一位喊叫过周小姐的话,来用作证据。三三却记到许多话,只是不高兴同那个妇人去说，所以三三就用别种的方法打乱了两人不能说清楚的问题。三三说："娘，莫争这些事情，帮我洗头吧，我去热水。"

到后那妇人把米碾完挑走了。把水热好了的三三，坐在小凳上一面解散头发，一面带着抱怨神气向她娘说："娘，你真奇怪，欢喜同老婆子说空话。"

"我说了些什么空话？"

"人家媳妇不媳妇，关你什么事！"

…………

母亲想起什么事来了，抿着口痴了半天，轻轻地叹了一口气。

过几天，那个白帽白袍的女人，却同总爷家一个小女孩子到碾坊来玩了。玩了大半天，说了许多话。妈妈因为第一次有这么一个稀客，所以走出走进，只想杀一只肥母鸡留客吃饭，但又不敢开口，所以十分为难。

三三则把客人带到溪下游一点有水车的地方去，玩了好一阵，在水边摘了许多金针花，回来时又取了钓竿，搬了凳子，到溪边去陪白帽子女人钓鱼。

溪里的鱼好像也知道凑趣，那女人一根钓竿，一会儿就得了四条大鲫鱼，使她十分欢喜。到后应当回去了，女人不肯拿鱼回去，母亲可不答应，一定要她拿去。并且听白帽子女人说南瓜子好吃，就又为取了一口袋的生瓜子，要同来的那个小女孩代为拿着。

再过几天，那白脸人同总爷家管事先生，也来钓了一次鱼，又拿了许多礼物回去。

再过几天那病人却同女人在一块儿来了，来时送了一些用瓶子装的糖，还送了些别的东西，使主人不知如何措置手脚。因为不敢留这两个尊贵人吃饭，所以到两人临走时，三三母亲还捉了两只活鸡，一定要他们带回去。两人都说留到这里生蛋，用不着捉去，还不行，到后说等下一次来再杀鸡，那两只鸡才被开释放下了。

自从这两个客人到来后，碾坊里有点不同过去的样子，母女两人说话，提到"城里"的事情就渐渐多了。城里是什么样子，城里有些什么好处，两人本来全不知道。两人只从那个白脸男子、白袍女人的神气，以及平常从乡下人听来的种种，作为想象的根据，模拟到城里的一切景况，都以为城里是那么一种样子：一座极大的用石头垒就的城，这城里就有许多好房子。每一栋好房子里面住了一个老爷同一群少爷；每一个人家都有许多成天穿了花绸衣服的女人,装扮得同新娘子一样,坐在家里,什么事也不必做。每一个人家,屋子里一定还有许多跟班同丫头,跟班的坐在大门前接客人的名片,丫头便为老爷剥莲心、去燕窝毛。城里一定有很多条大街,街上全是车马。城里有洋人,脚杆①直直的,就在这类大街上走来走去。城里还有大衙门,许多官如"包龙图"②一样,威风凛凛,一天审案到夜,夜了还得点了灯审案。城里还有好些铺子,卖的是各样稀奇古怪的东西。城里一定还有许多大庙小庙,庙里成天有人唱戏,成天也有人看戏。看戏的全是坐在一条板凳上,一面看戏一面剥黑瓜子。坏女人想勾引人就向人打瞟瞟眼。城门口有好些屠户,都长得胖墩墩的。城门口还坐有个王铁嘴,专门为人算命打卦。

  这些情形自然都是实在的。这想象中的都市,像一个故事一样动人,保留在母女两人心上,却永远不使两人痛苦。他们在自己习惯生活中得到幸福,却又从幻想中得到快乐,所以若说过去的生活是很好的,那到后来可说是更好了。

---

① 脚杆:方言,指腿。
② 包龙图:即包拯,因曾官至龙图阁直学士,故称包龙图。

但是，从另外一些记忆上，三三的妈妈却另外还想起了一些事情，因此有好几回同三三说话到城里时，却忽然又住了口不说下去。三三问到这是什么意思，母亲就笑着，仿佛意思就只是想笑一会儿，什么别的意思也没有。

三三可看得出母亲笑中有原因，但总没有方法知道这另外原因究竟是什么。或者是妈妈预备要搬到城里，或者是做梦到过城里，或者是因为三三长大了，背影子已像一个新娘子了，妈妈惊讶着，这些躲在老人家心上一角儿的事可多着呐。三三自己也常常发笑，且不让母亲知道那个理由。每次到溪边玩，听母亲喊"三三你回来吧"，三三一面走一面总轻轻地说："三三不回来了，三三永不回来了。"为什么说不回来，不回来又到什么地方去落脚，三三并不曾认真打量过。

有时候两人都说到前一晚上梦中到过的城里，看到大衙门、大庙的情形，三三总以为母亲到的是一个城里，她自己所到又是一个城里。城里自然有许多，同寨子差不多一样，这个是三三早就想到了的。三三所到的城里，一定比母亲那个还远一点，因为母亲凡是梦到城里时，总以为同总爷家那堡子差不多，只不过大了一点，却并不很大。三三因为听到那白帽子女人说过，一个城里看护至少就有两百，所以她梦到的，就是两百个白帽子女人的城里!

妈妈每次进寨子送鸡蛋去,总说他们问三三,要三三去玩,三三却怪母亲不为她梳头。但有时头上辫子很好,却又说应当换干净衣服才去。一切都好了,三三却常常临时又忽然不愿意去了。母亲自然是不强着①三三的。但有几次母亲有点不高兴了,三三先说不去,到后又去;去到那里,两人是都很快乐的。

人虽不去大寨,等待妈妈回来时,三三总很愿意听听说到那一面的事情。母亲一面说,一面望到三三的眼睛,这老人家懂得到三三心事。她自己以为十分懂得三三,所以有时话说得也稍多了一点,譬如关于白帽子的女人,如何照料白脸的男子那一类事,母亲说时总十分温柔,同时看三三的眼睛,也照样十分温柔,于是,这母亲,忽然又想到了远远的什么一件事,不再说下去;三三也想到了另外一件事,不必妈妈说话了,这母女就沉默了。

寨子里人有次又过碾坊来了,来时三三已出到外边往下溪水车边采金针花去了。三三回碾坊时,望到母亲同那个管事先

---

① 强着:意为强迫、逼迫。

生商量什么似的在那里谈话，管事一见到三三，就笑着什么也不说。三三望望母亲的脸，从母亲脸上颜色，她看出像有些什么事，很有点蹊跷。

那管事先生见到三三就说："三三，我问你，怎么不到堡子里去玩？有人等你！"

三三望到自己手上那一把黄花，头也不抬说："谁也不等我。"

管事先生说："你的朋友等你。"

"没有人是我的朋友。"

"一定有人！想想看，有一个人！"

"你说有就有吧。"

"你今年几岁？是不是属龙的？"

三三对这个谈话觉得有点古怪，就对妈妈看着，不即作答。

管事先生却说："你不说我也知道，你妈妈还刚刚告我，四月十七，你看对不对？"

三三心想，四月十七、五月十八你都管不着，我又不稀罕你为我拜寿。但因为听说是妈妈告的，三三就奇怪，为什么母亲同别人谈这些话。她就对母亲把小小嘴唇扁了一下，怪着她不该同人说到这些,本来折的花应送给母亲,也不高兴了,就把花放在休息着的碾盘旁,跑出到溪边,拾石子打飘飘梭[①]去了。

不到一会儿,听到母亲送那管事先生出来了,三三赶忙用背对着大路,装着望到溪对岸那一边牛打架的样子,好让管事先生走去。管事先生见三三在水边,却停顿到路上,喊三姑娘,喊了好几声,三三还故意不理会,又才听到那管事先生笑着走了。

管事先生走后,母亲说:"三三,进屋里来,我同你说话。"三三还是装作不听到,并不回头,也不作答。因为她似乎听到那个管事先生,临走时还说:"三三你还得请我喝酒。"这喝酒意思,她是懂得到的,所以不知为什么,今天却十分不高兴这个人。同时因为这个人同母亲一定还说了许多话,所以这时对母亲也似乎不高兴了。

到了晚上,母亲因为见到三三不说话,与平时完全不同了,母亲说:"三三,怎么,是不是生谁的气?"

三三口上轻轻地说"没有",心里却想哭一会儿。

---

① 打飘飘梭:意为打水漂。

过两天，三三又似乎仍然同母亲讲和了，把一切事都忘掉了，可是再也不提到大寨里去玩，再也不提醒母亲送鸡蛋给人了。同时母亲那一面，似乎也因为了一件事情，不大同三三提到城里的什么，不说是应当送鸡蛋到大寨去了。

日子慢慢地过着，许多人家田堤的新稻，为了好的日头同恰当的雨水，长出的禾穗皆垂了头。有些人家的新谷已上了仓，有些人家摘着早熟的禾线，舂出新米各处送人尝新了。

因为寨子里那家嫁女的好日子快到了，搭了信①来接母女两人过去陪新娘子。母亲正新为三三缝了一件葱绿布围裙，要三三去住两天。三三没有什么理由可以说不去，所以母女二人就带了些礼物到寨子里来了。到了那个嫁女的家里，因为一乡的风气，在女人未出阁以前，有展览妆奁的习惯，一寨子的女人都可来看，就见到了那个白帽子的女人。她因为在乡下除了照料病人就无什么事情可做，所以一个月来在乡下就成天同乡下女人玩玩，如今随了别的女人来看嫁妆，所以就碰到了这母女两人。

一见面，这白帽子女人就用城里人的规矩，怪三三母亲，

---

① 搭信：意为捎信。

问为什么多久不到总爷家里来看他们；又问三三为什么忘了她。这母女两人自然什么也不好说，只按照到一个乡下人的方法，望到略显得黄瘦了的白帽子女人笑着。后来这白帽子的女人，就告给三三妈妈，说病人的病还不怎么好，城里医生来了一次，以为秋天还要换换地方，预备八月里就回城去，再要到一个顶远的有海的地方养息。因为不久就要走了，所以她自己同病人，都很想母女两人，同那个小小碾坊。

这白帽子女人又说：曾托过人带信要她们来玩的，不知为什么他们不来。又说她很想再来碾坊那小潭边钓鱼，可是因为天气热了一点，不好出门。

这白帽子女人，望到三三的新围裙，裙上还扣了朵小花，式样秀美，就说："三三，你这个围腰真美，妈妈自己做的是不是？"

三三却因为这女人一个月以来脸晒红多了，就望到这个人的红脸好笑，笑中包含了一种纯朴的友谊。

母亲说："我们乡下人，要什么讲究东西，只要穿得上身就好了。"因为母亲的话不大实在，三三就轻轻地接下去说："可是改了三次。"

那白帽子女人听到这个话，向母女笑着："老太太你真有福气,做你女儿的也真有福气。"

"这算福气吗?我们乡下人哪里比得城里人好?"

因为有两个人正抬了一盒礼过去,三三追了过去想看看是什么时,白帽子女人望着三三的背影:"老太太,你三姑娘陪嫁的,一定比这家还多。"

母亲也望那一方说:"我们是穷人,姑娘嫁不出去的。"

这些话三三都听到,所以看完了那一抬礼,还不即过来。

说了一阵话,白帽子女人想邀母女两人进寨子里去看看病人,母亲看到三三有点不高兴,同时且想起是空手,乡下人照例又不好意思空手进人家大门,所以就答应过两天再去。

又过了几天,母女二人在碾坊,因为谈到新娘子敷水粉的事情,想到白帽子女人的脸,一到乡下后就晒红了许多的情形,且想起那天曾答应人家的话了,所以妈妈问三三,什么时候高兴去寨子里看"城里人"。三三先是说不高兴,到后又想了一下,去也不怎么要紧,就答应母亲不拘哪一天去都行。既然不拘什么时候,那么,自然第二天就可以去了。

因为记起那白帽子女人说的话,很想来碾坊玩,故三三要母亲早上同去,好就便邀客来,到了晚上再由三三送客回去。母亲却因为想到前次送那两只鸡,客人答应了下次来吃,所以还预备早早地回来，好杀鸡款客。

一早上，母女两人就提了一篮鸡蛋，向大寨走去。过桥，过竹林，过小小山坡，道旁露水还湿湿的，金铃子像敲钟一样，"叮叮"地从草里发出声音来，喜鹊"喳喳"地叫着从头上飞过去。母亲走在三三的后面，看到三三苗条如一根笋子，拿着棍儿一面走一面打道旁的草，记起从前总爷家管事先生问过她的话，不知道究竟是些什么意思。又想到几天以前，白帽子女人说及的话，就觉得这些从三三日益长大快要发生的事，不知还有许多。

她零零碎碎就记起一些属于别人的印象来了……一顶凤冠，用珠子穿好的，搁到谁的头上？二十抬贺礼，金锁金鱼，这是谁？……床上撒满了花，同百果莲子枣子，这是谁？……那三三是不是城里人？……

若不是滑了一下，向前一蹿，这梦还不知如何放肆做下去。

因为听到妈妈口上连作"呸呸"，三三才回过头来："娘，你怎么，想些什么，差点儿把鸡蛋篮子也摔了。你想些什么？"

"我想我老了，不能进城去看世界了。"

"你难道欢喜城里吗？"

"你将来一定是要到城里去的！"

"怎么一定？我偏不上城里去！"

"那自然好极了。"

两人又走着，三三忽然又说："娘，娘，为什么你说我要到城里去？你怎么想起这件事？"

母亲忙分辩说："你不去城里，我也不去城里。城里天生是为城里人预备的，我们有我们的碾坊，自然不会离开。"

不到一会儿，就望到大寨那门楼了，门前有许多大榆树和梧桐。两人进了寨门向南走，快要走到时，就望见榆树下面，有许多人站立，好像在看热闹，其中还有一些人，忙手忙脚地搬移一些东西，看情形好像是发生了什么事情，或者来了远客，或者还是别的原因。母女两人也不怎么出奇，依然慢慢地走过去。三三一面走一面说："莫非是衙门的委员来了？娘，我在这里等你，你先过去看看吧。"妈妈随随便便答应着，心里觉得有点蹊跷，就把篮子放下要三三等着，自己赶上前去了。

这时恰巧有个妇人抱了自己孩子向北走，预备回家去，看到三三了，就问："三三，怎么你这样早，有些什么事？"但同时却看到了三三篮里的鸡蛋了，"三三，你送谁的礼呢？"

三三说："随便带来的。"因为不想同这人说别的话，于是低下头去，用手盘弄那个盘云的绿围腰扣子。

那妇人又说:"你妈呢?"

三三还是低着头用手向南方指着:"过那边去了。"

那女人说:"那边死了人。"

"是谁死了?"

"就是上个月从城中搬来在总爷家养病的少爷,只说是病,前一些日子还常常出外面玩,谁知忽然就死了。"

三三听到这个,心里一跳,心想,难道是真话吗?

这时节,母亲从那边也知道消息了,匆匆忙忙地跑回来,心门"咚咚"跳着,脸儿白白的,到了三三跟前,什么话也不说,拉着三三就走,好像是告三三,又像是自言自语地说:"就死了,就死了,真不像会死!"

但三三却立定了,问:"娘,那白脸先生死了吗?"

"都说是死了的。"

"我们难道就回去吗?"

母亲想想,真的,难道就回去?

因此母女两人又商量了一下,还是过去看看,好知道究竟是什么原因。三三且想见见那白帽子女人,找到白帽子女人,一切就明白了。但一走进大门边,望见许多人站在那里,大门却敞敞地开着,两人又像怕人家知道他们是来送礼的,不敢进去。在那里就听到许多人说到这个白脸人的一切,说到那个白帽子女人,称呼她为病人的媳妇,又说到别的,都显然证明这些人并不和这两个城里人有什么熟识。

三三脸白白地拉着妈妈的衣角,低声地说:"娘,走。"两人就走了。

到了磨坊,因为有人挑了谷子来在等着碾米,母亲提着蛋篮子进去了,三三站立溪边,望到一泓碧流,心里好像掉了什么东西,极力去记忆这失去的东西的名称,却数不出。

母亲想起三三了,在里面喊着三三的名字,三三说:"娘,我在看虾米呢。"

"来把鸡蛋放到坛子里去,虾米在溪里可以成天看!"因为母亲那么说着,三三只好进去了。水闸门的闸板已提起,磨盘正开始在转动,母亲各处找寻油瓶,为碾盘轴木加油,三三知道那个油瓶挂在门背后,却不作声,尽母亲各处去找。三三望着那篮子,就蹲到地下去数着那篮里的鸡蛋,数了半天,到后碾米的人,问为什么那么早拿鸡蛋到别处去,送谁,三三好像不曾听到这个话,站起身来又跑出去了。

一九三一年八月五日至九月十七日作于青岛

静[1]

春天日子是长极了的。长长的白日,一个小城中,老年人不向太阳取暖就是打瞌睡,少年人无事做时皆在晒楼或空坪里放风筝。天上白白的日头慢慢地移着,云影慢慢地移着,什么人家的风筝脱线了,各处便都有人仰了头望到天空,小孩子都大声乱嚷,手脚齐动,盼望到这无主风筝,落在自己家中的天井里。

女孩子岳珉年纪约十四岁,有一张营养不良的小小白脸,穿着新上身不久、长可齐膝的蓝布袍子,正在后楼屋顶晒台上,望到一个从城里不知谁处飘来的脱线风筝,在头上高空里斜斜地溜过去,眼看到那线脚曳在屋瓦上,隔壁人家晒台上,

---

[1] 原载《创化》第一卷第一号,一九三二年五月一日。

有一个胖胖的妇人，正在用晾衣竹竿乱捞。身后楼梯有小小声音，一个小男孩子，手脚齐用地爬着楼梯，不久一会儿，小小的头颅就在楼口边出现了。小孩子怯怯的，贼一样地，转动两个活泼的眼睛，不即上来，轻轻地喊女孩子。

"小姨，小姨，婆婆睡了，我上来一会儿好不好？"

女孩子听到声音，忙回过头去。望到小孩子就轻轻地骂着："北生，你该打，怎么又上来？等会儿你姆妈就回来了，不怕骂吗？"

"玩一会儿。你莫作声，婆婆睡了！"小孩重复地说着，神气十分柔和。

女孩子皱着眉吓了他一下，便走过去，把小孩援①上晒楼了。

这晒楼原如这小城里所有平常晒楼一样，是用一些木枋，疏疏地排列到一个木架上，且多数是上了点年纪的。上了晒楼，两人倚在朽烂、发霉、摇摇欲坠的栏杆旁，数天上的大小风筝。晒楼下面是斜斜的屋顶，屋瓦疏疏落落，有些地方经过几天春雨，都长了绿色霉苔。屋顶接连屋顶，晒楼左右全是别

---

① 援：以手牵引。

人家的晒楼。有晒衣服被单的，把竹竿撑得高高的，在微风中飘飘如旗帜。晒楼前面是石头城墙，可以望到城墙上石罅里植根新发芽的葡萄藤。晒楼后面是一道小河，河水又清又软，很温柔地流着。河对面有一个大坪，绿得同一块大毡茵一样，上面还绣得有各样颜色的花朵。大坪尽头远处，可以看到好些菜园同一个小庙。菜园篱笆旁的桃花，同庵堂里几株桃花，正开得十分热闹。

日头十分温暖，景象极其沉静，两个人一句话不说，望了一会天上，又望了一会河水。河水不像早晚那么绿，有些地方似乎是蓝色，有些地方又为日光照成一片银色。对岸那块大坪，有几处种得有油菜，菜花黄澄澄的如金子。另外草地上，有从城里染坊中人晒的许多白布，长长地卧着，用大石块压着两端。坪里也有三个人坐在大石头上放风筝，其中一个小孩，吹一个芦管唢呐，吹各样送亲嫁女的调子。另外还有三匹白马、两匹黄马，没有人照料，在那里吃草，从从容容，一面低头吃草一面散步。

小孩北生望到有两匹马跑了，就狂喜地喊着："小姨，小姨，你看！"小姨望了他一眼，用手指指楼下，这小孩子懂事，恐怕下面知道，赶忙把自己手掌掩到自己的嘴唇，望望小姨,摇了一摇那颗小小的头颅,意思像在说:"莫说,莫说。"

两个人望到马,望到青草,望到一切,小孩子快乐得如痴,女孩子似乎想到很远的一些别的东西。

他们是逃难来的,这地方并不是家乡,也不是所要到的地方。母亲、大嫂、姐姐、姐姐的儿子北生、小丫头翠云,一群人中就只五岁大的北生是男子。糊糊涂涂坐了十四天小小篷船,船到了这里以后,应当换轮船了,一打听各处,才知道××城还在被围,过上海或过南京的船车全已不能开行。到此地以后,证明了从上面听来的消息不确实。既然不能通过,回去也不是很容易的,因此照妈妈的主张,就找寻了这样一间屋子权且居住下来,打发随来的兵士过宜昌,去信给北京同上海,等候各方面的回信。在此住下后,妈妈同嫂嫂只盼望宜昌有人来,姐姐只盼望北京的信,女孩岳珉便想到上海一切。她只希望上海先有信来,因此才好读书。若过宜昌同爸爸住,爸爸是一个军部的军事代表。哥哥也是个军官,不如过上海同教书的二哥同住。可是××一个月了还打不下。谁敢说定,什么时候才能通行?几个人住此已经有四十天了,每天总是要小丫头翠云做伴,跑到城门口那家本地报馆门前去看报,看了报后又赶回来，将一切报上消息，告给母亲同姐姐。几人就从这些消息上，找出可安慰的理由来，或者互相谈到晚上各人所做的好梦，从各样梦里，卜取一切不可期待的佳兆。母亲原是一个多病的人，到此一月来各处还无回信，路费剩下来的已有限得很，身体原来就很坏，加之路上又十分辛苦，自然就更坏了。女孩岳珉常常就想到："再有半个月不行，我就进党务学校去也好吧。"那时党务学校，十四岁的女孩子的确是很多的。一个上校的女儿有什么不合适？一进去不必花一个钱，六个月毕业后，派到各处去服务，还有五十块钱的月薪。这些事情，自然也是这个女孩子，从报纸上看来，保留到心里的。

正想到党务学校的章程，同自己未来的运数，小孩北生耳朵很聪锐，因恐怕外婆醒后知道了自己私自上楼的事，又说会掉到水沟里折断小手，已听到了楼下外婆咳嗽，就牵小姨的衣角，轻声地说："小姨，你让我下去，大婆醒了！"原来这小孩子一个人爬上楼梯以后，下楼时就不知道怎么办了的。

女孩岳珉把小孩子送下楼以后，看到小丫头翠云正在天井洗衣，也就蹲到盆边去搓了两下，觉得没什么趣味，就说："翠云，我为你楼上去晒衣吧。"拿了些扭干了水的湿衣，又上了晒楼。一会儿,把衣就晾好了。

这河中因为去桥较远,为了方便,还有一只渡船,这渡船宽宽的如一条板凳,懒懒地搁在滩上。可是路不当冲,这只渡船除了染坊中人晒布,同一些工人过河挑黄土,用得着它以外,常常半天就不见一个人过渡。守渡船的人,这时正躺在大坪中大石块上睡觉。那船在太阳下,灰白憔悴,也如十分无聊、十分倦怠的样子,浮在水面上,慢慢地在微风里滑动。

"为什么这样清静?"女孩岳珉心里想着。这时节,对河远处却正有制船工人,用钉锤敲打船舷,发出"乒乒乓乓"的声音。还有卖针线飘乡的人,在对河小村镇上,摇动小鼓的声音。声音不断地在空气中荡漾,正因为这些声音,却反而使人觉得更加分外寂静。

过一会,从里边有桃花树的小庵堂里,出来了一个小尼姑,戴黑色僧帽,穿灰色僧衣,手上提了一个篮子,扬长地越过大坪向河边走来。这小尼姑走到河边,便停在渡船上面一点,蹲在一块石头上,慢慢地卷起衣袖,各处望了一会儿,又望了一阵天上的风筝,才从容不迫地,从提篮里取出一大束青菜,一一地拿到面前,在流水里乱摇乱摆。因此一来,河水便发亮地滑动不止。又过一会儿,从城边岸上来了一个乡下妇人，在这边岸上，喊叫过渡，渡船夫上船抽了好一会篙子，才把船撑过河，把妇人渡过对岸，不知为什么事情，这船夫像吵架似的，大声地说了一些话，那妇人一句话不说就走去了。跟着不久，又有三个挑空箩筐的男子，从近城这边岸上唤渡，船夫照样缓缓地撑着竹篙，这一次那三个乡下人，为了一件事，互相在船上吵着，划船的可一句话不说，一摆到了岸，就把篙子钉在沙里。不久那六只箩筐，就排成一线，消失到大坪尽头去了。

洗菜的小尼姑那时也把菜洗好了，正在用一段木杵，捣一块布或是件衣裳，捣了几下，又把它放在水中去拖摆几下，于是再提起来用力捣着。木杵声音印在城墙上，回声也一下一下地响着。这尼姑到后大约也觉得这回声很有趣了，就停顿了工作，尖锐地喊叫："四林，四林！"那边也便应着："四林，四林。"再过不久，庵堂那边也有女人锐声地喊着"四林，四林"，且说些别的话语，大约是问她事情做完了没有。原来这就是小尼姑自己的名字！这小尼姑事做完了，水边也玩厌了，便提了篮子，故意从白布上面，横横地越过去，踏到那些空处，走回去了。

小尼姑走后，女孩岳珉望到河中水面上，有几片菜叶浮着，傍到渡船缓缓地动着，心里就想起刚才那小尼姑十分快乐的样子。"小尼姑这时一定在庵堂里把衣晾上竹竿了！……一定在那桃花树下为老师傅搥背！……一定一面口下念佛，一面就用手逗身旁的小猫玩！……"想起许多事都觉得十分可笑，就微笑着，也学到低低地喊着："四林，四林。"

过了一会。想起这小尼姑的快乐，想起河里的水，远处的花，天上的云，以及屋里母亲的病，这女孩子，不知不觉又有点寂寞起来了。

她记起了早上喜鹊，在晒楼上叫了许久，心想每天这时候送信的都来送信，不如下去看看，是不是上海来了信。走到楼梯边，就见到小孩北生正轻手轻脚，第二回爬上最低那一级梯子。

"北生你这孩子，不要再上来了呀！"

下楼后，北生把女孩岳珉拉着，要她把头低下，耳朵俯就到他小口，细声细气地说："小姨，大婆吐那个……"

到房里去时，看到躺在床上的母亲，静静的如一个死人，很柔弱很安静地呼吸着，又瘦又狭的脸上，为一种疲劳忧愁所笼罩。母亲像是已醒过一会儿了，一听到有人在房中走路，就睁开了眼睛。

"珉珉,你为我看看,热水瓶里的水还剩多少。"

一面为病人倒出热水调和库阿可斯①,一面望到母亲日益消瘦下去的脸,同那个小小的鼻子,女孩岳珉说:"妈妈,天气好极了,晒楼上望到对河那小庵堂里桃花,今天已全开了。"

病人不说什么,微微地笑着。想到刚才咳出的血,伸出自己那只瘦瘦的手来,摸了摸自己的额头,自言自语地说着"我不发烧"。说了又望到女孩温柔地微笑着。那种笑是那么动人怜悯的,使女孩岳珉低低地嘘了一口气。

"你咳嗽不好一点吗?"

"好了好了,不要紧的,人不吃亏。早上吃鱼,喉头稍稍有点火,不要紧的。"

这样问答着,女孩便想走过去,看看枕边那个小小痰盂。病人明白那个意思了,就说:"没有什么。"又说,"珉珉你站到莫动,我看看,这个月你又长高了!"

女孩岳珉害羞似的笑着:"我不像竹子吧,妈妈。我担心得很,人太长高了要笑人的!"

---

① 库阿可斯:一种止咳的药剂。

静了一会儿。母亲记起什么了。

"珉珉我做了个好梦,梦到我们已经上了船,三等舱里人挤得不成样子。"

其实这梦还是病人捏造的,因为记忆力乱乱的,故第二次又来说着。

女孩岳珉望到母亲同蜡做成一样的小脸,就勉强笑着,"我昨晚当真梦到大船,还梦到三毛老表来接我们,又觉得他是福禄旅馆接客的招待,送我们每一个人一本《旅行指南》。今早上喜鹊叫了半天,我们算算看,今天会不会有信来。"

"今天不来明天应来了!"

"说不定自己会来!"

"报上不是说过,十三师在宜昌要调动吗?"

"爸爸莫非已动身了!"

"要来,应当先有电报来!"

两人故意这样乐观地说着,互相哄着对面那一个人,口上虽那么说着,女孩岳珉心里却那么想着:"妈妈病怎么办?"

病人自己也心里想着:"这样病下去真糟。"

姐姐同嫂嫂,从城北补课回来了,两人正在天井里悄悄地说着话。女孩岳珉便站到房门边去,装成快乐的声音:"姐姐，大嫂，先前有一个风筝断了线，线头搭在瓦上曳过去，隔壁那个妇人，用竹竿捞不着，打破了许多瓦，真好笑！"

姐姐说："北生你一定又同小姨上晒楼了，不小心，把脚摔断，将来成跛子！"

小孩北生正蹲到翠云身边，听姆妈说到他，不敢回答，只偷偷地望到小姨笑着。

女孩岳珉一面向北生微笑，一面便走过天井，拉了姐姐往厨房那边走去，低声地说："姐姐，看样子，妈又吐了！"

姐姐说："怎么办？北京应当来信了！"

"你们抽的签？"

姐姐一面取那签上的字条给女孩，一面向蹲在地下的北生招手，小孩走过身边来，把两只手围抱着他母亲："娘，娘，大婆又咯咯地吐了，她收到枕头下！"

姐姐说："北生我告你，不许到婆婆房里去闹，知道么？"

小孩很懂事地说："我知道。"又说，"娘，娘，对河桃花全开了，你让小姨带我上晒楼玩一会儿，我不吵闹。"

姐姐装成生气的样子，"不许上去，落了多久雨，上面滑得很！"又说，"到你小房里玩去，你上楼，大婆要骂小姨！"

这小孩走过小姨身边去，捏了一下小姨的手，乖乖地到他自己小卧房去了。

那时翠云丫头已经把衣搓好了，且用清水荡过了，女孩岳珉便为扭衣裳的水，一面做事一面说："翠云，我们以后到河里去洗衣，可方便多了！过渡船到对河去，一个人也不有，不怕什么吧。"翠云丫头不说什么，脸儿红红的，只是低头笑着。

病人在房里咳嗽不止，姐姐同大嫂便进去了。翠云把衣扭好了，便预备上楼。女孩岳珉在天井中看了一会儿日影，走到病人房门口望望。只见到大嫂正在裁纸，大姐坐在床边，想检察那小痰盂，母亲先是不允许，用手拦阻，后来大姐仍然见到了，只是摇头。可是三个人皆勉强地笑着，且故意想从别一件事上，解除一下当前的悲戚处，于是说到一个很久远的故事。到后三人又商量到写信打电报的事情。女孩岳珉不知为什么，心里尽是酸酸的，站在天井里，同谁生气似的，红了眼睛，咬着嘴唇。过一阵，听到翠云丫头在晒楼说话："珉小姐，珉小姐，你上来，看新娘子骑马，快要过渡了！"

又过一阵，翠云丫头于是又说：

"看呀，看呀，快来看呀，一个一块瓦的大风筝跑了，快来，快来，就在头上，我们捉它！"

女孩岳珉抬起来了头，果然从天井里也可以望到一个高高的风筝，如同一个吃醉了酒的巡警神气，偏偏斜斜地滑过去，隐隐约约还看到一截白线，很长的在空中摇摆。

也不是为看风筝，也不是为看新娘子，等到翠云下晒楼以后，女孩岳珉仍然上了晒楼了。上了晒楼，仍然在栏杆边傍着，眺望到一切远处近处，心里慢慢地就平静了。后来看到染坊中人在大坪里收拾布匹，把整匹白布折成豆腐干形式，一方一方摆在草上，看到尼姑庵里瓦上有烟子，各处远近人家也都有了烟子，她才离开晒楼。

下楼后，向病人房门边张望了一下，母亲同姐姐三人都在床上睡着了。再到小孩北生小房里去看看，北生不知在什么时节，也坐在地下小绒狗旁睡着了。走到厨房去，翠云丫头正在灶口边板凳上，偷偷地用无敌牌牙粉，当成水粉擦脸。

女孩岳珉似乎恐怕惊动了这丫头的神气，赶忙走过天井中心去。

这时听到隔壁有人拍门，有人互相问答说话。女孩岳珉心里很稀奇地想到："谁在问谁？莫非爸爸同哥哥来了，在门前问门牌号数吧?"这样想到,心便骤然跳跃起来,忙匆匆地走到二门边去,只等候有什么人拍门拉铃子,就一定是远处来的人了。

可是,过一会儿,一切又都寂静了。

女孩岳珉便不知所谓地微微地笑着。日影斜斜的,把屋角同晒楼柱头的影子,映到天井角上,恰恰如另外一个地方,竖立在她们所等候的那个爸爸坟上一面纸制的旗帜。

萌妹述,为纪念姐姐亡儿北生而作
廿一年①三月三十日

---

① 廿一年:即民国二十一年,一九三二年。

生[1]

北京城什刹海前海杂戏场南头,煤灰土新垫就一片场坪,白日照着,有一圈没事可做的闲人,皆为一件小小热闹黏合在那里。

唑……

一个裂帛的声音,这声音又如一枚冲天小小爆仗,由地面腾起,五色纸做成翅膀的小玩具,便在一个螺旋形的铁丝上,被卖玩具者打发上了天。于是这里那里有各色各样的脸子,皆向明蓝作底的高空仰着。小玩具作飞机形制,上升与降落,同时还牵引了远方的眼睛,因为它颜色那么鲜明,有北京城玩具特性的鲜明。

---

[1] 原载《现代》第三卷第三期。

小小飞机达到一定高度后，便俨然如降落伞盘旋而下，依然落在场中一角，可以重新拾起，且重新派它向上高升。或当发放时稍偏斜一点，它的归宿处便改了地方，有时随风扬起挂在柳梢上，有时落在各种小摊白色幕顶上，有时又凑巧停顿在或一①路人草帽上。它是那么轻，什么人草帽上有了这小东西时，先是一点儿不明白，仍然扬长向着人丛中走去，于是一群顽皮小孩子，小狗般跟在身后嚷着笑着，直到这游人把事弄明白，抓了头上小东西摔去，小孩子方才争着抢夺，忘了这或一游人，不再理会。

小飞机每次放送值大子儿三枚，任何好事的出了钱，皆可自己当场玩玩，亲手打发这飞机"上天"，直到这飞机在"地面"失去为止。

从腰边口袋中掏铜子人一多，时间不久，卖玩具人便笑眯眯地一面数钱一面走过望海楼喝茶、听戏去了，闲人黏合性一失，即刻也散了。场坪中便只剩下些空莲蓬，翠绿起襞②的表皮，翻着白中微绿的软瓤，还有棕色莲子壳、绿色莲

---

① 或一：某一，某一个。下同。
② 襞：指衣服或某些器物上的褶子。襞，音同必。

子壳。

一个年纪已经过了六十的老人扛了一对大傀儡从后海走来，到了场坪，四下望人，似乎很明白这不是玩傀儡的地方，但莫可奈何地停顿下来。

这老头子把傀儡①坐在场中烈日下，一面拾着地面的莲蓬，用手捏着，探试其中的虚实，一面轻轻地咳着，调理他那副嗓子。他既无小锣，又无小鼓，除了那对脸儿一黑一白简陋呆板的傀儡以外，其余什么东西都没有！看的人也没有。

他把那双发红小眼睛四方瞟着，场坪地位既么不适宜，天气又那么热，心里明白，若无什么花样做出来，绝不能把游海子的闲人牵引过来。老头子便望着坐在坪里傀儡中白脸的一个，亲昵地、低声地打着招呼，也似乎正在用这种话安慰到他自己。

"王九，不要着急，慢慢地会有人来的，你瞧，这莲蓬，不是大爷们的路数？咱们待一会儿，就来玩个什么给爷们看看，玩得好，还愁爷们不赏三枚五枚？玩得好，大爷们回家去还会同家中学生说：嗨，王九、赵四摔跤多扎实，吃了何

---

① 傀儡：木偶戏里的木头人。

首乌、金刚丸，六月天大日头下扭着、蹩着，搂着，还不出汗！"他又轻轻地说："可不是，你就从不出汗，天那么热，你不出汗也不累，好汉子！"

来了一个年轻人，正在打量投水似的神气，把花条子衬衣下角长长地拖着，作成北京城大学生特有的落拓不羁的样子，在脸上，也正同样有一派老去民族特有的憔悴颜色。

老头子瞥了这学生一眼，便微笑着，以为帮场的"福星"来了，全身作成年轻人灵便姿势，把膀子向上向下摇着。大学生正研究似的，站在那里欣赏傀儡的面目，老头子就重复自言自语地说话，亲昵得如同家人父子应对。

"王九，我说，你瞧，大爷大姑娘不来，先生可来了。好，咱们动手，先生不会走的。你小心别让赵四小子扔倒。先生帮咱们绷个场面，看你摔赵四这小子，先生准不走。"

于是他把傀儡扶起，整理傀儡身上那件破旧长衫，又从衣下取出两只假腿来，把它缚在自己裤带上，一切弄妥当后，就把傀儡举起，弯着腰，钻进傀儡所穿衣服里面去，用衣服罩好了自己，且把两只手套进假腿里，改正了两只假腿的位置，开始独自来在灰土坪里扮演两人殴打的样子。他用各样方法，移动着傀儡的姿势，跳着，蹲着，有时又用真脚去捞那双用手套着的假脚，装作捃跤①盘脚的动作。他自己既不能看清楚头上的傀儡，又不能看清楚场面上的观众，表演得却极有生气②。

大学生忧郁地笑了，而且，远远的另一方，有人注意到了这边空地上的情形，被这情形引起了好奇兴味，第二个人跑来了。

再不久，第三个以至于第十三个皆跑来了。

闲人为了看傀儡殴斗，聚集在四周的越来越多。

众人嘻嘻地笑着，从衣角里，老头子依稀看得出场面上一圈观众的腿脚，他便替王九用真脚绊倒了赵四的假脚，傀儡与藏在衣下玩傀儡的，一齐颓然倒在灰土里，场面上起了哄然的笑声，玩意儿也就作了小小结束了。

老头子慢慢地从一堆破旧衣服里爬出来，露出一个白发苍苍、满是热汗的头颅，发红的小脸上写着疲倦的微笑，离开了傀儡后，就把傀儡重新扶起，自言自语地说着：

"王九，好小子，你真干③。你瞧，我说大爷会来，大爷

---

① 捃跤：即摔跤。
② 生气：指活力、劲头。
③ 干：指能干。

不全来了吗?你玩得好,把赵四这小子扔倒了,大爷会大把子铜子儿撒来,回头咱们就有窝窝头啃了。瞧,你那脸,大姑娘样儿。你累了吗?怕热吗?(他一面说一面用衣角揩抹他自己的额角)来,再来一趟,好劲头,咱们赶明儿还上南京国术会打擂台,给北方挣个大面子!"

众人又哄然大笑。

正当他第二次钻进傀儡衣服底里时,一个麻脸庞、收地摊捐①的巡警,从人背后挤进来。

巡警因为那种扮演古怪有趣,便不作声,只站在最前面看这种单人掼跤角力。然刚一转折,弯着腰身的老头子,却从巡警足部一双黑色厚皮靴上认识了观众之一的身份与地位,故玩了一会儿,只装作赵四力不能支,即刻又成一堆坍在地下了。

他赶忙把头伸出,对巡警作一种谄媚的微笑,意思像在说"大爷您好,大爷您好",一面解除两手所套的假腿,一面轻轻地带着幽默自讽的神气,向傀儡说:

"瞧,大爷真来了,黄褂儿,拿个小本子抽收四大枚

---

① 地摊捐:指地摊税。

浮摊①捐,明知道咱们嚼大饼还没办法,他们是来看咱们摔跤的!天气多热!大爷们尽在这儿竖着,来,咱们等等再来。"

他记起地摊捐来了,他手边还无一个大②。

过一阵,他看看围在四方的帮场人已不少,便四面作揖打拱说:

"大爷们,大热天委屈了各位。爷们身边带了铜子儿的,帮忙随手撒几个,荷包空了的,帮忙待一会儿,撑个场面。"

观众中有人丢一枚两枚的,与其他袖手的,皆各站定原来位置不动,一个青年军官,却掷了一把铜子,皱着眉毛走开了。老头子为拾取这一把散乱满地的铜子,照例沿了场子走去,系在腰带上那两只假脚,便很可笑地左右摆动着。

收捐巡警已把那黄纸条画上了个记号,预备交给老头子,他见着时,赶忙数了手中铜子四大枚,送给巡警。这巡警就口上轻轻说着"王九王九",笑着走了。巡警走后老头子把那捐条搓成一根捻子,夹在耳朵边,向傀儡说:"四个大子不

---

① 浮摊:指没有固定地点的售货摊。
② 一个大:指一文钱。

多，王九你说是不是？你不热，不出汗！巡警各处跑，汗流得多啦！"说到这里他似乎方想起自己头上的大汗，便蹲下去拉王九衣角揩着，同时意思想引起众人发笑，观众却无人发笑。

这老头子也同社会上某种人差不多，扮戏给别人看，连唱带做，并不因为他做得特别好，就只因为他在做，故多数人皆用稀奇、怜悯眼光瞧着。应出钱时，有钱的也照例不吝惜钱，但不管任何地方，只要有了一件新鲜事情，这点黏合性就失去了，大家便会忘了这里一切，各自跑开了。

柳树荫下卖莲子小摊，有人中了暑，倒在摊边晕去了，大家不知发生了什么事，见有人跑向那方面去，也跟着跑去。只一会儿，玩傀儡的场坪观众就走去了大半，少数人也似乎才察觉了头上的烈日，陆续渐渐散去了。

带着等待投水神气的大学生，似乎也记起了自己应做的事情，不能尽在这烈日下捧场做呆二，沿着前海大路挤进游人中不见了。

场中剩了七个人。

老头子看看，微笑着，一句话不说，两只手互相捏了一会，又蹲下去把傀儡举起，罩在自己的头上，两手套进假腿里去，开始剧烈地摇着肩背，玩着业已玩过的那一套。古怪动作招来了四个人，但不久之间却走去了五个人。等到另外一个地方真的殴打发生后，其余的人便全都跑去了。

老头子还依然玩着，依然常常故意把假脚举起，作为其中一个全身均被举起的姿势，又把肩背极力倾斜向左向右，便仿佛傀儡相扑极烈。到后便依然在一种规矩中倒下，毫不苟且地倒下。自然地，王九又把赵四战胜了。

等待他从那堆敝旧衣里爬出时，场坪里只有一个查验地摊捐的矮巡警笑眯眯地站在那里。因为观众只他一人，故显得他身体特别大，样子特别乐。

他走向巡警身边去，弯了下腰，从耳朵边抓取那根黄纸捻条，那东西却不见了，就忙匆匆地去傀儡衣里乱翻。到后从地下发现了那捐条，赶忙拿着递给巡警。巡警不验看捐条，却望着系在那老头子腰边的两只假腿痴笑，摇摇头走了。

他于是同傀儡一个样子坐在地下，计数身边的铜子，一面向白脸傀儡王九笑着，说着前后相同既在博取观者大笑，又在自作嘲笑的笑话。他把话说得那么亲昵，那么柔和。他不让人知道他死去了的儿子就是王九，儿子的死，乃由于同赵四相拼，也不说明。他决不提这些事。他只让人眼见傀儡王九与傀傽赵四相殴相扑时，虽场面上王九常常不大顺手，上风皆由赵四占去，但每次最后的胜利，总仍然归那王九。

王九死了十年，老头子在北京城圈子里外表演王九打倒赵四也有了十年，那个真的赵四，则五年前在保定府早就害黄疸病死掉了。

一九三三年九月三日在北平新窄而霉斋作

一九五七年二月校订

附录二 沈从文经典散文选

常德的船[1]

　　常德就是武陵，陶潜的《搜神后记》上《桃花源记》说的渔人老家，应当摆在这个地方。德山在对河下游，离城市二十余里，可说是当地唯一的山。汽车也许停德山站，也许停县城对河另一站。汽车不必过河，车上人却不妨过河，看看这个城市的一切。地理书上告给人说这里是湘西一个大码头，是交换出口货与入口货的地方。桐油、木料、牛皮、猪肠子和猪鬃毛，烟草和水银，五倍子[2]和鸦片烟，由川东、黔东、湘西各地用各色各样的船只装载到来，这些东西是全得由这里转口，

---

[1]　选自《湘西》初版，又名《沅水流域识小录》，商务印书馆（上海），一九三九年八月。
[2]　五倍子：中药名，又名百虫仓、百药煎、棓（音同倍）子。

再运往长沙、武汉的。子盐[①]、花纱[②]、布匹、洋货、煤油、药品、面粉、白糖，以及各种轻工业日用消耗品和必需品，又由下江轮驳运到，也得从这里改装，再用那些大小不一的船只，分别运往沅水各支流上游大小码头去卸货的。市上多的是各种庄号。各种庄号上的坐庄人，便在这种情形下成天如一个磨盘、一种机械，为职务来回忙。邮政局的包裹处，这种人进出最多。长途电话的营业处，这种坐庄人是最大主顾。酒席馆和妓女的生意，靠这种坐庄人来维持。

除了这种繁荣市面的商人，此外便是一些寄生于湖田的小地主、做过知县的小绅士、各县来的男女中学生，以及外省来的参加这个市面繁荣的掌柜、伙计、乌龟、王八。全市人口过十万，街道延长近十里，一个过路人到了这个城市中时，便会明白这个湘西的咽喉，真如所传闻，地方并不小。可是却想不到这咽喉除吐纳货物和原料以外，还有些什么东西。做这种吐纳工作，责任大，工作忙，性质杂，又是些什么人。假若一旦没有了他们，这城市会不会忽然成为河边一个废墟？这种人照例触

---

① 子盐：盐政用语，指各盐场生产的余盐。
② 花纱：一种织有花纹的经纬密度小、质薄的织物。

目可见，水上城里无一不可碰头，却又最容易为旅行者所疏忽。我想说的是真正在控制这个咽喉，支配沅水流域的几万船户。

这个码头真正值得注意令人惊奇处，实也无过于船户和他所操纵的水上工具了。要认识湘西，不能不对他们先有一种认识。要欣赏湘西地方民族特殊性，船户是最有价值材料之一种。

一个旅行者理想中的武陵，渔船应当极多。到了这里一看，才知道水面各处是船只，可是却很不容易发现一只渔船。长河两岸浮泊的大小船只，外行人一眼看去，只觉得大同小异，事实上形制复杂不一，各有个性，代表了各个地方的个性。让我们从这方面来多知道一点，对于我们也许有些便利处。

船只最触目的三桅大方头船，这是个外来客，由长江越湖来的，运盐是它主要的职务。它大多数只到此为止，不会向沅水上游走去。普通人叫它作"盐船"，名实相副。船家叫它作"大鳅鱼头"，《金陀粹编》①上载岳飞在洞庭湖水擒杨幺故事，这名字就见于记载了，名字虽俗，来源却很古。这种船只大多数是用乌油漆过，所以颜色多是黑的。这种船按季候行

---

① 《金陀粹编》：又称《鄂国金陀粹编》，南宋岳飞之孙岳珂撰，为其祖父鸣冤所作。

驶，因为要大水大风方能行动。杜甫诗上描绘的"洋洋万斛船，影若扬白虹"，也许指的就是这种水上东西。

比这种盐船略小，有两桅或单桅，船身异常秀气，头尾突然收敛，令人入目起尖锐印象，全身是黑的，名叫"乌江子"。它的特长是不怕风浪，运粮食越湖。它是洞庭湖上的竞走选手。形体结构上的特点是桅高、帆大、深舱、锐头。盖舱篷比船身小，因为船舷外还有护舱板，弄船人同船只本身一样，一看很干净，秀气斯文。行船既靠风，上下行都使帆，所以帆多整齐，船上用的水手不多，仅有的水手会拉篷、摇橹、撑篙，不会荡桨——这种船上便不常用桨。放空船时妇女还可代劳掌舵。这种船间或也沿河上溯，数目极少，船身材料薄，似不宜于冒险。这种船在沅水流域也算是外来客。

在沅水流域行驶，表现得富丽堂皇、气象不凡，可称为巨无霸的船只，应当数"洪江油船"。这种船多方头高尾，颜色鲜明，间或且有一点金漆装饰，尾梢有舵楼，可以安置家眷。大船下行可载三四千桶桐油，上行可载两千件棉花，或一票食盐。用橹手二十六人到四十人，用纤手三十人到六七十人，必待春水发后方上下行驶，路线系往返常德和洪江。每年水大至多上下三五回，其余大多时节都在休息中，成排结队停泊河面，俨然是河上的主人。船主照例是麻阳人，且照例姓滕，善交际，礼数清楚。常与大商号中人拜把子，攀亲家，行船时站在船后檀木舵把边，庄严中带点从容不迫神气，口中含了个竹马鞭短烟管，一面看水，一面吸烟。遇有身份的客人搭船，喝了一杯酒后，便向客人一五一十叙述这只油船的历史，载过多少有势力的军人、阔佬，或名驰沅水流域的妓女。换言之，就是这只船与当地"历史"发生多少关系！这种船只上的一切东西，无一不巨大坚实。船主的装束在船上时看不出什么特别处，上岸时却穿长袍（下脚过膝三四寸），罩青羽绫马褂，戴呢帽或小缎帽，佩小牛皮抱肚，用粗大银链系定，内中塞满了银圆。穿生牛皮靴子，走路时踏得很重。个子高高的，瘦瘦的。有一双大手，手上满是黄毛和青筋。会喝酒，打牌，且豪爽大方，吃花酒应酬时，大把银元钞票从抱肚掏出，毫不吝啬。水手多强壮勇敢，眉目精悍，善唱歌、泅水、打架、骂野话。下水时如一尾鱼，上岸接近妇人时像一只小公猪。白天弄船，晚上玩牌，同样做得极有兴致。船上人虽多，却各有所事，从不紊乱。舱面永远整洁如新。拔锚开头时，必擂鼓敲锣，在船头烧纸烧香，煮白肉祭神，燃放千子头鞭炮，表示人神和乐，共同帮忙，一路福星。在开船仪式与行船歌声中，使人想起两千年前《楚辞》发生的原因，现在还好好地保留下来，今古如一。

比洪江油船小些，形式仿佛比较笨拙些（一般船只用木板做成，这种船竟像用木柱做成），平头大尾，一望而知船身十分坚实，有斗拳师的神气，名叫"白河船"。白河即酉水的别名。这种船只即行驶于沅水由常德到沅陵一段，酉水由沅陵到保靖一段。酉水滩流极险，船只必经得起磕撞。船只必载重方能压浪，因此尾部如臀，大而圆。下行时在船头缚大木桡①一两把，木桡的用处是船只下滩，转头时比舵切于实际。照水上人俗谚说："三桨不如一篙，三橹不如一桡。"桡读作招②。酉水浅而急，不常用橹，篙桨用处多，因此篙多特别长大，桨较粗硕，肥而短。船篷用棕子叶编成，不涂油。船主多永顺、保靖人，姓向姓王姓彭占多数。酉水河床窄，滩流多，为应付自然，弄船人所需要的勇敢能耐也较多。行船时常用相互诅骂代替共同唱歌，为的是受自然限制较多，脾气比较坏一点。酉水是传说中古代藏书洞穴所在地，多的是高大宏敞、充满神

---

① 木桡：指木桨、木楫。桡，音同饶。
② 招：当地方言发音，与普通话发音有别。

秘的洞穴。由沅陵起到酉阳止，沿酉水流域的每个县分总有几个洞穴。可是如沅陵的大酉洞、二酉洞，保靖的狮子洞，酉阳的龙洞，这些洞穴纵有书籍也早已腐烂了。到如今这条河流最多的书应当是宝庆纸客贩卖的石印本历书，每一条船上照例都有一本皇历。船家禁忌多，历书是他们行动的宝贝。河水既容易出事情，个人想减轻责任，因此凡事都俨然有天做主，由天处理，照书行事，比较心安，也少纠纷，船只出事时有所借口。酉水流域每个县分的船只，在形式上又各不相同，不过这些船不出白河，在常德能看到的白河油船，形体差不多全是一样。

沅水中部的辰溪县，出白石灰和黑煤，运载这两种东西的本地船叫作"辰溪船"，又名"广舶子"。它的特点和上述两种船只比较起来，显得材料脆薄而缺少个性。船身多是浅黑色，形状如土布机上的梭子，款式都不怎么高明。下行多满载一些不值钱的货，上行因无回头货便时常放空。船身脏，所运货又少时间性，满载下驶，危险性多，搭客不欢迎，因之弄船人对于清洁、时间就不甚关心。这种船上的席篷照例是不大完整的，布帆是破破碎碎的，给人印象如一个破落户。弄船人因闲而懒，精神多显得萎靡不振。

洞河（泸溪）发源于乾城苗乡大小龙洞，和凤凰苗乡乌巢河，两条小河在乾城县的所里市相汇。向东流，到泸溪县，方和沅水同流，在这条河里的船就叫"洞河船"，河源主流由苗乡梨林地方两个洞穴中流出，河床是乱石底子，所以水特别清，水性特别猛。船身必须从撞磕中挣扎，河身既小，船身也比较轻巧。船舷低而平，船头窄窄的。在这种船上水手中，我们可以发现苗人。不过见着他时我们不会对他有何惊奇，他也不会对我们有何惊奇。这种人一切和别的水上人都差不多，所不同处，不过是他那点老实、忠厚、纯朴、戆直性情——原人的性情，因为住在山中，比城市人保存得多点罢了。乾城人极聪明文雅，小手小脚小身材，唱山歌时嗓子非常好听，到码头边时，可特别沉默安静。船只太小了，不常有机会到这大码头边靠船。这种船停泊在河面时似乎很羞怯，正如水手们上街时一样羞怯。

乾城用所里做本县吐纳货物的水码头。地方虽不大，小小石头城却很整齐干净，且出了几个近三十年来历史上有名姓的人物。段祺瑞时代的陆军总长傅良佐将军，是生长在这个小县城里的。东北军宿将，国内当前军人中称战术权威的杨安铭将军，也是这地方人。

在河上显得极活动，极有生气，而且数量极多的，是普通的中型"麻阳船"。这种船头尾高举,秀拔而灵便。这种船只的出处是麻阳河(辰溪)。每只船上都可见到妇人、孩子、童养媳。弄船人一面担负商人委托的事务,一面还担负上帝派定的工作,两方面都异常称职。沅水流域的转运事业,大多数由这地方人支配,人口繁荣的结果,且因此在常德城外多了一条麻阳街。"一切成功都必须争斗",这原则也可用作麻阳街的说明。据传说,这条街是个姓滕的水手滕老九双拳打出来的。我们若有兴趣特意到那条街上走走,可知道开小铺子的、做理发店生意的、卖船上家伙的、经营不用本钱最古职业的,全是麻阳乡亲,我们就会明白,原来参加这种争斗,每人都有一份。麻阳人的精力绝伦处,或者与地方出产有点关系,麻阳出各种橘子,糯米也极好,做甜酒特别相宜。人口加多,船只也越来越多,因此沅水水面的世界,一大半是麻阳人占有的。大凡船只停靠处,都有叫乡亲的麻阳人,乡亲所得的便利极多,平常外乡人,坐船时于是都叫麻阳人作"乡亲"。乡亲的特别是面目精悍而性情快乐,做水手的都能吃,能做,能喝,能打架。船主上岸时必装扮成一个小乡绅,如驾洪江油船的大老板一样穿袍穿褂,着生牛皮盘云长统钉靴,戴有皮封耳的毡帽或博士帽,手指套上分量沉重的金戒指,皮抱肚里装上许多大洋钱，短烟管上悬个老虎爪子，一端还镶包一片镂花银皮。见人就请教仙乡何处，贵府贵姓。本人大多数姓滕，名字"代富""宜贵"。对三十年来的本省政治，比起任何地方船主都熟悉，都关心。欢喜讲礼教，臧否人物，且善于称引经典格言和当地俗谚，作为谈天时章本。恭维客人时必从恭维上增多一点收入，被客人恭维时便称客人为"知己"，笑嘻嘻地请客人喝苞谷子酒。妇女在船上不特对于行船毫无妨碍，且常常是一个好帮手。妇女多壮实能干，大手大脚，善于生男育女。

麻阳人中另外还有一双值得称赞的手，在湘西近百年实无匹敌，在国内也是一个少见的艺术家，是塑像师张秋潭那双手，小件艺术品多在烟盘边靠灯时用烟签完成的，无一不做得栩栩如生，至今还留下些在湘西私人手中。大件是各县庙宇天王、观音等神像，辛亥以后破除迷信，毁去极多。

在常德水码头船只极小，漂浮水面如一片叶子，数量之多如淡干鱼，是专载客人用的"桃源划子"。木商与烟贩，上下办货的庄客，过路的公务员，放假的男女学生，同是这种小船的主顾。船身既轻小，上下行的速度较之其他船只快过一倍，下滩时可从边上小急流走，决不会出事。在平潭中且可日夜赶程，不会受关卡留难。因此在有公路以前，这种小小船只实为沅水流域交通利器。弄船人工作不需如何紧张，开销又少，收入却较多。装载客人且多阔佬，同时桃源县人的性格又特别随和（沅水一到桃源后就变成一片平潭，再无恶滩急流，自然影响到水上人性情很大），所以弄船人脾气就马虎得多，很多是瘾君子，白天弄船，晚上便靠灯。有些家中人说不定还留在县里，经营一种不必要本钱的职业，分工合作，都不闲散。且能做客人向导，带访桃源洞的客人到所要到的新奇地方去。

在沅水流域上下行驶，停泊到常德码头应当称为"客人"的船只，共有好几种，有从芷江上游黔东玉屏来的，有从麻阳河上游黔东铜仁来的，有从白河上游川东龙潭来的。玉屏船多就洪江转口，下行不多。龙潭船多从沅陵换货，下行不多。铜仁船装油碱下行的，有些庄号在常德，所以常直放常德。船只最引人注意处是颜色黄明照眼，式样轻巧，如竞赛用船。船头船尾细狭而向上翘举，舱底平浅，材料脆薄，给人视觉上感到灵便与愉快，在形式上可谓秀雅绝伦。弄船人语言清婉，装束素朴，有些水手还穿齐膝的长衣，裹白头巾，风度整洁和船身极相称。船小而载重，故下行时船舷必缚茅束挡水。这种船停泊河中，仿佛极其谦虚，一种做客应有的谦虚。然而比同样大小的船只都整齐，一种做客不能不注意的整齐。

此外常德河面还有一种船只，数量极多，有的时常移动，有的又长久停泊。这些船的形式一律是方头、方尾、无桅、无舵。用木板做舱壁，开小小窗子，木板做顶。有些当作船主的金屋，有些又做逋逃①者的窟穴。船上有招纳水手客人的本地土娼，有卖烟和糖食、小吃、猪蹄子粉面的生意人。此外算命卖卜的、圆光②关亡③的，无不可以从这种船上发现。船家做寿、成亲，也多就方便借这种水上公馆举行，因此一遇黄道吉日，总是些张灯结彩，响器声，弦索声，大小炮仗声，划拳歌呼声，点缀水面热闹。

常德乡城本身也就类乎一只旱船，女作家丁玲、法律家戴修瓒、国学家余嘉锡，是在这只旱船上长大的。较上游的河堤比城中高得多，涨水时水就到了城边，决堤时城四围便是水了。常德沿河的长街，街市上大小各种商铺不下数千家，都与水手有直接关系。杂货店铺专卖船上用件及零用物，可说是它们全为水手而预备的。至如油盐、花纱、牛皮、烟草等庄号，

---

① 逋逃：指逃亡。
② 圆光：一种迷信的法术，施法人将麻油涂抹于蒙在圆镜上的布或纸上，请童子观看镜子，描述在镜中所见情形。
③ 关亡：一种迷信的招魂术。

也可说水手是为它们而有的。此外如茶馆、酒馆和那经营最素朴职业的户口,水手没有它不成,它没水手更不成。

常德城内一条长街,铺子门面都很高大(与长沙铺子大同小异,近于夸张),木料不值钱,与当地建筑大有关系。地方滨湖,河堤另一面多平田泽地,产鱼虾、莲藕,因此鱼栈、莲子栈延长了长街数里。多清真教门,因此牛肉特别肥鲜。

常德沿沅水上行九十里,才到桃源县,再上行二十五里,方到桃源洞。千年前武陵渔人如何沿溪走到桃花源,这路线尚无好事的考古家说起。现在想到桃源访古的"风雅人",大多数只好坐公共汽车去。在桃源县想看到老幼黄发垂髫怡然自乐的光景,并不容易。不过或者因为历史的传统,地方人倒很和气,保存一点古风。也知道欢迎客人,杀鸡做黍,留客住宿。虽然多少得花点钱,数目并不多。可是一个旅行者应当知道,这些人赠送游客的礼物,有时不知不觉太重了点,最好倒是别大意,莫好奇,更不要因为记起宋玉所赋的高唐神女,刘晨阮肇[①]天台所遇的仙女,想从经验中去证实故事。不妨学个"老

[①] 刘晨阮肇:传说东汉永平年间,剡县人刘晨、阮肇同入天台山采药,遇二仙女。

江湖"，少生事！当地纵多神女仙女，可并不是为外来读书人、游客预备的，沅水流域的木竹簰商人是唯一受欢迎者。好些极大的木竹簰，到桃源后不久就无影无踪不见了的，照俚话所说，是"进了桃源的洞穴"的。

政治家宋教仁、老革命党覃振，同是桃源县人。桃源县有个省立第二女子师范学校，五四运动谈男女解放平等，最先要求男女同校，且实现它，就是这个学校的女学生。

桃源与沅州①

全中国的读书人，大概从唐朝以来，命运中注定了应读一篇《桃花源记》，因此把桃源当成一个洞天福地。人人皆知道那地方是武陵渔人发现的，有桃花夹岸，芳草鲜美。远客来到，乡下人就杀鸡温酒，表示欢迎。乡下人都是避秦隐居的遗民，不知有汉朝，更无论魏晋了。千余年来读书人对于桃源的印象，既不怎么改变，所以每当国体衰弱发生变乱时，想做遗民的必多，这文章也就增加了许多人的幻想，增加了许多人的酒量。至于住在那儿的人呢，却无人自以为是遗民或神仙，也从不曾有人遇着遗民或神仙。

桃源洞离桃源县二十五里。从桃源县坐小船沿沅水上行，

---

① 原载《国闻周报》第十二卷第十一期，一九三五年三月，后收入散文集《湘行散记》初版，商务印书馆（上海），一九三六年三月。

船到白马渡时，上南岸走去，忘路之远近乱走一阵，桃花源就在眼前了。那地方桃花虽不如何动人，竹林却很有意思。如椽如柱的大竹子，随处皆可发现前人用小刀刻划留下的诗歌。新派学生不甘自弃，也多刻下英文字母的题名。竹林里间或潜伏一二剪径壮士，待机会霍地从路旁跃出，仿照《水浒传》上英雄好汉行为，向游客发个利市，使人措手不及，不免吃点小惊。桃源县城则与长江中部各小县城差不多，一入城门最触目的是推行印花税与某种公债的布告。城中有棺材铺，官药铺，有茶馆酒馆，有米行脚行，有和尚道士，有经纪媒婆，庙宇祠堂多数为军队驻防，门外必有个武装同志站岗。土栈、烟馆既照章纳税，就受当地军警保护。代表本地的出产，边街上有几十家玉器作坊，用珉石染红着绿，琢成酒杯、笔架等物，货物品质平平常常，价钱却不轻贱。另外还有个名为"后江"的地方，住下无数公私不分的妓女，很认真地经营她们的职业。有些人家在一个菜园平房里，有些却又住在空船上，地方虽脏一点倒富有诗意。这些妇女使用她们的下体，安慰军政各界，且征服了往还沅水流域的烟贩、木商、船主以及种种因公出差过路人，挖空了每个顾客的钱包，维持许多人生活，促进地方的繁荣。一县之长照例是个读书人，从史籍上早知道这是人类一种最古的职业，没有郡县以前就有了它，取缔既与"风俗"不合，且影响到若干人生活，因此就很正当地定下一些规章制度，向这些人来抽收一种捐税（并采取了个美丽名词叫作"花捐"），把这笔款项用来补充地方行政、保安，或城乡教育经费。

桃源既是个有名地方，每年自然有许多"风雅"人，心慕古桃源之名，二三月里携了《陶靖节集》与《诗韵集成》等参考资料和文房四宝，来到桃源县访幽探胜。这些人往桃源洞赋诗前后，必尚有机会过后江走走，由朋友或专家引导，这家那家坐坐，烧盒烟，喝杯茶。看中意某一个女人时，问问行市，花个三元五元，便在那龌龊不堪、万人用过的花板床上，压着那可怜妇人胸膛放荡一夜。于是纪游诗上多了几首无题艳遇诗，把"巫峡神女""汉皋解佩""刘阮天台"等典故，一律引用到诗上去。看过了桃源洞，这人平常若是很谨慎的，自会觉得应当即早过医生处走走，于是匆匆地回家了。至于接待过这种外路"风雅"人的神女呢，前一夜也许陆续接待过了三个麻阳船水手，后一夜又得陪伴两个贵州省牛皮商人。这些妇人照例说不定还被一个散兵游勇、一个县公署执达吏、一个公安局书记，或一个当地小流氓长时期包定占有，客来时那人往烟馆过夜，客去后再回到妇人身边来烧烟。

妓女的数目占城中人口比例不小。因此仿佛有各种原因，她们的年龄皆比其他都市更无限制。有些人年在五十以上，还不甘自弃，同十六七岁孙女辈来参加这种生活斗争，每日轮流接待水手同军营中伙夫。也有年纪不过十四五岁，乳臭尚未脱尽，便在那儿服侍客人过夜的。

她们的技艺是烧烧鸦片烟，唱点流行小曲，若来客是粮子上跑四方人物，还得唱唱军歌党歌和时下电影明星的新歌，应酬应酬，增加兴趣。她们的收入有些一次可得洋钱二十三十，有些一整夜又只得一块八毛。这些人有病本不算一回事。实在病重了，不能做生意挣饭吃，间或就上街到西药房去打针，六零六、三零三扎那么几下，或请走方郎中配服药，朱砂、茯苓乱吃一阵，只要支持得下去，总不会坐下来吃白饭。直到病倒了，毫无希望可言了，就叫毛伙用门板抬到那类住在空船中孤身过日子的老妇人身边去，尽她咽最后那一口气。死去时亲人呼天抢地哭一阵，罄其所有请和尚安魂念经，再托人赊购副四合头棺木，或借"大加一"①买副薄薄板片，土里一埋也就完

---

① 大加一：一种利率与贷款等额的高利贷。

事了。

桃源地方已有公路，直达号称湘西咽喉的武陵（常德），每日皆有八辆十辆新式载客汽车，按照一定时刻在公路上奔驰。距常德约九十里，车票价钱一元零。这公路从常德且直达湖南省会长沙，汽车路程约四小时，车票价约六元。公路通车时，有人说这条公路在湘省经济上具有极大意义，意思是对于黔省出口"特货"运输可方便不少。这人似乎不知道特货过境每次必三百担五百担，公路上一天不过十几辆汽车来回，若非特货再加以精制，每天能运输多少？关于特货的精制，在各省严厉禁烟宣传中，平民谁还有胆量来做这种非法勾当。假若在桃源县某种铺子里，居然有人能够设法购买一点黄色粉末药物，作为谈天口气，随便问问，就会明白那货物的来源是有来头的。信不信由你，大股东中大头脑有什么"龄"字辈，"子"字辈，还有沿江之督办、上海之闻人，且明白出产并不是桃源县城。沿江上行六十里，有二十部机器日夜加工，运输出口时或用轮船直往汉口，却不需借公路汽车转运长沙。

真可称为桃源名产值得引人注意的，是家鸡同鸡卵[①]。街

---

① 鸡卵：指鸡蛋。

头巷尾无处不可以发现这种冠赤如火、庞大庄严的生物，经常有重达一二十斤的。凡过路人初见这地方鸡卵，必以为鸭卵或鹅卵。其次，桃源有一种小划子，轻捷，稳当，干净，在沅水中可称首屈一指。一个外省旅行者，若想从湘西的永绥、乾城、凤凰研究湘边苗族的分布状况，或想从湘西往四川的酉阳、秀山调查桐油的生产，往贵州的铜仁调查朱砂、水银的生产，往玉屏调查竹料种类，注意造箫、制纸的手工业生产情况，皆可在桃源县魁星阁下边，雇妥那么一只小船，沿沅水溯流而上，直达目的地，到地时取行李上岸落店，毫无何等困难。

一只桃源小划子上只能装载一二客人。照例要个舵手，管理后艄，调动船只左右。张挂风帆，松紧帆索，捕捉河面山谷中的微风。放缆拉船，量渡河面宽窄与河流水势，伸缩竹缆。另外还要拦头工人，上滩下滩时看水认容口，出事前提醒舵手躲避石头、恶浪与㳘流①，出事后点篙子需要准确稳重。这种人还要有胆量，有气力，有经验。张帆落帆都得很敏捷地即时拉桅下绳索。走风船行如箭时，便蹲坐在船头上叫喝呼啸，嘲笑同行落后的船只。自己船只落后被人嘲骂时，还要回骂，人

---

① 㳘流：指漩涡。㳘，水流回旋的样子。

家唱歌也得用歌声作答。两船相碰说理时，不让别人占便宜。动手打架时，先把篙子抽出拿在手上。船只逼入急流乱石中，不问冬夏，都得敏捷而勇敢地脱光衣裤，向急流中跑去，在水里尽肩背之力使船只离开险境。掌舵的因事故不尽职，就从船顶爬过船尾去，做个临时舵手。船上若有小水手，还应事事照料小水手，指点小水手。更有一份不可推却的职务，便是在一切过失上，应与掌舵的各据小船一头，相互辱宗骂祖，继续使船前进。小船除此两人以外，尚需要个小水手居于杂务地位，淘米、烧饭、切菜、洗碗，无事不做。行船时应荡桨就帮同荡桨，应点篙就帮同持篙。这种小水手大都在学习期间，应处处留心，取得经验同本领。除了学习看水、看风、记石头、使用篙桨以外，也学习挨打挨骂。尽各种古怪稀奇字眼儿成天在耳边反复响着，好好地保留在记忆里，将来长大时再用它来辱骂旁人。上行无风吹，一个人还负了纤板，曳着一段竹缆，在荒凉河岸小路上拉船前进。小船停泊码头边时，又得规规矩矩守船。关于他们的经济情势，舵手多为船家长年雇工，平均算来合八分到一角钱一天。拦头工有长年雇定的，人若年富力强多经验，待遇同掌舵的差不多。若只是短期包来回，上行平均每天可得一毛或一毛五分钱，下行则尽义务吃白饭而已。至于小水手，学习期限看年龄同本事来，有些人每天可得两分钱作零用，有些人在船上三年五载吃白饭。上滩时一个不小心，闪不知被自己手中竹篙弹入乱石激流中，泅水技术又不在行，在水中淹死了，船主方面写有字据，生死家长不能过问。掌舵的把死者剩余的一点衣服交给亲长说明白落水情形后，烧几百钱纸，手续便清楚了。

一只桃源划子，有了这样三个水手，再加上一个需要赶路、有耐心、不嫌孤独、能花个二十三十的乘客，这船便在一条清明透澈的沅水上下游移动起来了。在这条河里在这种小船上做乘客，最先见于记载的一人，应当是那疯疯癫癫的楚逐臣屈原。在他自己的文章里，他就说道："朝发汪渚兮，夕宿辰阳。"若果他那文章还值得称引，我们尚可以就"沅有芷兮澧有兰"与"乘舲上沅"这些话，估想他当年或许就坐了这种小船，溯流而上，到过出产香草香花的沅州。沅州上游不远有个白燕溪，小溪谷里生长芷草，到如今还随处可见。这种兰科植物生根在悬崖罅隙间，或蔓延到松树枝桠上，长叶飘拂，花朵下垂成一长串，风致楚楚。花叶形体较建兰柔和，香味较建兰淡远。游白燕溪的可坐小船去，船上人若伸手可及，多随意伸手摘花，顷刻就成一束。若崖石过高,还可以用竹篙将花打下,尽它堕入清溪洄流里,再从溪里把花捞起。除了兰芷以外,还有不少香草香花,在溪边崖下繁殖。那种黛色无际的崖石,那种一丛丛幽香炫目的奇葩,那种小小洄旋的溪流,合成一个如何不可言说、迷人心目的圣境!若没有这种地方,屈原便再疯一点,据我想来,他文章未必就能写得那么美丽。

什么人看了我这个记载,若神往于香草香花的沅州,居然从桃源包了小船过沅州去,希望实地研究解决《楚辞》上几个草木问题。到了沅州南门城边,也许无意中会一眼瞥见城门上有一片触目黑色,因好奇想明白它,一时可无从向谁去询问。他所见到的只是一片新的血迹,并非什么古迹。大约在清党前后,有个晃州姓唐的青年,北京农科大学毕业生,在沅州、晃州两县,用党务特派员资格,率领了两万以上四乡农民和一群青年学生,肩持各种农具,上城请愿。守城兵先已得到长官命令,不许请愿群众进城。于是双方自然发生了冲突。一面是旗帜、木棒、呼喊与愤怒;一面是居高临下,一尊机关枪同十支步枪。街道既那么窄,结果站在最前线上的特派员同四十多个青年学生与农民,便全在城门边牺牲了。其余农民一看情形不对,抛下农具四散跑了。那个特派员的尸体,于是被兵士用刺刀钉在城门木板上示众三天。三天过后，便连同其他牺牲者，一齐抛入屈原所称赞的清流里喂鱼吃了。几年来本地人在内战反复中被派捐拉夫，在应付差役中把日子混过去，大致把这件事也慢慢地忘掉了。

桃源小船载到沅州府，舵手把客人行李扛上岸，讨得酒钱回船时，这些水手必乘兴过南门外皮匠街走走。那地方同桃源的后江差不多，住下不少经营最古职业的人物，地方既非商埠，价钱可公道一些。花五角钱关一次门，上船时还可以得一包黄油油的上净烟丝，那是十年前的规矩。照目前百物昂贵情形想来，一切当然已不同了，出钱的花费也许得多一点，收钱的待客也许早已改用"美丽牌"代替"上净丝"了。

或有人在皮匠街蓦然间遇见水手，对水手发问："弄船的，'肥水不落外人田'，家里有的你让别人用，用别人的你还得花钱，这上算吗？"

那水手一定会拍着腰间麂皮抱兜，笑眯眯地回答说："大爷，'羊毛出在羊身上'，这钱不是我桃源人的钱，上算的。"

他回答的只是后半截，前半截却不必提。本人正在沅州，离桃源远过六七百里，桃源那一个他管不着。

便因为这点哲学，水手们的生活，比起"风雅人"来似乎洒脱多了。若说话不犯忌讳，无人疑心我"袒护无产阶级"，我还想说，他们的行为，比起那些读了些"子曰"，带了《五百家香艳诗》去桃源寻幽访胜，过后江讨经验的"风雅人"来，也实在还道德得多。

一九三五年三月　北平大城中

云南看云[1]

　　云南因云而得名。可是外省人到了云南一年半载后,一定会和本地人差不多,对于云南的云,除却只能从它变化上得到一点晴雨知识,就再也不会单纯地来欣赏它的美丽了。看过卢锡麟先生的摄影后,必有许多人方俨然重新觉醒,明白自己是生在云南,或住在云南。云南特点之一,就是天上的云变化得出奇。尤其是傍晚时候,云的颜色,云的形状,云的风度,实在动人。

　　战争给许多人一种有关生活的教育,走了许多路,过了许多桥,睡了许多床,此外还必然吃了许多想象不到的小苦头。

---

[1] 原载香港《大公报·文艺》,一九四〇年十二月十二日,题为《看云》,后改为《云南看云》,收入《云南看云集》,国民图书出版社(重庆),一九四三年六月。

然而真正具有教育意义的，说不定倒是明白许多地方各有各的天气，天气不同还多少影响到一点人事。云有云的地方性：中国北部的云厚重，人也同样那么厚重。南部的云活泼，人也同样那么活泼。海边的云幻异，渤海和南海云又各不相同，正如两处海边的人性情不同。河南的云一片黄，抓一把下来似乎就可以做窝窝头，云粗中有细，人亦粗中有细。湖湘的云一片灰，长年挂在天空一片灰，无性格可言，然而橘子、辣子就在这种地方大量产生，在这种天气下成熟，却给湖南人增加了生命的发展和进取精神。四川的云与湖南云虽相似而不尽相同，巫峡峨眉夹天耸立，高峰把云分割又加浓，云似乎有了生命，人也有了生命。

论色彩丰富，青岛海面的云应当首屈一指。有时五色相煊，千变万化，天空如展开一张图案新奇的锦毯。有时素净纯洁，天空只见一片绿玉，别无他物。看来令人起轻快感、温柔感、音乐感、情欲感。一年中有大半年天空完全是一幅神奇的图画，有青春的嘘息，煽起人狂想和梦想。海市蜃楼即在这种天空显现。海市蜃楼虽并不常在人眼底，却永远在人心中。秦皇汉武的事业，同样结束在一个长生不死、青春常在的美梦里，不是毫无道理的。云南的云给人印象大不相同，它的特点是素朴，影响到人性情也应当挚厚而单纯。

云南的云似乎是用西藏高山的冰雪和南海长年的热风，两种原料经过一种神奇的手续完成的。色调出奇的单纯，唯其单纯反而见出伟大。尤以天时晴明的黄昏前后，光景异常动人。完全是水墨画，笔调超脱而大胆。天上一角有时黑得如一片漆，它的颜色虽然异样黑，给人感觉竟十分轻。在任何地方"乌云蔽天"照例是个沉重可怕的象征，唯有云南傍晚的黑云，越黑反而越不碍事，且表示第二天天气必然顶好。几年前中国古物运到伦敦展览时，有一个赵松雪作的卷子，名《秋江叠嶂》，净白如玉的澄心堂纸上用浓墨重重涂抹，给人印象却十分美秀。云南的云也恰恰如此，看来只觉得黑而秀。

可是我们若在黄昏前后，到城郊外一个小丘上去，或坐船在滇池中，看到这种云彩时，低下头来一定会轻轻地叹一口气。具体一点将发生"大好河山"感想，抽象一点将发生"逝者如斯"感想。心中一定觉得有些痛苦，为一片悬在天空中的沉静黑云痛苦。因为这东西给了我们一种无言之教，比目前政治家的文章、宣传家的讲演、杂感家的讽刺文，都高明得多，深刻得多，同时还美丽得多。觉得痛苦原因或许也就在此。那么好看的云，孕育了在这一片天底下讨生活的人，究竟是些什么？是一种精深博大的人生理想？还是一种单纯美丽的诗的感情？若把它与地面所见、所闻、所有两相对照，实在使人不能不痛苦！

在这美丽天空下，人事方面，我们每天所能看到的，除了空洞的论文、不通的演讲、小巧的杂感，此外似乎到处就只碰到"法币"。商人和银行办事人直接为法币而忙。最可悲的现象，实无过于大学校的商学院，每到注册上课时，照例人数必最多。这些人其所以习经济、习会计，都可说对于生命毫无高尚理想可言，目的只在毕业后入银行做事。"熙熙攘攘，皆为利往，挤挤挨挨，皆为利来，利之所在，群集若蛆。"社会研究所的专家，机会一来即向银行跑。习图书馆的、弄考古的、学外国文学的，工作皆因此而清闲下来，因为亲戚、朋友、同乡……种种机会，不少人也像失去了对本业的信心。有子女升学的，都不反对子弟改业从实际出发，能挤进银行或金融机关做办事员，认为比较稳妥。大部分优秀脑子，都给真正的法币和抽象的法币弄得昏昏的，失去了应有的灵敏与弹性，以及对于"生命"较高的认识。其余无知识的脑子，成天打算些什么，也就可想而知了。云南的云即或再美丽一点，对于多数人还似乎毫无意义可言的。

近两个月来，本市在连续的警报中，城中二十万市民，无一不早早地就跑到郊外去，向天空把一个颈脖昂酸，无一人不看到过几片天空飘动的浮云，仰望结果，不过增加了许多人对于财富得失的忧心罢了。"我的越币下落了""我的汽油上涨了""我的事业这一年发了五十万财""我从公家赚了八万三"，这还是就仅有十几个熟人中说说的。此外说不定还有个把教授之流，终日除玩牌外无其他娱乐，会想到前一晚上玩麻雀牌输赢事情，聊以解嘲似的自言自语："我输牌不输理。"这种教授先生当然是不输理的，在警报解除以后，还不妨跑到老同学住处去，再玩个八圈，证明一下输的究竟是什么。一个人若乐意在地下爬，以为是活下来最好的姿势，他人劝说站起来走，或更盼望他挺起背梁来做个人，当然是不会有什么结果的。

就在这么一个社会一种情形中，卢先生却来展览他在云南的照相，告给我们云南法币以外还有些什么。即以天空的云彩言，色彩单纯的云有多健美，多飘逸，多温柔，多崇高！观众人数多，批评好，正说明只要有人会看云，就从云影中取得一种诗的感兴和热情，还可望将这种尊贵的感情，转给另外一种人。换言之，就是云南的云即或不能直接教育人，还可望由一个艺术家的心与手，间接来教育人。卢先生照相的兴趣，似乎就在介绍这种美丽感印给多数人，所以作品中对于云物的题材，处理得特别好。每一幅云都有一种不同的性情、流动的美。不纤巧，不做作，不过分修饰，一任自然，心手相印，表现得素朴而亲切。作品成功是必然的。可是得到"赞美"不是艺术家最终的目的，应当还有一点更深的意义。我意思是如果一种可怕的实际主义，正在这个社会各组织各阶层间普遍流行，腐蚀我们多数人做人的良心、做人的理想，且在同时把每一个人都有形无形市侩化。社会中优秀分子一部分，所梦想，所希望，也都只是糊口混日子了事，毫无一种较高的情感，更缺少用这情感去追求一个美丽而伟大的道德原则的勇气时，我们这个民族应当怎么办？若大学生读书目的，不是站在柜台边做行员，就是坐在公事房做办事员，脑子都不用，都不想，只要有一碗饭吃就算有了出路。甚至于做政论的、作讲演的、写不高明讽刺文的、习理工的、玩玩文学充文化人的、办党的、信教的，……出路也都是只顾眼前。大众眼前固然都有了出路，这个国家的明天，是不是还有希望可言？我们如真能够像卢先生那么静观默会天空的云彩、云物的美丽，也许会慢慢地陶冶我们，启发我们，改造我们，使我们习惯于向远景凝眸，不敢堕落，不甘心堕落。我以为这才像是一个艺术家最后的目的。正因为这个民族是在求发展，求生存，战争已经三年。战争虽败北，不气馁，虽死亡万千人民，牺牲无数财富，仍不以为意，就为的是这战争背后还有个庄严伟大的理想，使我们对于忧患之来，在任何情形下都能忍受。我们其所以能忍受，不特是我们要发展，要生存，还要为后来者设想，使他们活在这片土地上，更好一点，更像人一点！我们责任那么严重而且又那么困难，所以不特多数知识分子必然要有一个较坚朴的人生观，拉之向上，推之向前，就是做生意的，也少不了需要那么一份知识，方能够把企业的发展与国家的发展，放在同一目标上，分道并进，异途同归！

举一个浅近的例来说说：我们的眼光注意到"出路""赚钱"以外，若还能够估量到在滇越铁路的另一端，正有多少鬼蜮成性、阴险狡诈的木屐儿，圆睁两只鼠眼，安排种种巧计阴谋，在武力与武器无作用地点，预备把劣货倾销到昆明来，且把推销劣货的责任，派给昆明市的大小商家时，就知道学习注意远处，实在是目前一件如何重要的事情！照相必选择地点，取准角度，方可望有较好成就。做人何尝不是一样？明分际①，识大体，"有所不为"，敌人虽花样再多，劣货在有经验商家的眼中，总依然看得出。取舍之间是极容易的。若只图发财，见利忘义，"无所不为"，日本货变成国货，改头换面，不过是翻手间事！劣货推销仅仅是若干有形事件中之一种。此外各层知识阶级中不争气处，所作所为，实有更甚于此者。哪一件事、哪一种行为不影响到整个国家前途命运！哪容我们松劲！

所以我觉得卢先生的摄影，不只是给人看看，还应当给人深思。

一九四〇年　昆明

---

① 分际：指合适的界限、分寸。

昆明冬景[1]

新居移上了高处,名叫北门坡,从小晒台上可望见北门门楼上用虞世南体写的"望京楼"的匾额。上面常有武装同志向下望,过路人马多,可减去不少寂寞。住屋前面是个大敞坪,敞坪一角有杂树一林。尤加利树瘦而长,翠色带银的叶子,在微风中摇荡,如一面一面丝绸旗帜,被某种力量裹成一束,想展开,无形中受着某种束缚,无从展开。一拍手,就常常可见圆头长尾的松鼠,在树枝间惊窜跳跃。这些小生物又如把本身当成一个球,在空中抛来抛去,俨然在这种抛掷中,能够得到一种快乐,一种从行为中证实生命存在的快乐。且间或稍微休息一下,四处顾望,看看它这种行为能不能够引起其他生物的

---

[1] 原载香港《大公报·文艺》,一九三九年二月六日,又名《在昆明的时候》。

注意。或许会发现，原来一切生物都各有它的心事。那个在晒台上拍手的人，眼光已离开尤加利树，向天空凝睇了。天空一片明蓝，别无他物。这也就是生物中之一种，"人"，多数人中一种人对于生命存在的意义，他的想象或情感，目前正在不可见的一种树枝间攀援跳跃，同样略带一点惊惶、一点不安，在时间上转移，由彼到此，始终不息。他是三月前由沅陵独自坐了二十四天的公路汽车，来到昆明的。

敞坪中妇人、孩子虽多，对这件事却似乎都把它看得十分平常，从不曾有谁将头抬起来看看。昆明地方到处是松鼠。许多人对于这小小生物的知识，不过是把它捉来卖给"上海人"，值"中央票子"两毛钱到一块钱罢了。站在晒台上的那个人，就正是被本地人称为"上海人"，花用中央票子，来昆明租房子住家、工作过日子的。住到这里来近于凑巧，因为凑巧反而不会令人觉得稀奇了。妇人多受雇于附近一个小小织袜厂，终日在敞坪中摇纺车纺棉纱。孩子们无所事事，便在敞坪中追逐吵闹，拾捡碎瓦小石子打狗玩。敞坪四面是路，时常有无家狗在树林中垃圾堆边寻东觅西，鼻子贴地各处闻嗅，一见孩子们蹲下，知道情形不妙，就极敏捷地向坪角一端逃跑。有时只露出一个头来，两眼很温和地对孩子们看着，意思像是要说:"你玩你的,我玩我的,不成吗?"有时也成。那就是一个卖牛羊肉的,扛了个木架子,带着官秤、方形的斧头、雪亮的牛耳尖刀,来到敞坪中,搁下架子找寻主顾时。妇女们多放下工作,来到肉架边讨价还钱。孩子们的兴趣转移了方向,几只野狗便公然到敞坪中来。先是坐在敞坪一角便于逃跑的地方,远远地看热闹。其次是在一种试探形式中,慢慢地走近人丛中来。直到忘形挨近了肉架边,被那羊屠户见着,扬起长把手斧,大吼一声:"畜生,走开!"方肯略略走开,站在人圈子外边,用一种非常诚恳、非常热情的态度,略微偏着颈,欣赏肉架上的前腿、后腿,以及后腿末端那条带毛小羊尾巴和搭在架旁那些花油。意思像是觉得不拘什么地方都很好,都无话可说,因此它不说话。它在等待,无望无助地等待。照例妇人们在集群中向羊屠户连嚷带笑,加上各种"神明在上,报应分明"的誓语,这一个证明实在赔了本,那一个证明买了它家用的秤并不大,好好歹歹做成了交易,过了秤,数了钱,得钱的走路,得肉的进屋里去,把肉挂在悬空钩子上。孩子们也随同进到屋里去时,这些狗方趁空走近,把鼻子贴在先前一会搁肉架的地面闻嗅闻嗅。或得到点骨肉碎渣,一口咬住,就忙匆匆向敞坪空处跑去,或向尤加利树下跑去。树上正有松鼠剥果子吃，果子掉落地上。"上海人"走过来拾起嗅嗅，有"万金油"气味，微辛而芳馥。

早上六点钟，阳光在尤加利树高处枝叶间敷上一层银灰光泽。空气寒冷而清爽。敞坪中很静，无一个人，无一只狗。几个竹制纺车瘦骨伶精地搁在一间小板屋旁边。站在晒台上望着这些简陋古老工具，感觉"生命"形式的多方。敞坪中虽空空的，却有些声音仿佛从敞坪中来，在他耳边响着。

"骨头太多了，不要这个腿上大骨头。"

"嫂子，没有骨头怎么走路？"

"曲蟮有不有骨头？"

"你吃曲蟮？"

"哎哟，菩萨。"

"菩萨是泥的木的，不是骨头做成的。"

"你毁佛骂佛，死后入三十三层地狱，磨石碾你，大火烧你，饿鬼咬你。"

"活下来做屠户，杀羊杀猪，给你们善男信女吃，做赔本生意，死后我会坐在莲花上，直往上飞，飞到西天一个池塘里洗个大澡，把一身罪过、一身羊臊血腥气洗得干干净净！"

"西天是你们屠户去的？做梦！"

"好，我不去让你们去。我们做屠户的都不去了，怕你们到那地方肉吃不成！你们都不吃肉，吃长斋，将来西天住不下，急坏了佛爷，还会骂我们做屠户的不会做生意。一辈子做赔本生意，不光落得人的骂名，还落个佛的骂名。肉你不要我拿走。"

"你拿走好！肉臭了看你喂狗吃。"

"臭了我就喂狗吃，不很臭，我把人吃。红焖好了请人吃，还另加三碗苞谷烧酒，怕不有人叫我做伯伯、舅舅、干老子。许我每天念《莲花经》一千遍，等我死后坐朵方桌大金莲花到西天去！"

"送你到地狱里去，投胎变一只蛤蟆，日夜呱呱呱呱叫。"

"我不上西天，不入地狱。忠贤区区长告我说，姓曾的，你不用卖肉了吧，你住忠贤区第八保，昨天抽壮丁抽中了你，不用说什么，到湖南打仗去。你个子长，穿上军服排队走在最前头，多威武！我说好，什么时候要我去，我就去。我怕无常鬼，日本鬼子我不怕。派定了我，要我姓曾的去，我一定去。"

"××××××××"

"我去打仗,保卫武汉三镇。我会打枪,我亲哥子是机关枪队长!他肩章上有三颗星、三道银边!我一去就要当班长,打个胜仗,我就升排长。打到北平去,赶一群绵羊回云南来做生意,真正做一趟赔本生意!"

接着便又是这个羊屠户和几个妇人各种赌咒的话语。坪中一切寂静。远处什么地方有军队集合、下操场的喇叭声音,在润湿空气中振荡。静中有动。他心想:"武汉已陷落三个月了。"

屋上首一个人家白粉墙刚刚刷好,第二天,就不知被谁某一个克尽厥职①的公务员看上了,印上十二个方字。费很多想象把意思弄清楚了。只中间一句话不大明白,"培养卫生"。好像是错了两个字。这是小事。然而小事若弄得使人糊涂,不好办理,大处自然更难说了。

戴着小小铜项铃的瘦马,驮着粪桶过去了。

一个猴子似瘦脸嘴人物,从某个人家小小黑门边探出头

---

① 克尽厥职:指能尽到职责、做好分内事。厥,他的。

来,喊"娃娃,娃娃",娃娃不回声。他自言自语说道:"你哪里去了?吃屎去了?"娃娃年纪已经八岁,上了学校,可是学校因疏散下了乡,无学校可上,只好终日在敞坪煤堆上玩。

"煤是哪里来的?""地下挖来的。""做什么用?""可以烧火。"

娃娃知道的同一些专门家知道的相差并不很远。那个上海人心想:"你这孩子,将来若可以升学,无妨入矿冶系。因为你已经知道煤炭的出处和用途。好些人就因么一点知识,被人称为专家,活得很有意义!"

娃娃的父亲,在儿子未来发展上,却老做梦,以为长大了应当做设治局①局长、督办。照本地规矩,当这些差事很容易发财。发了财,买下对门某家那栋房子。上海人越来越多,租房子肯出大价钱,押租又多。放三分利,利上加利,三年一个转。想象因之丰富异常。

做这种天真无邪好梦的人恐怕正多着。这恰好是一个地方安定与繁荣的基础。提起这个会令人觉得痛苦是不是?不提

---

① 设治局:清朝末年出现的官署名,在某地准备成立新的县政府前,总督署、巡抚署或省政府可先成立设治局,做筹备工作,权限相当于县长。

也好。

因为你若爱上了一片蓝天，一片土地和一群忠厚老实人，你一定将不由自主地嚷："这不成！这不成！天不辜负你们这群人，你们不应当自弃，不应当！得好好地来想办法！你们应当得到的还要多，能够得到的还要多！"

于是必有人问："先生，你这是什么意思？在骂谁？教训谁？想煽动谁？用意何在？"

问得你莫名其妙，不是对于他的意思不明白，便是你自己本来意思，也会弄糊涂的。话不接头，两无是处。你爱"人类"，他怕"变动"。你"热心"，他"多心"。

"美"字笔画并不多，可是似乎很不容易认识。"爱"字虽人人认识，可是真懂得它的意义的人却很少。

一九三九年二月

生 命[1]

我好像为什么事情很悲哀，我想起"生命"。

每个活人都像是有一个生命，生命是什么，居多人是不曾想起的，就是"生活"也不常想起。我说的是离开自己生活来检视自己生活这样事情，活人中就很少那么做。因为这么做不是一个哲人，便是一个傻子了。"哲人"不是生物中的人的本性，与生物本性那点兽性离得太远了，数目稀少正见出自然的巧妙与庄严。因为自然需要的是人不离动物，方能传种。虽有苦乐，多由生活小小得失而来，也可望从小小得失得到补偿与调整。一个人若尽向抽象追究，结果纵不至于违反自然，亦不可免疏忽自然，观念将痛苦自己，混乱社会。因为追究生命

---

[1] 本文前三个自然段曾发表于香港《大公报·文艺》第九〇五期，一九四〇年八月十七日。后以全文收入《烛虚》初版，文化生活出版社（上海），一九四一年八月。

"意义"时，即不可免与一切习惯秩序冲突。在同样情形下，这个人脑与手能相互为用，或可成为一思想家或艺术家，脑与行为能相互为用，或可成为一革命者。若不能相互为用，引起分裂现象，末了这个人就变成疯子。其实哲人或疯子，在违反生物原则、否认自然秩序上，将脑子向抽象思索，意义完全相同。

我正在发疯。为抽象而发疯。我看到一些符号、一片形、一把线、一种无声的音乐、无文字的诗歌。我看到生命一种最完整的形式，这一切都在抽象中好好存在，在事实前反而消灭。

有什么人能用绿竹作弓矢，射入云空，永不落下？我之想象，犹如长箭，向云空射去，去即不返。长箭所注，在碧蓝而明静之广大虚空。

明智者若善用其明智，即可从此云空中，读示一小文，文中有微叹与沉默，色与香，爱和怨。无著者姓名。无年月。无故事。无……然而内容极柔美。虚空静寂，读者灵魂中如有音乐。虚空明蓝，读者灵魂上却光明净洁。

大门前石板路有一个斜坡，坡上有绿树成行，长干弱枝，翠叶积叠，如翠翣①，如羽葆②，如旗帜。常有山灵，秀腰白

---

① 翠翣：翠色的扇子。翣，音同煞，古代仪仗中用的大掌扇，用雉羽或尾制作而成。
② 羽葆：古代仪仗中以鸟羽连缀为饰的华盖。

齿，往来其间。遇之者即喑哑。爱能使人喑哑——一种语言歌呼之死亡。"爱与死为邻"。

然抽象的爱，亦可使人超生。爱国也需要生命，生命力充溢者方能爱国。至如阉寺①性的人，实无所爱，对国家，貌作热诚；对事，马马虎虎；对人，毫无情感；对理想，异常吓怕。也娶妻生子，治学问教书，做官开会，然而精神状态上始终是个阉人。与阉人说此，当然无从了解。

夜梦极可怪。见一淡绿百合花，颈弱而花柔，花身略有斑点青渍，倚立门边微微动摇。在不可知地方好像有极熟悉的声音在招呼：

"你看看好，应当有一粒星子在花中。仔细看看。"

于是伸手触之。花微抖，如有所怯。亦复微笑，如有所恃。因轻轻摇触那个花柄、花蒂、花瓣。近花处几片叶子全落了。

如闻叹息，低而分明。

雷雨刚过。醒来后闻远处有狗吠，吠声如豹。半迷糊中卧床上默想，觉得惆怅之至。因百合花在门边动摇，被触时微抖或微笑，事实上均不可能！

起身时因将经过记下，用半浮雕手法，如玉工处理一片玉

---
① 阉寺：指宦官。宦官一称寺人，又称阉人。

石，琢刻割磨。完成时犹如一壁炉上小装饰。精美如瓷器，素朴如竹器。

一般人喜用教育身份来测量一个人道德程度。尤其是有关乎性的道德。事实上这方面的事情，正复难言。有些人我们应当嘲笑的，社会却常常给以尊敬，如阉寺。有些人我们应当赞美的，社会却认为罪恶，如诚实。多数人所表现的观念，照例是与真理相反的。多数人都乐于在一种虚伪中保持安全或自足心境。因此我焚了那个稿件。我并不畏惧社会，我厌恶社会，厌恶伪君子，不想将这个完美诗篇，被伪君子眼目所污渎。

百合花极静。在意象中尤静。

山谷中应当有白中微带浅蓝色的百合花，弱颈长蒂，无语如语，香清而淡，躯干秀拔。花粉作黄色，小叶如翠珰。

法郎士[①]曾写一《红百合》故事，述爱欲在生命中所占地位、所有形式，以及其细微变化。我想写一《绿百合》，用形式表现意象。

---

① 法郎士：法国小说家，一九二一年诺贝尔文学奖获得者。代表作有《金色诗篇》《波纳尔之罪》。